U0708093

史夢蘭集 ④

異號類編

（清）史夢蘭◎輯

王雙◎點校

天津古籍出版社
天津出版傳媒集團

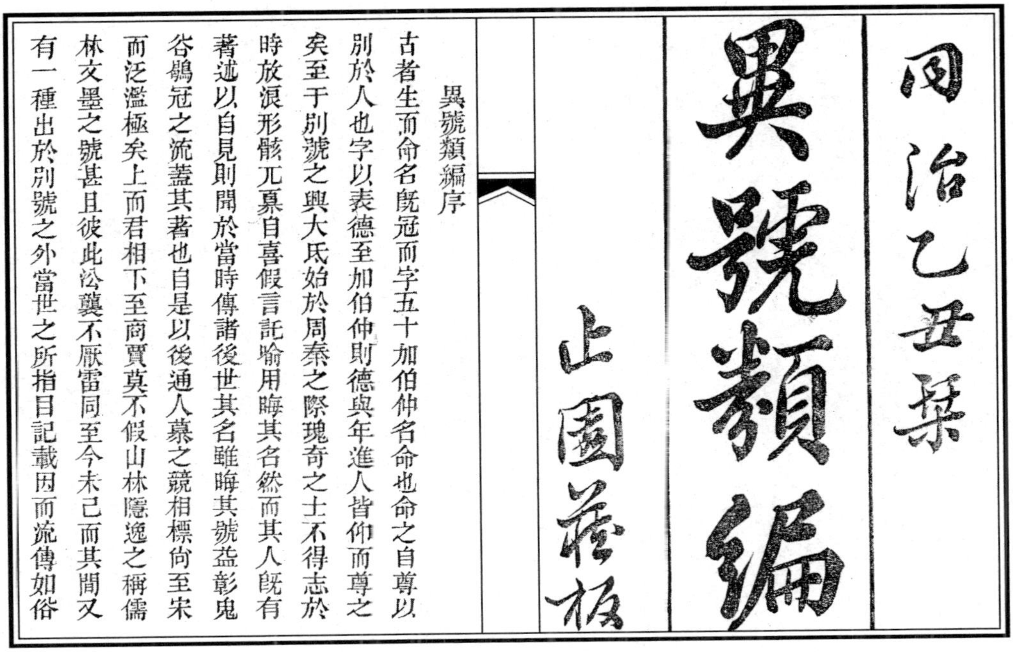
同治乙丑栞

異號類編

上園藏板

異號類編序

古者生而命名既冠而字五十加伯仲名命也命之自尊以別於人也字以表德至加伯仲則德與年進人皆仰而尊之矣至于別號之與大氐始於周秦之際瑰奇之士不得志於時放浪形骸兀棄自喜假言託喻用晦其名然而其人既有著述以自見則聞於當時傳諸後世其名雖晦其號益彰鬼谷鶡冠之流蓋其著也自是以後通人慕之競相標尚至宋而泛濫極矣上而君相下至商賈莫不假山林隱逸之稱儒林文墨之號甚且彼此彸襲不厭雷同至今未已而其間又有一種出於別號之外當世之所指目記載因而流傳如俗

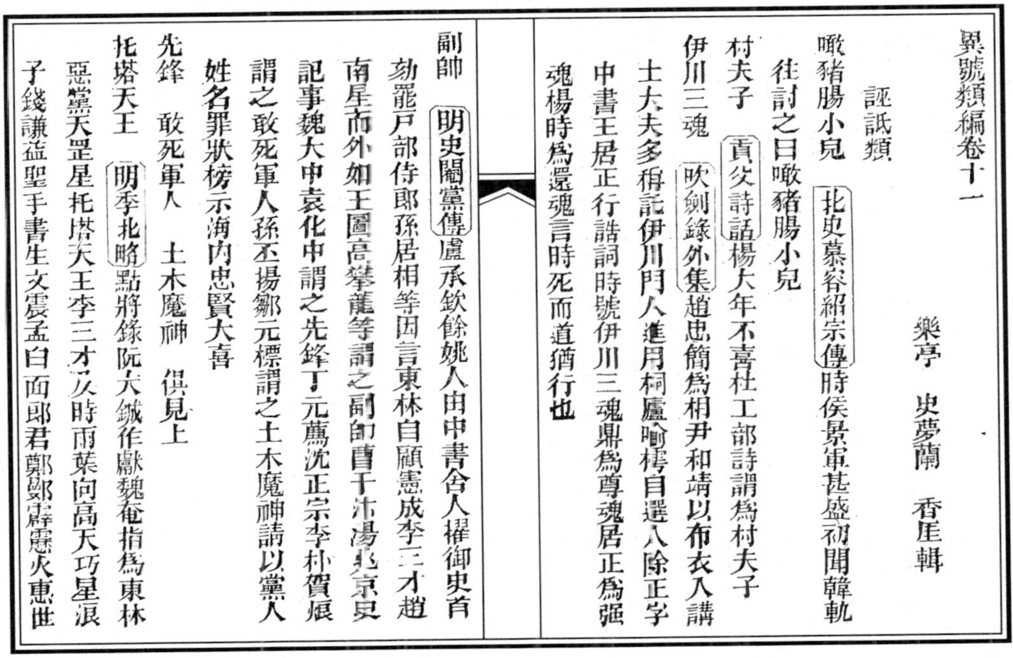
異號類編卷十一

詼諧類　　樂亭　史夢蘭　香厓輯

啖豬腸小兒　北史慕容紹宗傳時侯景軍甚盛初聞韓軌往討之曰啖豬腸小兒

村夫子　貢父詩話楊大年不喜杜工部詩謂為村夫子

伊川三魂　吹劍錄外集趙忠簡為相尹和靖以布衣入講士大夫多稱託伊川門人進用柯廬喻樗自選人除正字中書王居正行誥詞時號伊川三魂鼎為尊魂居正為強魂楊時為還魂言時死而道猶行也

副帥　明史閹黨傳盧承欽餘姚人由中書舍人擢御史首劾罷戶部侍郎孫居相等因言東林自顧憲成李三才趙南星而外如王圖高攀龍等謂之副帥曹于汴湯兆京史記事魏大中袁化中謂之先鋒丁元薦沈正宗李朴賀烺謂之敢死軍人孫丕揚鄒元標謂之土木魔神請以黨人姓名罪狀榜示海內忠賢大喜

先鋒　敢死軍人　土木魔神　俱見上

托塔天王　明季北略點將錄阮大鋮作獻魏奄指為東林惡黨天罡星托塔天王李三才　及時雨葉向高天巧星浪子錢謙益聖手書生文震孟白面郎君鄭鄤霹靂火惠世

◎《異號類編》書影

目録

點校前言……一
異號類編
序……一
卷一
稱美類一……一
卷二
稱美類二……二四
卷三
稱美類三……三八
卷四
稱美類四……六〇

卷五
稱美類五……七七
卷六
隱諷類……九一
卷七
嘲謔類……九九
卷八
嗤鄙類上……一一八
卷九
嗤鄙類下……一三一
卷十
憎畏類……一四六
卷十一
誣詆類……一五五
卷十二
自表類上……一五七

卷十三
自表類下……一八一
卷十四
帝王類僭竊附……二〇七
卷十五
宫閨類娼妓附……二一六
卷十六
釋道類……二二八
卷十七
盜賊類……二四七
卷十八
聯稱類……二五七
卷十九
耦舉類……二八〇
卷二十
家世類……二八九

點校前言

《異號類編》係清末樂亭文人史夢蘭編纂的一部記録古人異名别號的類書，刊於同治四年。【一】全書共二十卷，收録了商末至明兩千六百餘年間古人異名别號三千餘個。史夢蘭博采宏搜，首創以類相從的體例，將美刺勸懲之意涵蘊其中。同時，每一條目，都尋根溯源，注明出處，引用書目五百餘種。這些異常豐富的資料，爲我們提供了不少成語典故、民間俗語的釋義和源流，生動地展現了古人的行爲風尚、意趣追求，具有重要的文獻價值。

【一】日本學者長澤規矩也編《明清俗語辭書集成》收入《異號類編》，長澤在《異號類編》題解中稱：『封底「同治丁丑刊」似爲「同治乙丑刊」之誤。大阪天滿宮近藤文庫本，封底皆改刻，「丁丑」作「丙寅」。』在長澤所見版本之外，《異號類編》還有一個改正版，首頁標明『同治乙丑刊，止園藏板』。筆者點校《異號類編》所用底本即此版本。同治朝無丁丑年，有乙丑、丙寅、丁卯年。長澤雖未見到史氏所刻改正版，但其推測是正確的。大阪天滿宮近藤文庫本改爲『丙寅』，顯然是一種折中的推測。

一

異號，也稱別號，是古人於名、字之外另起的稱號。它的緣起可追溯至周秦之際。梁章鉅《稱謂録》序曰：『古人稱謂，各有等差，不相假借，其名號蓋定於周公制禮之時。』史一經在《異號類編》序中亦云：『別號之興，大抵始於周秦之際。瑰奇之士不得志於時，放浪形骸，兀傲自喜，假言托喻，用晦其名。』起號之風，至宋愈盛，至明趨濫，異號亦成爲古人標署自己的重要稱謂之一。

隨着古人取號之風日熾，自宋代始，有人開始編纂關於異名別號的工具書。（五代）徐光溥《自號録》以類相從，標舉當時人物別號三十七目；（宋代）馬永易《實賓録》裒輯編綴古人殊名別號六百餘條；（宋代）陳思的《小字録》集史傳所載人物小字爲一編；（清代）葛萬里《別號録》分韻編輯，彙集宋、元、明人物別號，共計九卷。這些著作雖有領異標新之功，但内容單一，體例苟簡，卷帙寡薄。而史夢蘭所輯《異號類編》，廣上述著作之未備，『指事類行，有美有刺』[一]，呈現出内容豐富，體例清晰，寓含褒貶等特徵。

【一】（清）史一經撰《異號類編序》，見《異號類編》首頁，同治乙丑刊，止園藏板。

《異號類編》所輯人物名號，形式多様，有一人多號、兩人並爲一號、同門共爲一號諸類。其中一人一號的情況最爲普遍，占總數的百分之九十以上。一人多號的情形不多，只涉及五十餘人。如卷十二，范蠡浮海出齊，變姓名，自稱鴟夷子皮，又自謂陶朱公；錢選字舜舉，吴興人，景定間鄉貢進士，自號玉潭，又稱霅川翁、清臞老人、習懶翁，有《習懶齋稿》。而二人並號和同門共號特指卷十九耦舉類和卷二十家世類。如王承字安期，仕東陽太守，時稱承爲大東陽，承弟爲小東陽；林披生九子，皆爲刺史，閩中號九牧林氏。這就使史夢蘭編纂的《異號類編》較之同類著作，具有涵蓋歷史跨度長、所涉人物多、輯録名號全的特點。

《異號類編》將人物别號分爲稱美、隱諷、嘲謔、嗤鄙、憎畏、誣詆、自表、帝王、宫閨、釋道、盜賊、聯稱、耦舉、家世十四大類。這種分類體例，較之徐光溥《自號録》簡單的以處士、居士、先生、道人、老人、翁、叟等人群相分類，葛萬里《别號録》的『每韻惟第一人標兩字，以下皆但標一字，驟覯殊不了了』[二]，史夢蘭的《異號類編》不僅體例更清，分類更全，而且有美有刺，將懲勸褒貶之意寓含其中。

史夢蘭三子史履晉所撰《誥授中議大夫特賞四品卿銜顯考香厓府君行述》中記載：『府君生六月

【二】（清）《四庫全書總目提要·子部十一·别號録》，文淵閣《四庫全書》本。

而孤，五歲始能言。偶出門，聞村童相詈語，不知其非禮也。入而加之僕婢，母王太淑人立批其頰。自是終身不肯以暴慢怠忽之容加人，生平學行，蓋得母教爲多也。』〔一〕母親王氏端正謹嚴的教育，使史夢蘭自幼銘刻美醜善惡的分界。遍讀群經，將宋明儒者之書奉爲師法的人生旨趣，更使他能揚繼文人美刺傳統，將正人心、維風化、表彰桑梓賢達、痛陳地方利弊貫注於個人的生活和創作實踐中。因而，在《異號類編》中，他開創性地設立稱美、隱諷、嘲謔等帶有褒貶意味的類别。其中，稱美類位居全書一至五卷，收録帝王、驍將、耿臣、廉吏、才子、隱士、聖童、巨孝、書聖、筆聖、畫聖等各階層、各行業值得彰顯的人物名號七百三十一條。如深受吏民愛戴的南陽太守召信臣，被號之曰召父；將合門避之的病人置於家中，迎醫治療的岷州刺史公義，合境之内呼之爲慈母；擔心母老乘車顛簸，不用牛馬，躬身架轅的江革，鄉里稱之曰江巨孝；湖陽公主蒼頭殺人，公主庇護，洛陽令董宣不畏公主權勢，不懼皇帝威嚇，以頭擊楹，流血被面，堅持懲治，終不屈服，帝敕之爲强項令；敏於爲文，未嘗屬稿，落筆立成的吴時敏，人目之曰立地書櫥；籠袖憑几，每賦一韻，一吟而已的温庭筠，場中號之爲温八叉。這些『人呼之而已不得不受之，則無異於自號之也』〔三〕的溢美稱號，傳達出公衆對他們行

〔一〕史履晉《誥授中議大夫特賞四品卿銜顯考香厓府君行述》手稿，中國國家圖書館古籍館善本閲覽室藏。

〔二〕（清）史一經撰《異號類編序》，見《異號類編》首頁，同治乙丑刊，止園藏板。

爲的褒贊和肯定。而史夢蘭將這些名號彙集起來，並冠以『稱美』一類，它們就附生出對社會成員發揮教化作用，引導公衆向美、向善的審美意義。

與『稱美』類相對，《異號類編》中還用了六卷的篇幅，以隱諷、嘲謔、嗤鄙、畏憎、誣詆這些帶有明顯譏諷、貶抑色彩的詞語，分類列出横徵暴斂、爲官不作、品行不端、才學凡庸、容貌特殊、性格怪癖等人物名號四百九十餘條。如横掠良家婦女充閫室、爲鄭衛之聲以奉相國的文龜齡，京師以其行徑爲醜，皆呼之爲糞中郎；以善聚斂得幸的楊思恭，國人謂之楊剥皮；事無大小，得物後判，或十數錢，或二十錢的太尉主簿元慶智，府中號爲十錢主簿；肥而善睡，又厭賓客，常掛『歇息牌』於門首的天官侍郎趙書問，被人呼之爲三覺侍郎；經年忘家，挈妓幽會，夜坐洽樂，聲唱《池水清》之時，遭妻棒打，竄於床下的韓伸，被時輩呼爲池水清；不知書的庫狄干，署名爲干時，逆上畫之，時人謂之穿錐；廣殖地産，疇野彌望的李澄，時謂之地癖，等等。這些既形象又含有憎惡、譏刺、嘲謔意味的稱號，表達了普通民衆的情緒和心聲。

溧陽史一經在《異號類編》序中説：『其美者，或因愛戴而指頌其功名；其刺者，或切怨恫而寓誅於斧鉞。語雖俚質，意足勸懲。使覽之者别有會心，則葺之者未爲無益。』這是對史夢蘭《異號類編》有美有刺分類特徵十分準確的概括和評價。

二

史夢蘭《異號類編》爲我們彙集了三千餘個古人名號，而且每一名號下，他都追根溯源，注明出處。這些翔實的引證資料，豐富了《異號類編》的内容。同時在生動的記述中，還提供了不少成語典故、風俗習尚等的釋義和源流，具有一定的文學文獻價值。

史夢蘭『家故富饒，藏書數萬卷，肆力流覽。凡群經諸史百家之説，靡不淹通。』『四部之籍，手自丹黄，無晷刻閑。』【一】這樣的家世背景和嗜學不輟的勤奮，使史夢蘭成爲鴻儒碩學之士，也使他在編纂《異號類編》時，能做到廣徵博引，窮搜詳考。

據筆者統計，史夢蘭《異號類編》引用書目五百二十餘種，涵蓋經史子集幾大部類。其中，經部最少，只涉及《左傳》《論語》兩部，關涉京城大叔、封豕、髭王、四凶、五霸、八愷、八元、三仁、八士九個名號。子部最多，涉及書目二百五十餘部。包括《抱朴子》《無能子》等道家著作；《西溪叢語》《盧氏雜説》等雜家類著作；《太平廣記》《潛確類書》《山堂肆考》《錦繡萬花谷》等類書；

【一】徐世昌撰《大清畿輔先哲傳》，北京古籍出版社，一九九三年版，第八四三—八四四頁。

《獨異志》《搜神記》《龍城録》《雲仙雜記》《北夢瑣言》等小説類著作；《法書要録》《古今書畫苑》《宣和畫譜》《益州名畫録》等書畫類著作；《孔氏談苑》《楓窗小牘》《過庭録》《癸辛雜識》等筆記類著作等等。史部和集部引用書目亦達二百餘部，包含了正史、野史、外史、史論、方志、傳記、總集、别集、詩話、詞話等諸多類别。除經史子集四大部類外，還有歐陽玄《貫雲石神道碑》、元瓚《茶録》跋、韓愈《河東節度觀察使滎陽鄭公碑》、解縉《國子祭酒徐公墓志》等單篇作品。這些數目龐大的典籍的使用，展示了史夢蘭的才學和文獻功底。而他將各類典籍中與人物名號有關的内容彙集在一起，既免去了讀者查詢之勞，客觀上也起到了文獻保存的重要作用。

史夢蘭《異號類編》中這些引證人物名號命名緣由的材料，還爲我們提供了不少成語典故、民間俗語、風尚習俗等的釋義和源流，它們增加了《異號類編》的可讀性和趣味性，也是我們研究語言、民俗發展的難得的資料。

《異號類編》中包含成語典故衆多。如卷二所載『齒牙春色』，原指婁師德位貴而性通脱，尤善捧腹大笑，現以此形容人爽朗地大笑。『有脚陽春』，宋璟所至之處，如陽春煦物，後遂用此稱頌官吏的德政。卷三載『水晶燈籠』，劉隨遇事明鋭敢行，蜀人以之爲號，現比喻對事物瞭解得非常清楚。『立地書櫥』，原指吴時爲文敏捷，落筆立成，現用於比喻人讀書多，學識淵博。『魚頭參政』，魯宗道性情耿直，當時人目爲魚頭參政，現比喻爲人剛直，辦事不肯通融的人，等等。這些成語典故，語詞形象，寓意雋永，比喻貼切，至今仍具有生命力和使用價值。

日本學者長澤規矩也在其所編的《明清俗語辭書集成》中説：『本書（異號類編）雖不能稱爲俗語集，然其將古來名士别號按内容分類輯録，文中也多出現俗語，故予以收録。』[一]指出了《異號類編》在對人物名號的記述中，保留有民間俗語的特點。如卷五載『釘筋』，唐朝有位相士名叫彭克明，他未卜先知，言必有中。而古代稱言必有中爲『釘筋』，因此人稱之爲『彭釘筋』。卷七載『冬烘』，唐人謂冬烘是『不了了』即不清楚之意，故有『主司（鄭熏）頭腦太冬烘，錯認顔標作魯公』這一典故。至宋代，『冬烘』成了在蜀地流行的方言。葉夢得《避暑閒話》載：『崇甯末，安國同爲郎，成都人詹某爲諫官，故以安國嘗建言移寺省，上章擊之。其辭略云：「謹按某官人材闒冗，臨事冬烘。」蓋以其蜀人，聞者無不笑之。安國性隱而口吃，每戟手躍於衆曰：「吾不辭譴逐，但冬烘爲何等語？」於是傳之益廣，遂目爲冬烘公。』而現在『冬烘』一詞，是指讀書人糊塗、愚腐、淺漏之意。卷十載『麻胡』，會稽有鬼號麻胡，好食小兒腦，遂以此恐小兒。而石勒暴戾好殺，國人畏之。市有小兒啼，母則恐之曰『麻胡來』，啼聲遂絶。吾鄉唐秦地區至今民間仍有此稱謂，或稱爲『麻猴兒』，用於恐哄小兒。這些記載都是我們研究古代民風民俗的重要語料。

【一】（日）長澤規矩也編《明清俗語辭書集成》，上海古籍出版社，一九八九年版，第四五二頁。

《異號類編》中這些解讀人物得號緣由的材料，摘自經史子集各類文獻，本身就呈現出史書、傳記、詩文、雜談、小説、筆記等各類文體特徵。再加上史夢蘭在間引中以其深厚的文學功底勾連取捨，融會貫通，使其具有了傳奇性、故事性等特點。如能以聲音占卜，兼能嗅衣服以知吉凶、貴賤、德壽的耿聽聲；指點求富的負薪者入閩，於空舍中見鬼物入穴，掘之得金百鎰，並有金鼓覆其上的金鼓金；夢中見一林花如錦繡，摘此花食之，及寤，天下文辭無所不知的馬融，時人號爲繡囊；不拘小節，於沉酣中所撰文章，未嘗錯誤，與不醉者議事，皆不出所見的李白，時人號爲醉聖；自頸以下，遍刺白居易詩三十餘首，體無完膚的葛清，被呼爲白舍人行詩圖等。這些生動有趣的記述，在爲我們瞭解人物名號由來、生平軼事的同時，也使《異號類編》一書呈現出知識性、趣味性、可讀性的文學特徵。

三

史夢蘭《異號類編》雖然在體例設置、文學文獻等方面具有獨到價值，但在編纂時也呈現出分類雜糅、偶涉舛訛等不足。

《異號類編》在總二十卷中，前十一卷以稱美、隱諷、嘲謔等帶有明顯褒貶色彩的詞語提示類別，以突出史夢蘭『有美有刺』的分類主旨。但十二至十三卷中的自表類，乃六百五十餘個人物的自號，而非『人呼之而已不得不受之』的異號。如王績歸東臯著書，號東臯子；白居易自號醉吟先生，又稱香山居士；鄭熏蒔松於庭，號七松處士；賀知章自號四明狂客等。這些自號標示出人物的生活經歷、個性所長、志趣追求，帶有鮮明的『稱美』傾向。而十四至十七卷的帝王、宫闈、釋道、盜賊四卷則指特定人群；十七、十八卷的聯稱、耦舉標示的是名號的外在形態；卷二十的家世類乃家族之號。這樣的類别劃分，就出現了美刺與自表、帝王、閨閣、釋道等類相雜糅；閨閣類與自表類相雜糅；連稱、耦舉類與帝王、美刺類相雜糅等問題。如帝王類中載：唐宣宗性明察沉斷，用法無私，從諫如流，重惜官賞，恭謹節儉，惠愛民物，人謂之小太宗；穆宗少好遊獵，不親國事，每夜酣飲，達旦乃寢，國人謂之睡王。這些歸入帝王類的名號，與稱美、嗤鄙諸類無二。而閨閣類中李格非女清照，自號易安居士；張玉娘自號一貞居士；張妙靜號自然道人等，亦可歸入自表類。聯稱類中高宗號天皇，皇后亦號天后，天下謂之二聖等亦可歸入帝王類。耦舉類中時人呼曇壹爲大壹，道壹爲小壹，耦舉爲大壹小壹等亦可歸入釋道類。因此，史夢蘭《異號類編》在分類上雖指向明確、體例清晰，但相互間的雜糅亦體現出他爲突出其一而不得不忽略其二的無奈與不足。

史夢蘭在編纂刊刻《異號類編》時因所據文獻、編寫抄録等原因，出現了釋文原缺、資料有誤、錯字、衍字、缺字等缺憾。基於此，整理者在查證相關文獻的基礎上，做出六十餘條校按，對這些問題進行補充、更正和説明。

《異號類編》中只有名號無釋文的有出自《左傳》的京城大叔、封豕、四凶、八愷、八元和出自《論語》的三仁、八士七條。《左傳》《論語》也是《異號類編》僅有的引自經部的兩部。史夢蘭對這兩部經書人物的名號，只標書名，不列釋文，或許認爲儒家經典流播百代，深入人心，不引亦知，抑或出自對儒家經典的崇尚與敬畏。

古代書籍在刊刻時出現錯、衍、缺字是不可避免的，但後人在閲讀時，如果不能辨識其錯誤，就會不得其解，或者以訛傳訛，造成對歷史知識、歷史人物的誤識。史夢蘭在編纂或刊刻時出現的這些錯誤，雖然瑕不掩瑜，但我們進行文獻整理時，將它們校正過來，既是對歷史的尊重，也是古籍整理需完成的重要工作。

總之，史夢蘭在知天命之年刊刻出版的《異號類編》，不僅爲我們呈現了一部記録古人異名別號的類書，而且他開創的『有美有刺』的分類標準，亦展現出他對社會價值、歷史人物的評價指向。該書所具有的文獻價值也應因此而得到更多人的重視。

本書的點校工作遵循古籍整理的一般規則。原書一個名號下或有引用兩條及以上文獻者，自第二條文獻始，均前加『◎』符號並與前文空一格以標識。史夢蘭所加按語亦以同樣方式處理。原書一種文獻後有時用『又』字或用『又』字加分卷的方式，再引出同一種文獻中的不同事項，均在『又』字前加『◎』符號並與前文空一格以標識。釋文中所引文獻，或全引或摘引，均不加引號，僅在所引文獻名目後以冒號標識。所引文獻中的人物對話和一些需要特別標注的詞語，以及引文中的引文，則加引號予以標識。

整理工作的不足之處，尚望方家指正。

王雙　二〇一四年六月識於唐山師範學院

序

古者生而命名，既冠而字，五十加伯仲。名，命也。命之自尊，以别於人也。字以表德，至加伯仲，則德與年進，人皆仰而尊之矣。至於别號之興，大氐始於周秦之際。瑰奇之士不得志於時，放浪形骸，兀奡自喜，假言託喻，用晦其名。然而其人既有著述以自見，則聞於當時，傳諸後世。其名雖晦，其號益彰。鬼谷、鶡冠之流，蓋其著也。自是以後，通人慕之，競相標尚，至宋而泛濫極矣。上而君相，下至商賈，莫不假山林隱逸之稱，儒林文墨之號。甚且彼此沿襲，不厭雷同，至今未已。而其間又有一種出於别號之外，當世之所指目記載，因而流傳。如俗所謂混號者，其於命名表德之義，益遠不相涉。而指事類行，頗具微詞。宗人香垞以循陔之暇，搜討載籍，彙而録之，名之曰《異號類編》。屬爲序其緣起，予因爲之説曰：異號，非號也。非號而謂之號者，人嘑之而已不得不受之，則無異於自號之也。其義有美焉，有刺焉。其美者，或因愛戴而指頌其功名；其刺者，或切怨恫而寓誅於斧鉞。語雖俚質，意足勸懲。使覽之者别有會心，則葺之者未爲無益。至若浪士自嘲，狂朋虐謔；象形惟肖，摹隱偏工；雖傷雅道，並流簡册；既資博記，尤助雋談。自功令以八比取士，游庠序者，率束史書不觀。甚至竹帛垂名，昭然在人耳目者，尚不能辨悉。又況乎記載之繁，名字之賾，而欲其流覽不倦，識別於心，蓋亦難矣。是編也出，其不爲經生家覆瓿之具乎？然香匨之爲此編，蓋以廣《實賓録》之所未備者。後世而有子雲，請以俟諸異日。

咸豐己未五月十七日溧陽宗弟一經拜手撰。

異號類編卷一

稱美類一

太公望 《史記·齊世家》：周西伯出獵，遇太公於渭之陽。與語，大説。曰：『自吾先君太公曰：「當有聖人適周，周以興。」子真是邪？吾太公望子久矣！』故號之曰太公望。

首陽子 《無能子》：武王伐紂，伯夷、叔齊叩馬諫。左右欲兵之，武王義而釋之。伯夷、叔齊乃反隱首陽山，號首陽子。

京城大叔 《左傳》。【一】

校按：

【一】此條釋文原缺。《左傳·隱公元年》載：『初，鄭武公娶於申，曰武姜，生莊公及共叔段。及莊公即位，爲之請制。公曰：「制，岩邑也，虢叔死焉，它邑唯命。」請京，使居之，謂之京城大叔。』

老萊子 《路史》：李伯陽甫生而能語，黄面皓首，故謂之老子。邑于苦之賴，賴乃萊也，故又曰老萊子。

卿子冠軍 《漢書·項籍傳》：王召宋義爲上將軍，别將皆屬，號卿子冠軍。

游閑公子 《史記·貨殖傳》：宛孔氏之先，梁人也。有游閑公子之名。

素臣 《賓賓録》：素臣，謂丘明也。

馬服君 《史記·廉藺列傳》：趙奢縱兵擊破秦軍，解閼與之圍。趙惠王賜奢號馬服君。註：因馬服山爲號也。一曰馬服者，言能服馬也。【一】

校按：

【一】此條釋文見於《史記·趙世家》張守節正義。

智囊 《史記》：樗里子者，名疾，秦惠王之弟也。滑稽多智，秦人號曰智囊。◎《漢書》：晁錯爲人峭直刻深，爲太子家令，太子家號曰智囊。◎《後漢書·魯恭傳》：恭祖父匡，王莽時爲義和，有權數，號曰智囊。◎《雞肋》：晉杜預號智囊。◎《大唐新語》：王德儉，許敬宗之甥也。瘦而多智，時人號曰智囊。

五羖大夫 《史記·秦本紀》：百里奚亡秦走宛，楚鄙人執之。繆公以五羖羊皮贖之，授之國政，號曰五羖大夫。

飛將軍 《史記》：李廣爲右北平太守，匈奴號曰漢之飛將軍，避之數歲，不敢入。

車丞相 《漢書》：車千秋本姓田氏，千秋年老，上優之，朝見得乘小車入宫殿中，故因號曰車丞相。

雙雁太守 《漢書》：虞國遷日南太守，每行縣，有雁飛翔隨其車，歸則止於廳事庭中。時人嘉之，號雙雁太守。【一】

校按：

【一】今本《漢書》中無此記載。《會稽志》卷六：「國爲日南太守，有惠政。出則雙雁隨軒。及還會稽，雁亦隨焉。其卒也，猶於其墓不去。」《後漢書補逸》：「虔國，遷日南太守。每行縣，有雁恒飛翔隨車。止國府，常在廳事中庭。國病卒，雁棲于墓前樹上，二年乃去，時人嘉之。」但二者均無「雙雁太守」之謂。

黄車使者 《漢書·藝文志》：虞初《周説》九百四十三篇。初，河南人也。武帝時以方士侍郎乘馬，衣黄衣，號黄車使者。

召父　《漢書》：召信臣爲南陽太守，吏民親愛，號之曰召父。

丁將軍　《漢書·儒林傳》：丁寬，字子襄，梁人。受《易》，號丁將軍。

通明相　《漢書》：翟方進知能有餘，兼通文法吏事，以儒雅緣飾法律，號爲通明相。

萬石君　《漢書》：石奮長子建，次甲，次乙，次慶，皆以訓行孝謹，官至二千石。於是景帝曰：『石君及四子皆二千石，人臣尊寵舉集其門。』號奮爲萬石君。◎《後漢書·馮勤傳》：勤曾祖揚，宣帝時爲弘農太守。生八子，皆爲二千石，號萬石君。

棄繻生　《漢書·終軍傳》：初，軍從濟南當詣博士，步入關，關吏予軍繻。軍問：『以此何爲？』吏曰：『爲復傳，還當以合符。』軍曰：『大丈夫西遊，終不復傳還。』棄繻而去。軍爲謁者，使行郡國，建節東出關。關吏識之曰：『此使者乃前棄繻生也。』軍死時年二十餘，故世謂之『終童』云。

千里駒　《漢書·楚元王傳》：劉德有知術，少時數言事，召見甘泉宫，武帝謂之千里駒。◎《史記·魯仲連傳》注：仲連年十二，號千里駒。◎按，漢後史傳稱千里駒者甚多，皆由此沿襲，不具録。

魯詩宗　《漢書》：江生，魯人江翁也。昭帝時爲博士，號魯詩宗。

一錢太守　《續漢書》：劉寵遷會稽太守，郡中大治。徵入爲將作大匠，山陰有五六老翁相率送寵，人齎百錢。寵謝之，爲選受一大錢，故號寵爲取一錢太守。

驄馬御史 《後漢書》：桓典爲侍御史，執政無所廻避。常乘驄馬，京師畏憚，爲之語曰：『行行且止，避驄馬御史。』

白衣尚書 《後漢書》：鄭均爲尚書，澹泊寡欲，以病乞骸骨。章帝敕賜尚書，禄終其身，時人號爲白衣尚書。

大樹將軍 《後漢書·馮異傳》：諸將並坐論功，異獨屏大樹下，軍中號大樹將軍。

白馬從事 《後漢書·李憲傳》：憲伏誅，餘黨猶聚屯灊山。廬江人陳衆乘單車，駕白馬，往説而降之。灊山民共立爲生祠，號白馬從事云。

關西孔子 《後漢書》：楊震少好學，明經博覽，無不窮究，諸儒爲之語曰：『關西孔子楊伯起。』◎《山房隨筆》：楊焕然號關西夫子。

賈長頭 《後漢書》：賈逵自爲兒童，常在太學，不通人間事。身長八尺二寸，諸儒爲之語曰：『問事不休賈長頭。』

任聖童 《後漢書》：任延年十二，學於長安，明《詩》《易》《春秋》，顯名太學，學中號爲任聖童。

張聖童 《後漢書》：張堪年十六，諸儒號曰聖童。

張曾子 《後漢書》：張霸年數歲而知孝讓，雖出入飲食，自然合禮，鄉人號爲張曾子。

江巨孝 《後漢書》：江革少失父，獨與母居。每至歲時，縣當案比，革以母老，不欲摇動，自在轅中輓車，不用牛馬，鄉里稱之曰江巨孝。

賈父《後漢書》：賈彪補新息長，小民困窮，多不養子。彪嚴爲其制，與殺人同罪。數年間人養子皆千數，僉曰：『賈父所生。』生男名爲賈子，生女名爲賈女。◎又，《賈琮傳》：交趾屯兵執刺史，有司舉琮爲交趾刺史。移書告示各使，安其資業，誅斬渠帥爲大害者，百姓以安。巷路爲之歌曰：『賈父來晚，使我先反。今見清平，吏不敢飯。』

杜母《後漢書》：杜詩爲南陽太守，政治清平，時人以方召信臣，爲之諺曰：『前有召父，後有杜母。』

强項令、卧虎《後漢書》：董宣爲洛陽令，湖陽公主蒼頭殺人，匿主家，吏不能得。及主出，以奴驂乘。宣乃駐車叩馬，大言數主之失，叱奴下車，因格殺之。主訴帝，召宣，欲捶殺之。宣以頭擊楹，流血被面。帝使謝之，宣不從。强使頓之，宣兩手據地，終不俯，因敕强項令出，賜錢三十萬。由是搏擊豪彊，莫不震慄，京師號爲卧虎。

健令《後漢書·馮魴傳》：帝案行鬬處，知魴力戰，迺嘉之曰：『此健令也。』◎《十國春秋》：後蜀李匡遠爲鹽亭令時，盜賊所在充斥，匡遠擒捕無虚日，時號曰健令。

神父《後漢書》：宋登爲汝陰令，號稱神父。◎又，鮑德修爲南陽太守，吏人愛悦，號爲神父。

白馬生、中東門君《後漢書·張湛傳》：光武臨朝，或有惰容，湛輒陳諫其失。常乘白馬，帝每見湛，輒言：『白馬生且復諫矣！』後稱疾，居中東門候舍，時人稱曰中東門君。

避世牆東王君公　《後漢書·逢萌傳》：王君公儈牛自隱，時人謂之論曰：『避世牆東王君公。』

玄德先生　《後漢書·法真傳》：順帝前後四徵，真終不屈。乃共刊石頌之，號曰玄德先生。

潛龍　《獨異志》：後漢馬略年十七，閉户讀書，九年不出，鄉里謂之潛龍。

白鳩郎　《搜神記》：漢徐憲在喪，至哀，白鳩巢户側。鄭弘舉爲孝廉，朝廷稱爲白鳩郎。

瘦羊博士　《東觀漢記》：甄宇拜博士，每臘，詔賜博士人一羊。羊有大小肥瘦，時議欲殺羊分肉。宇因取瘦者，自是不復爭。後召會，詔問瘦羊博士所在，京師因以爲號。

醉龍　《下幃短牒》：蔡邕飲至一石，嘗醉卧路旁，人每指之曰醉龍。◎《湧幢小品》：謝玄飲至一石，人指之曰醉虎；蔡邕飲至一石，人名之曰醉龍。今之子弟有飲至一石者，當何名？曰醉狗耳。

醉虎　見上。

魯陽金尉　《廬江七賢傳》：漢陳翼，廬江舒人也。行到藍鄉，見道邊一馬，傍有一病人，呼曰：『我長安魏少公，聞廬江樂土，來遊，今病不能前。』翼扶歸養視，積日病困。曰：『有金十餅，素二十疋，死則賣以殯殮，餘謝主人。』既死，翼賣素，買棺衣衾殯埑，以金置棺下，騎馬出入。後其兄長公見翼乘馬，告吏捕翼。翼具言之，棺下得金。長公叩頭，以金十餅投其門中，翼走長安還之。後翼爲魯陽尉，號魯陽金尉。

經苑 《拾遺記》：漢任末學無常師，負笈不遠險阻。觀書有合意者，題其衣裳，以記其事。河洛秘奧，非正典籍所載，皆注記於柱壁及園林樹木。慕好者來，皆寫之，時人謂任氏爲經苑。

經神 《拾遺記》：何休木訥多智，三墳五典、陰陽算術、河洛讖緯及遠年古諺、歷代圖書，莫不咸誦也。及鄭康成蜂起而攻之，求學者不遠千里，京師謂鄭康成爲經神，何休爲學海。

學海 見上。

筆聖 《法書要録》：南齊王僧虔《論書》：『崔、杜之後，共推張芝、韋仲將，謂之筆聖。』

草聖 晉衛恒《四體書勢》：張芝，字伯英，善草書，韋仲將謂之草聖。◎按，張芝，奂子，附《後漢書·張奂傳》。

亞聖 《法書要録》：張昶，字文舒，伯英季弟。尤善章草，書類伯英，時人謂之亞聖。

草賢 《法書要録》：崔瑗善章草，王隱謂之草賢。◎按，崔瑗，駰子，附《後漢書·崔駰傳》。

繡囊 《獨異志》：馬融勤學，夢一林花如錦繡，夢中摘此花食之。及寤，見天下文詞，無所不知，時人號爲繡囊。

卧虎 《漢書》：高謙，字孝甫，敦實少華，人號爲卧虎。又曰：『癡不語，高孝甫。』[一] ◎漢太學中謡：天下卧虎巴[二]恭祖。◎按，恭祖名肅，列《後漢書·黨錮傳》。◎《漢中士女志》：張亮則爲牂牁太守，威著南土，號曰卧虎。靈帝崩，後丞相曹公拜度遼將軍。◎《北魏書》：李崇沈深有將略，寇賊侵邊，所向摧破，號曰卧虎。◎按，《北史》作『卧彪』。◎《南史》：蕭惠開拜益州刺史，嚴用威刑，蜀人號曰卧虎。◎《陳留耆舊傳》：高慎口不能劇談，默好深沉之謀，爲州刺史，號曰卧虎。◎按，《後漢書》，董宣亦號卧虎。見上『强項令』下。

校按：

【一】今本《漢書》無此記載。《陳留耆舊傳》：『高慎字孝甫。敦質少華，口不能劇談，默而好深沉之謀，人謂之曰：「癡然不語，名高孝甫。」』故此處高謙應與下文高慎爲同一人。

【二】『巴』原誤作『包』，據《後漢書·党錮传》改。

鄧獨坐　《豫章古今記》：鄧通，字子淵，沈毅有學行。爲馮翊太守，凝然恬默，不通賓客，京師號曰鄧獨坐。

王獨坐　《吴録》：王宏爲冀州牧，不發私書，人號曰王獨坐。

華獨坐　《三國志》：華歆初從孫策，每大會，坐上莫敢先發言，歆起則諠譁，故號曰華獨坐。

德行楊君　《三國志·楊儀傳》註：儀兄慮〔一〕，少有德行。年十七夭，鄉人宗貴號曰德行楊君。

校按：

【一】『慮』原作『憲』，誤。習鑿齒《襄陽耆舊記》：『慮弟儀。』蕭氏《續後漢書》：『楊儀兄慮。』

宗室顏淵 《三國志》註：《吳書》曰：『孫桓儀容端正，器懷聰朗，博學強識，能論議應對，權嘗稱爲宗室顏淵。』

白馬長史 《三國志》：公孫瓚爲遼東屬國長史，長乘白馬，【一】又選數十白馬爲騎士，號曰『白馬義從』。烏桓甚畏之，相告曰：『避白馬長史。』

校按：

【一】『長乘白馬』，《太平御覽》引《英雄記》作『嘗乘白馬』。

白馬將軍 《三國志》：龐德長乘白馬，時謂之白馬將軍。◎《唐書》：王審知乘白馬履行陣，望者披靡，號白馬將軍。

虎威將軍 《三國志》註：《趙雲列傳》：『軍中號雲爲虎威將軍。』【一】

校按：

【一】此條載録於《三國志》裴注引《雲别傳》。

髯　《三國志·關羽傳》：亮答書曰：『孟起兼資文武，雄烈過人，當與益德並驅爭先，猶未及髯之絶倫逸群也。』羽美鬚髯，故亮謂之髯。

卧龍　《三國志》：徐庶謂先主曰：『諸葛孔明，卧龍也。』◎《世説》：諸葛瑾仕吴，弟亮仕蜀，弟誕仕魏。時以爲蜀得其龍，吴得其虎，魏得其狗。

伏龍　《三國志·龐統傳》註：《襄陽記》：『諸葛孔明爲伏龍，龐士元爲鳳雛，司馬德操爲水鏡，皆龐德公語也。』◎按，《通鑑》『水鏡』作『冰鑑』。

鳳雛　**水鏡**　見上。

伏鸞　《三國志》：鄧艾有才智，語雖吃而敏便，世號伏鸞。

龍頭　魚豢《魏略》：華歆與北海邴原、管甯俱遊學，三人相善，時人號三人爲一龍。歆爲龍頭，原爲龍腹，甯爲龍尾。

龍腹、**龍尾**　見上。

猘兒　《三國志》：曹公聞孫策定江東，意甚難之。常呼：『猘兒難與爭鋒也。』

虎癡、虎侯 《三國志·許褚傳》：軍中以褚力如虎而癡，故號曰虎癡。馬超呼爲虎侯。

白眉 《三國志》：馬良兄弟五人，並有才名，鄉里爲之諺曰：『馬氏五常，白眉最良。』良眉中有白毛，故以稱之。

黄鬚兒 《三國志：》魏任城王彰大破烏桓歸，太祖持彰鬚曰：『黄鬚兒竟大奇也！』

飛將 《三國志》：吕布便弓馬，膂力過人，號爲飛將。◎《唐書》：單雄信能馬上用槍，李密軍中號爲飛將。◎《宋史》：向寶，鎮戎軍人，梁適稱爲飛將。

半英雄 《三國志·劉表傳》註：傅巽有知人之鑑，目龐統爲半英雄。

繡虎 《世説新語》：曹子建植七步成章，世目爲繡虎。

文籍先生 《晉書》：王沈少好學，善屬文。高貴鄉公亦好學，有文才，數引沈及裴秀於東堂講讌屬文，號沈爲文籍先生，秀爲儒林丈人。

儒林丈人 見上。

江左夷吾 《晉書·温嶠傳》：嶠見王導共談，歡然曰：『江左自有管夷吾，吾復何慮！』

清平佳士 《晉書·任愷傳》：愷子罕，幼有門風，才望不及愷，以淑行致稱，爲清平佳士。

杜武庫、杜父 《晉書》：杜預在内七年，朝野稱美，號曰杜武庫，言其無所不有也。又，預激用滍、淯諸水浸田萬頃，衆庶賴之，號曰杜父。

王白鬚 《晉書》：王彪之年二十，鬚鬢皓白，時人謂之王白鬚。

朱落雁　《晉書》：朱漢賓少時善射，嘗與同輩出獵，指一飛雁，隨矢而落，由是人號之朱落雁。

庾賢　《晉書·孝友傳》：庾衮，字叔褒，鄉人號曰庾賢。

三語掾　《晉書》：阮瞻字千里，遇理而辨，詞不足而旨有餘。見司徒王戎，戎問曰：『聖人貴名教，老莊明自然，其旨同異？』瞻曰：『將無同。』戎咨嗟良久，即命辟之，時人謂之三語掾。

仲父　《晉書·王導傳》：朝野傾心，號爲仲父。

聖君　《晉書·良吏傳》：曹攄補臨淄令，一縣歎服，號曰聖君。

玉人　《晉書》：裴楷風神高邁，容儀俊爽，時人謂之玉人。

清士　《晉書》：周馥子密性虚簡，時人稱爲清士。

宏伯　《晉書·羊曼傳》：曼任達頽縱，好飲酒。温嶠、庾亮、阮放、桓彝同志友善，並爲中興名士。時州里稱阮放爲宏伯，郗鑒爲方伯，胡毋輔之爲達伯，卞壺爲裁伯，蔡謨爲朗伯，阮孚爲誕伯，劉綏爲委伯，而曼爲黷伯。八人號兗州八伯，蓋擬古之八儁也。

方伯、達伯、裁伯、朗伯、誕伯、委伯、黷伯　見上。

甯武子　《晉書》：衛瓘爲傅嘏所重，謂之甯武子。

小安豐　《晉書·謝尚傳》：王導深器之，比之王戎，常呼之小安豐。

傅粉何郎　《語林》：何晏美風儀，面絶白，魏文帝疑其傅粉。夏日賜熱湯餅，汗流，色轉皎潔，帝始信之，目爲傅粉何郎。

折臂三公 《晉書》：有善相者，言羊祜祖墓所有帝王氣，鑿之則無後。祜遂鑿之，相者見曰：『猶出折臂三公。』祜竟墮馬折臂，位至三公而無子。

風流宰相 《南史·王儉傳》：儉常謂人曰：『江左風流宰相，惟有謝安。』蓋自況也。

豐年玉 《世説新語》：世稱庾文康爲豐年玉，稚恭爲荒年穀。◎按，稚恭名翼，亮弟【一】。

校按：

【一】『亮弟』原誤爲『亮子』。《晉書》載：『亮攜其三弟懌、條、翼南奔温嶠，嶠素欽重亮。』

荒年穀 見上。

朱絲繩 《潛確類書》：晉王棊方正亮直，介然不群，人比之朱絲繩。

書淫 《晉書》：皇甫謐耽玩典籍，忘寢與食，時謂之書淫。◎《南史》：劉峻，字孝標，聞有異書，必往祈借，清河崔慰祖謂之書淫。

詩伯 《晉陽秋》：張植謂陸機兄弟文章藻麗，語人曰：『二陸乃今之詩伯也。』

隱鵠 《晉書》：陸雲善文章，世號隱鵠。【二】

校按：

【一】今本《晉書》無此記載。《類説》卷四引《玉箱雜記》：『鄧艾號伏鸞，陸雲號隱鵠。』

老虎　《晉書》：崔鴻明法直繩，無所阿避，號爲老虎。【一】

校按：

【一】今本《晉書》無此記載。《北史》卷四十四有《崔鴻傳》，但無『老虎』之謂。

方外司馬　《晉書》：謝奕，字無奕，桓温辟爲安西司馬。在温座，岸幘笑詠，無異常日。温曰：『我方外司馬。』◎《北史》：齊王晞，性簡淡寡欲。在并州，雖戎馬填闐，未嘗以世務爲累，人士謂之方外司馬。◎按，《北齊書》作『物外司馬』。

鬼董狐　《晉書》：干寶撰《搜神記》二十卷以示劉惔，惔曰：『卿可謂鬼之董狐。』

積賢君　《晉書》：張駿勤修庶政，遠近嘉詠，號曰積賢君。

格佞　《宋書》：鄭鮮之歷御史中丞，盡心高祖，時人謂爲格佞。

小聖　《古今書法苑》：王獻之書遠不及父，而媚趣過之。小真書微入聖，筋骨緊密，不減於父，故謂之小聖。

大頭龍驤　崔鴻《前秦録》：苻雄以功拜龍驤將軍，征伐有殊績，頭大足小，軍中稱爲大頭龍驤。

十經童子　《蓮社高賢傳》：周續之，雁門人。十二詣范甯受業，通五經五緯，時號十經童子。

折臂太守　《南史》：劉之遴爲荆州中從事，常寄居南郡。忽夢前太守袁彖語曰：『卿後當爲折臂太守，即居此中。』之遴後墮車折臂，歎曰：『豈黥而王乎？』後連相兩王，再爲此郡。

虜父使君　《南史·循吏傳》：王洪軌既北人而有清正，州人呼爲虜父使君。

范長頭　《南史·范岫傳》：范雲謂人曰：『諸君進止威儀，當問范長頭。』以岫多識前代舊事也。

王東山　《南史》：王敬弘所居舍亭山，林澗環周，備登臨之美，時人謂之王東山。

孔獨誦　《南史·孔休源傳》：時多所改正，每逮訪前事，休源以所誦記隨機斷决，曾無疑滯，吏部郎任昉嘗謂之爲孔獨誦。

宗曾子　《南史》：宗元卿有至行，早孤，爲祖母所養。祖母病，元卿在遠輒心痛。鄉里宗事之，號曰宗曾子。

蔡曾子　《南史·孝義傳》：蔡曇智，鄉里號蔡曾子。

滕曾子　《南史·孝義傳》：滕曇恭，豫章人也。王儉號爲滕曾子。

何展禽　《南史·孝義傳》：何伯璵，廬江人。鄉里號爲何展禽。

孝江、孝泌 《南史·江泌傳》：族人兗州中從事泌，黄門郎悆子也，與泌同名，世謂泌爲孝泌以别之。◎按，《南書》作孝江。

孝張 《宋書》：張敷以孝著，時人改稱所居爲孝張里。

賀雅 《南史·賀琛傳》：琛每進見武帝，與語常移晷刻，故省中語曰：『上殿不下有賀雅。』琛[一]容止閑雅，故時人呼之。

校按：

【一】『琛』原誤作『珍』。據《南史》卷六十二、《梁書》卷三十八改。

傅聖 《南史》：傅琰仕宋，爲武康令，遷山陰令，並著能聲，二縣皆謂之傅聖。

杜彪 《南史》：杜嶷膂力絶人，便馬善射，敵人號爲杜彪。

韋虎 《南史·臨川王宏傳》：帝詔宏侵魏，宏聞魏援近，畏懦不敢進。魏人遺以巾幗，北軍歌曰：『不畏蕭娘與吕姥，但畏合肥有韋虎。』虎謂韋叡也。

程虎 《陳書》：程靈洗子文季，每戰恒爲前鋒，齊軍深憚之，謂爲程虎。

神君 《南史》：梁孔奂除晉陵太守，郡中號曰神君。◎《北史·魏太武五王傳》：孚拜冀州刺史，勸課農桑，境内稱慈父，鄰州號曰神君。

墟王　《南史·梁宗室傳》：吴平侯景，武帝從父弟也。祖道賜，以禮讓稱。居鄉有爭訟，專賴平之。又周其疾急，鄉里號曰墟王。皆竊言曰：『其後必大。』

小褚公　《南史》：何戢爲尚書，美儀容，動止與褚淵相慕，時號小褚公。

蒼頭公　《南史·沈慶之傳》：雍州蠻爲寇，慶之大破之，威震諸山。慶之患頭風，好著狐皮帽，群蠻號曰蒼頭公。每見慶之軍，輒畏懼曰：『蒼頭公已復來矣。』

學府　《南史》：傅昭博極古今，尤善人物，世稱爲學府。

意聖人　《南史·沈不善傳》：每製文，操筆立成，曾無尋檢。周弘正稱之曰：『沈生可謂意聖人乎！』

書聖　《南史》：王志善藁隸，徐希秀謂爲書聖。

孝童　《南史》：王規八歲居喪，有至性，齊太尉徐孝嗣稱曰孝童。◎按，《唐書》，段秀實、王方翼俱號孝童。

江東裴樂　《南齊書》：陸慧曉，字叔明，吴人張緒稱爲江東裴樂。

經史笥　《梁書》：許懋篤志好學，僕射江祏甚推重之，號爲經史笥。

皮裏晉書　《梁書》：劉諒有文才，尤悉晉代故事，時人號曰皮裏晉書。

百六公　《初潭集》：張綰與兄纘齊名，湘東王繹策以百事，綰對闕其六，號曰百六公。

赤牛中尉　《魏書·諸王傳》：元仲景性嚴峭，莊帝時兼御史中尉，京師肅然。每向臺，恒駕赤牛，時人號赤牛中尉。

落鵰都將　《魏書》：元幹善弓馬。太宗出遊，有雙鵰飛於上，太宗命左右射之，莫能中。幹以二箭下雙鵰，軍中號爲落鵰都將。【一】

校按：

【一】『落鵰都將』，《魏書》卷十五作『射鵰都將』。

落鵰都督　《北史》：齊斛律光嘗從文襄於洹橋校獵，雲表見一大鳥，射之，正中其頭，當時號落雕都督。

黄驄年少　《北史》：裴果從軍征討，乘黄驄馬，衣青袍，每先登陷陣，時人號爲黄驄年少。

◎按，《古事苑》『驄』作『騶』。

南面可汗　《北史》：斛律羨爲都督、幽州刺史，突厥謂之南面可汗。

黑面僕射　《北史·魏宗室傳》：廣陵侯衍弟欽位中書監、尚書右僕射，色尤黑，時人稱爲黑面僕射。

入鐵主簿　《北齊書》：許惇任司徒主簿，以能判斷見知，時號入鐵主簿。

獨立使君　《北史》：裴俠除河北郡守，嘗與諸牧守俱謁周文，周文命俠别立，謂諸牧守曰：

『裴俠清慎奉公，爲天下之最。今衆中有如俠者，可與俱立。』衆默然，無敢應者。帝乃厚賜俠，朝野服焉，號爲獨立使君。

三河領袖 《北史》：魏太武謂崔浩曰：『裴駿有當世才，其忠又可嘉。』補中書博士。浩亦深器駿，目爲三河領袖。

洛陽遺彦 《北史》：裴諏之留在河南，西魏領軍獨孤信入據金墉，以諏之爲開府屬，號曰洛陽遺彦。

俠御將軍 《陳書》：韋翽爲驍騎將軍，素有名望。每大事，恒令俠侍左右。時人榮之，號曰俠御將軍。

劉石經 《北史・劉芳傳》：昔漢世造三字石經於太學，學者文字不正，多往質焉。芳音義明辨，疑者皆往詢訪，故時人號爲劉石經。◎又，陸又於五經最精熟，館中謂之石經。

裴曾子 《北史》：裴叔卿博涉有孝行，時人號曰裴曾子。

清郎、清卿 《北史・袁聿修傳》：初，聿修爲尚書郎，十年未嘗受升酒之遺，尚書邢邵嘗呼爲『清郎』。大甯初，聿修爲太常少卿，出使巡省，經兖州。時邢邵爲刺史，前後送白絹爲信，聿修不受，與邢邵書。邢報書曰：『老夫忽忽，意不及此。敬奉來旨，吾無間然。昔爲清郎，今日復爲清卿矣。』

慈父 《北史》：房彦謙爲長葛縣令，有惠化，百姓號爲慈父。◎《山堂肆考》：李桐客貞觀初爲通州刺史，治尚清平，民呼爲慈父。

慈母 《山堂肆考》：隋辛公義爲岷州刺史。土俗，一人有病，合門避之。公義輿有病者置己廳事，迎醫療之。諸病家子孫皆慚謝，合境之内呼爲慈母。

聖小兒 《北史》：祖瑩八歲能誦《詩》《書》，十二爲中書學士，内外親屬呼爲聖小兒。

鐵小兒 《北史》：長孫冀歸六歲襲爵，孝文以其幼承家業，賜名幼，字承業。梁將裴邃、虞鴻襲據壽春，承業諸子驍果，邃頗難之，號曰鐵小兒。

筆公 《北史·古弼傳》：太武將校獵於河西，弼留守，詔以肥馬給騎人。弼命給弱者，太武大怒曰：『尖頭奴敢裁量朕也。』弼頭尖，帝嘗名曰『筆頭』，時人呼爲筆公。

黑矟公 《北史》：于栗磾爲河内鎮將，劉裕之伐姚泓，栗磾慮北侵擾，築壘河上。裕憚之，遺栗磾書，假道西上，題書曰『黑矟公麾下』。栗磾以狀表聞，明元因之授栗磾黑矟將軍。栗磾好持黑矟，故有其號。

白鬚公 《北齊書》：崔伯謙徐南鉅鹿太守，事無鉅細，必自親覽。民有貧弱未理者，皆曰：『我自有白鬚公，不慮不決。』

著翅人 《後周書》：韓果從大將軍破稽胡於北山，稽胡憚果勁健，號曰著翅人。太祖聞之，笑曰：『著翅之人，甯減飛將？』

真秀才 《隋書·文學傳》：杜正玄，字慎徽，楊素歎爲真秀才。

楊三郎 《隋書·宗室傳》：滕穆王瓚，高祖母弟。周時尚公主，號稱楊三郎。

菩薩　《北史》：李謐子士廉事母以孝聞，刺史高元海以禮再致之，稱爲菩薩。

驥子　《北史》：裴景鸞、景鴻並有逸才，河東呼景鸞爲驥子，景鴻爲龍文。

龍文　見上。

五經庫　《北史》：房暉遠世傳儒學，牛弘每稱爲五經庫。

書庫　《北史》：公孫景茂少好學，博涉經史，時人稱爲書庫。

漢聖　《隋書》：劉臻精於兩《漢書》，時人稱爲漢聖。◎《顔氏家訓》：沛國劉顯博覽經籍，偏精班漢，梁代謂之漢聖。

肉飛山　《北史·麥鐵杖傳》：沈光少驍捷。初建禪定寺，其中幡竿高十餘丈，適值繩絶，非人力所能及。光謂僧曰：『當爲上繩。』諸僧驚喜。光因取索口銜，拍竿而上，直至龍頭。繫繩畢，手足皆放，透空而下，以掌拓地，倒行十餘步。觀者駭悦，莫不嗟異，時人號爲肉飛仙。

萬人敵　《北史》：裴行儼每戰，所當皆披靡，號萬人敵。◎《唐書》：薛仁杲多力善騎射，軍中號萬人敵。

鐵猛獸　《後周書》：蔡祐時著明光鐵甲，所向無敵。敵人咸曰：『此是鐵猛獸也。』皆遽避之。

小兒學士　《北史》：周宗懍少聰敏，好讀書，晝夜不倦，語輒引古事，鄉里呼爲小兒學士。◎按，《梁書》作『童子學士』。

八米盧郎　《北史》：盧思道爲散騎常侍，直中書省。文宣帝崩，當朝文士各作挽歌十章，擇其

善者而用之。魏收、陽休之、祖孝徵等不過得一二首，惟思道獨有八篇，時人稱爲八米盧郎。◎按，

◎《西溪叢語》：關中語：歲以六米、七米、八米分上中下，言在穀取八米，取穀之多也。

八米又作『八采』。

名父公子　《隋書》：宇文愷家世武將，愷獨好學，多技藝，號爲名父公子。

異號類編卷二

稱美類二

救時宰相　《通鑑》：姚崇謂紫微舍人齊澣曰：『我爲相可比何人？』澣曰：『可謂救時之相耳。』崇喜，投筆曰：『救時之相豈易得乎？』

解事舍人　《唐書·齊澣傳》：開元初，姚崇復相，用爲給事中、中書舍人。朝廷大政必咨之，時號解事舍人。

呷醋節制　《唐國史補》：任迪簡爲天德軍判官，軍讌後至，當飲觥酒，軍吏誤以醋酌。迪簡以軍使李景略嚴暴，發之則死者多矣，乃强飲之，吐血而歸。軍中聞之皆感泣。及景略卒，軍中請以爲主，後至易定節度使，時人呼爲呷醋節制【一】。

校按：

【一】『制』，諸本作『帥』。

鐵補闕　《唐紀》：乾甯中，楊貽德爲補闕官。凡於朝廷事，知無不言，言無不盡，必欲君納之而後已，時號爲鐵補闕。

解事僕射　《唐書·戴至德傳》：至德遷尚書右僕射。時劉仁軌爲左，人有所訴，率優容之。至德乃詰察本末，理直者密爲奏，終不顯私恩。由是當時多稱仁軌者，號仁軌爲解事僕射。嘗更日聽訟，有老嫗詣省。至德已收牒，嫗乃復取，曰：『初以爲解事僕射，今乃非是。』至德笑還之，人服其長者。

風流半刺　《唐書》：李商隱爲倅，日以詩酒自娱，人謂風流半刺。

鐺腳刺史　《唐書》：高祖時，薛大鼎遷浩州刺史。時鄭德本在瀛州，賈敬頤爲冀州，皆有治名，故河北稱鐺腳刺史。◎《福建通志》：宋趙子木紹興間知邵武軍，剛介有政聲，與延平守上官愔、建安守魏矼俱以剛介著，人號鐵鐺腳三刺史。

千勝將軍　陳善《杭州志》：唐張巡子亞夫以巡死國，拜金吾大將軍。巡守睢陽日，善出奇敗賊，亦名千勝將軍。

神通大將　《唐書》：高仙芝討勃律，署李嗣業爲陌刀將。嗣業提步士升山，頹石四面以擊賊。禽其主，平之，虜號爲神通大將。

青錢學士　《唐書・張薦傳》：薦祖鷟早慧，員半千稱其文辭猶青銅錢，萬選萬中。時號青錢學士。

白蠟明經　《朝野僉載》：張鷟號青錢學士。時有董方，九舉明經不第，號白蠟明經，與鷟爲對。

將來狀元　《摭言》：張曙、崔昭緯中和初西川同舉，相與詣日者問命。時曙自恃才名藉甚，人皆目爲將來狀元，崔亦分居其下。無何，日者殊不顧曙第，目崔曰：『將來萬全高第。』曙有愠色。日者曰：『郎君亦及第，然須待崔家郎君拜相，當此時過堂。』既而曙果以慘愡不終場，昭緯其年首冠。後七年，崔自内庭大拜。張後於裴贄下及第，果於崔下過庭。

著緋進士　《盧氏雜説》：杜昇自拾遺賜緋，卻應舉及第，又拾遺，時號著緋進士。

當世仲尼　《唐書・王起傳》：帝嘗題詩太子笏以賜，詔畫像便殿，號當世仲尼。

關中曾子　《唐書》：賈循父會有高節，里中號『一龍』。親亡，負土成墓，廬其左，時號關中曾子。

孝友童子　《唐書》：陳饒奴，饒州人。刺史李復異署其門曰『孝友童子』。

神仙童子　《朝野僉載》：元嘉少聰俊，左手畫員，右手畫方，口誦經史，目數群羊，兼成四十字詩，一時而就，足書五言一絶。六事齊畢，代號神仙童子。

三耳秀才、雞冠秀才 《太平廣記》：兖州張審通嘗爲泰山府君所召，令爲詞制，録申天曹。天曹允之，府君悦，問曰：『子何願？』曰：『特更欲聰明耳。』乃命取一耳，安其額上。既寤，覺額痒，踊出一耳。時人曰：『天有九頭鳥，地有三耳秀才。』亦呼爲雞冠秀才。

秦婦吟秀才 《唐詩紀事》：韋莊應舉時，著《秦婦吟》，時號秦婦吟秀才。

柳篋子 《舊唐書·柳璨傳》：公卿託爲牋奏，時譽日洽。以其博奥，目爲柳篋子。

李書樓 《唐書》：李磎好學，家有書至萬卷，世號李書樓。

温八叉、温八吟 《北夢瑣言》：温庭筠才思豔麗，工爲小賦。每入試，押官韻作賦。凡八叉手而八韻成，時人號温八叉。◎《摭言》：温庭筠燭下未嘗起草，但籠袖凭几，每賦一韻，一吟而已，故場中號爲温八吟。

趙倚樓 《唐詩紀事》：趙嘏爲詩，瞻美多興味。杜紫微愛其『長笛一聲人倚樓』，吟歎不已，人因目爲趙倚樓。

柳尊師、柳百經 《雲溪友議》：東川處士柳全節，習百家之言，衣華陽鶴氅，或呼爲柳尊師，又曰柳百經。

鄭鷓鴣 《唐詩紀事》：鄭谷以《鷓鴣》詩得名，時號爲鄭鷓鴣。

崔鴛鴦 《唐詩紀事》：崔珏以賦鴛鴦得名，故因以爲號。

胡釘鉸 《全唐詩話》：胡令能，莆田隱者，少爲負局鍍釘之業。夢人剖其腹，以一卷書納之，遂能吟詠，遠近號爲胡釘鉸。

劉棗强　《全唐詩話》：劉言史，邯鄲人。初客鎮冀，王武俊奏爲棗强令，辭疾不受，人因稱爲劉棗强。

張三頭　《全唐詩話》：張又新時號張三頭。謂進士狀頭，宏詞敕頭，京兆解頭。◎《語林》：武翊黄，府選爲解頭，及第爲狀頭，宏詞爲敕頭，時號武氏三頭。

張萬言　《舊唐書》：張涉，蒲州人。嘗請有司日試萬言，時稱張萬言。

唐石經　《北夢瑣言》：唐咸通中荆州書生，號唐石經。

來嚼鐵　《唐書》：來瑱爲潁川太守，賊攻潁川，瑱手射賊，皆應弦而仆。賊懼，目爲來嚼鐵。

文章李益　《因話録》：李尚書益有宗人庶子同名，俱出於姑臧公，時人謂尚書爲文章李益，庶子爲門户李益。

樂和李公　《唐書》：李景讓宅東都樂和里，世稱清德者，號樂和李公云。

聰明尉　《月令廣義》：唐魏奉古爲雍邱尉，九日公宴，有客草序五百言，奉古曰：『此舊文也。』援筆倒疏之，徐笑曰：『適記之耳。』郡守目爲聰明尉。

内相　《唐書》：陸贄入翰林，年尚少，以才幸。雖外有宰相主大議，而贄常在中參裁可否，時號内相。◎又，《王琚傳》：帝於琚眷委特異，預大政事，時號内宰相。

髯佛　《清異録》：滑州賈甯性仁恕，賑饑救患，耆穉愛慕之。以甯多髯，呼爲髯佛。

今董狐 《唐書》：吴兢初與劉子玄撰定《武后實録》，敘張昌宗誘張説誣證魏元忠事，頗言『説已然可，賴宋璟等激勵苦切，故轉禍爲忠，不然皇嗣且殆。』後説讀之，屢以情蘄改。辭曰：『徇公之情，何名實録？』卒不改，世謂今董狐云。

小許公 《唐書》：蘇瓌封許國公，工文。子頲能繼其父，時號小許公。

大梁公 杜牧《題太尉李愬院》詩：『家呼小太尉，國號大梁公。』自註：『季弟德【一】亦封梁公。』

校按：

【一】『德』原誤作『聽』。據《全唐詩》卷五百二十一改。

曲江公 《唐書》：張九齡，開元後天下稱曰曲江公而不名。

郭令公 《唐書》：郭子儀爲中書令，人稱之曰郭令公。

贊黄公 《唐書》：李栖筠世爲趙人，天下歸重，不敢有所斥，稱贊黄公云。

細眼奴 《龍城録》：房玄齡幼穉日，王通説其文，謂：『此細眼奴，輔帝必爲儒師。』

謫仙人 《本事詩》：李白自蜀至京師，賀知章訪之，白出《蜀道難》以示。稱歎數四，號爲謫仙人。

飣座梨 《唐書》：崔遠有文而風致整峻，世慕其爲人，目曰飣座梨，言座所珍也。

霹靂手 《唐書·崔漼傳》：漼父琰之，永徽中爲同州司户參軍。年少，不主曹務。吏白積案數百，琰之乃命吏連紙進筆爲省決，一日畢。由是名動一州，號霹靂手。

驅蚊扇 《唐書》：袁光庭典名藩，有異政。明皇謂宰輔曰：「光庭性逐惡，如扇之驅蚊。」時號驅蚊扇。〔一〕

校按：

【一】今本《唐書》無此記載。此條見於《開元天寶遺事》《唐語林》等。

有脚陽春 《開天遺事》：人謂宋璟爲有脚陽春，言所至之處，如陽春煦物也。

酪 《唐書·穆甯傳》：甯四子贊、質、員、賞。贊爲御史中丞，質右補闕，員侍御史，賞監察御史，皆以守道行誼顯世。以珍味目之，贊少俗然有格，爲酪；質美而多文，爲酥；員爲醍醐；賞爲乳腐云。

酥、醍醐、乳腐 見上。

錦繡堆 《摭言》：謝庭浩以詞賦著名，號錦繡堆。

九經庫 《唐書》：谷那律淹識群書，褚遂良嘗稱爲九經庫。

周禮庫　《北夢瑣言》：唐李涪，尚書福相之子，以開元禮及第。朝廷重其博學，禮樂之事諮稟之，時人號爲周禮庫。

水月觀音　《北夢瑣言》：蔣凝侍郎有人物，每到朝士家，人以爲祥瑞，號水月觀音。

甘露頂　《唐書·孝友傳》：裴敬彝七歲能文章，宗族重之，號甘露頂。

行祕書　《國朝雜事》：太宗嘗出幸，有司請載書以行，帝曰：『不須，虞世南在此，行祕書也。』

肉譜　《唐書》：李守素爲倉曹參軍，通姓氏學，世號肉譜。虞世南與論人物，歎曰：『肉譜定可畏。』許[一]敬宗曰：『倉曹此名，豈雅目耶？』世南曰：『昔任彥升通經，時稱「五經笥」，今以倉曹爲「人物志」，可乎？』　◎《宋史》：韓溥博學善持論，詳練臺閣故事，與人談，亹亹可聽，號爲近世肉譜。

校按：

【一】『許』原誤作『徐』。據《新唐書》卷一百一十五改。

五經笥、人物志　見上。

醉聖　《開天遺事》：李白嗜酒，不拘小節。然沈酣中所撰文章，未嘗錯誤。與不醉者議事，皆不出所見，時人號爲醉聖。

易聖　《唐書》：衛大經邃於《易》，人謂之易聖。

詩豪　《唐書》：劉禹錫好詩，晚節尤精，白居易推爲詩豪。

詩天子　《海録碎事》：王維爲詩天子，杜甫爲詩宰相。

詩宰相　見上。

詩王　《雲仙雜記》：杜甫十餘歲，夢人令采文於康水。覺而問人，此水在二十里外，乃往求之。見鵞冠童子，告曰：『汝本文星典吏，天使汝下謫而爲唐世文章海。九雲誥已降，可於豆隴下取。』甫依其言，果得一石，金字曰：『詩王本在陳芳國，九夜捫之麟篆熟，聲振扶桑享天福。』後因佩入葱市，歸而飛火滿室，有聲曰：『邂逅穢吾，令汝文而不貴。』

詩祖　《海録碎事》：李洞目賈島爲詩祖。

詩虎　《詞林海錯》：唐羅鄴與方干、賈島齊名，賦《牡丹》詩云：『買栽池館恐無地，看到子孫能幾家？』時人謂之詩中虎。

筆虎　《法書苑》：唐李陽冰善小篆，時謂之筆虎。

長雛　《唐書·薛收傳》：元敬與收及族兄德音齊名，世稱河東三鳳。收爲長雛，德音爲鸑鷟，元敬年最少，爲鵷雛。

鸑鷟、鵷雛　見上。

大龍甲　《唐書》：崔璵子澹舉止秀峙，時謂玉而冠者。當時士大夫以流品相尚，推名德者爲之首。咸通中，世推李都爲大龍甲，而澹與焉。

得霜鷹　《朝野僉載》：蘇味道才學識度，物望攸歸。王方慶體質鄙陋，言詞魯鈍。俱爲鳳閣侍郎，或問張元一曰：『蘇王孰賢？』答曰：『蘇九月得霜鷹，王十月被凍蠅。』或問其故，答曰：『得霜鷹俊捷，被凍蠅頑怯。』

束翅鷄子　《盧氏雜説》：李藹應舉功勤，敏妙絶倫，人謂之束翅鷄子。

五總龜　《唐書》：殷踐猷，字伯起【二】。博學，尤通氏族、曆數、醫方。與賀知章、陸象先、韋述最善，知章嘗號爲五總龜。謂龜千年五聚，問無不知也。◎顔真卿《殷踐猷墓碑》：顔元孫、韋述、賀知章、陸象先與踐猷五人相聚，故曰五總龜。

校按：

【二】：『伯起』原誤作『百起』。據《新唐書》卷一百九十九改。

壁龍　《朝野僉載》：柴紹弟某，有才力，輕趫迅捷。踊身而上，挺然若飛，十餘步乃止。嘗著吉莫靴，走上磚城，且至女牆，手無攀引。又以足蹈佛殿柱，至簷頭，捻椽復上，越百尺樓閣，了無障礙。太宗奇之曰：『此人不可處京邑，出爲外官。』時人號爲壁龍。

皂鵰　《唐書》：王志愔爲侍御史，以剛鷙爲治，所居人吏畏讋，呼爲皂鵰。

九年老　《金華子》：崔魏公鎮淮海九載，法令一設，無復更改。民康物阜，軍府晏然。天祐末，故老猶存，喜論其餘愛，或戲之爲九年老。

齒牙春色　《清異録》：婁師德位貴而性通豁，尤善捧腹大笑，人稱師德爲齒牙春色。

牛皮綳鐵鼓　《清異録》：蘇州録事參軍薛朋龜，廉勤明察，胥吏呼爲牛皮綳鐵鼓，言難縵也。

生菩薩　《唐語林》：薛調美姿貌，人號爲生菩薩。

劍　《零陵總記》：薛調、李瓚同年進士。調美姿貌，人號爲生菩薩。瓚俊爽，人號爲劍。

鐵條　《北夢瑣言》：河中節度王重榮，時號鐵條，以其剛也。

裹頭冰　《清異録》：宋城主簿祝天貺，勵己如冰玉，百姓呼爲裹頭冰。天貺去後，甄和來尉，頗得天貺餘味，加以儒而文，民間語曰：『去了裹頭冰，卻得一段著腳琉璃。』

著腳琉璃　見上。

詩窖　《五代史補》：王仁裕生平有詩萬餘首，蜀人呼爲詩窖。

枯松太保　《古事苑》：唐王建平東川，諸將爭功，獨王宗裕退立枯樹下，號爲枯松太保。

◎按，《十國春秋》作『枯樹太保』。

判詩博士　《賓退録》：判詩博士，五代王仁裕也。

金波處士　《宣和畫譜》：李靄之，華亭人，善畫。爲羅紹威所厚，建一亭，爲靄之援豪之所，名曰『金波』。時以靄之爲金波處士。

鐵鞭郎君　《五代史》：安重榮爲大鐵鞭以獻，誑其民曰：『鞭有神，指人，人輒死。』號鐵鞭郎君。

招寶侍郎、雲臺侍中　《十國春秋》：閩王延彬再任泉州，歷二十六年，吏民安之。每發蠻舶，無失墜者，時謂之招寶侍郎。卒葬雲臺山，閩人亦謂之雲臺侍郎。

許洞庭　《摭言》：許棠有《洞庭詩》，尤工，時人謂之許洞庭。

程君山　《鑑戒録》：程賀員外因《詠君山》得名，時人呼爲程君山。劉象郎中因《詠仙掌》得名，時人呼爲劉仙掌。

劉仙掌　見上。

曹晏嬰　《十國春秋》：曹師魯形短而多智，武肅王常稱曰：『今晏嬰也。』人因號爲曹晏嬰。

李羅隱　《洛陽舊聞記》：周初，李諫議知損有詩名，當時號曰李羅隱。

李道者　《南唐書》：烈祖昪，唐憲宗第八子建王恪之玄孫。恪生超，超生志，志生榮。榮性謹厚，好從浮屠遊，時號李道者。

李摩雲　《北夢瑣言》：李罕之投諸葛爽爲卒，爽尋署爲小校，每遣討賊，莫不擒之。蒲絳之北有摩雲山，設堡於上，號摩雲寨。前後不能攻取，時罕之下焉，由此號李摩雲。

張生鐵　《通鑑》：唐張敬達性剛，時謂之張生鐵。◎按，《五代史·列傳》作『小字生鐵』。

王鐵槍　《五代史》：王彥章爲人驍勇有力，持一鐵槍，奮疾如飛，軍中號王鐵槍。

劉開道　《五代史》：劉知俊勇冠諸軍，太祖命左右義勝兩軍隸之，尋用爲左開道指揮使，故當時人謂之劉開道。

劉窟頭《五代史·劉守光傳》：仁恭能穴地爲道以攻城，軍中號爲劉窟頭。

馮青面《五代史》：馮行襲魁岸雄壯，面有青誌，時目爲馮青面。

陳野叉《五代史·周德威傳》：梁有驍將陳章者，號陳野叉。

朱深眼《十國春秋》：朱令贇椎額鷹目，趫捷善射，軍中號朱深眼。

林虎子《南唐書》：林仁肇事閩，爲裨將。沈毅果敢，文身爲虎，軍中謂之林虎子。

劉一箭《南唐書》：劉彦貞善騎射，軍中號爲劉一箭。

張大口《江淮異人傳》：張訓者，吴太祖之將校也。口大，時人謂之張大口。◎按，《十國春秋》作『大口張』。

孫百計《十國春秋》：孫琰驍勇有智，時人謂之孫百計。

李老虎《十國春秋》：李瓊善飲食，每一飯肉數十斤，割大臠而食之，軍中謂之李老虎。◎按，《三楚新録》作『李勲』，誤。

分身將《清異録》：梁將葛從周，忠義饒勇。每臨陣，東西南北，忽然如神，晋人稱爲分身將。

一谷柴《孔氏談苑》：武行德長八尺，有力。負薪自給，號一谷柴。晋祖見其魁岸，所負薪令左右數人舉之，不能舉。後至節帥。

小由基《十國春秋》：朱行先燕頷虎頭，猿臂善射，時人稱曰小由基。◎《澠水燕談録》：陳堯咨善射，百發百中，常自號曰小由基。

大蟲　《舊五代史》：翟璋好勇多力，時目爲大蟲，即『癡虎』之稱也。

虎子　《十國春秋》：杜建徽，稜之季子也。累從征伐，所至立功，軍中謂之虎子。

薄地鴉　《十國春秋》：李彦德素驍勇，常冠牛革帽，披漆甲，跨黑馬，執斫刺刀，軍中目爲薄地鴉。

玉界尺　《五代史》：趙光逢在唐以文行知名，時人稱其方直温潤，謂之玉界尺。

下水船　《摭言》：朱梁時，姚洎爲學士，梁祖問及裴延裕，曰：『卿頗知其人思敏。』洎曰：『向在翰林，號下水船。』帝曰：『卿便是上水船也。』洎有慙色。◎《十國春秋》：吴沈顔少有詞藻，時人爲之語曰下水船。言爲文精速，無不載也。

幕府書廚　《十國紀年》：朱遵度避耶律德光之召，挈妻孥奔楚，杜門卻掃。諸學士每爲文章，先問古今首末於遵度，時人號幕府書廚。

强團練　《楓窗小牘》：臨安有諺，凡見人不下禮曰『强團練』。長老言：錢氏有國時，攻常州，執其團練使趙仁澤以歸。見之不拜，王怒，命以刀抉其口及耳。丞相元德昭救解云：『此强團練，宥之足以勸忠也。』遂以藥敷創，送歸於唐，故至今以爲美談。

周胡　《益州名畫録》：後蜀周行通工畫，蜀人皆傳周胡番馬爲妙，行通多髯故也。

萬事休　《隆平集》：高從誨於諸子中最愛保勖，雖甚怒，見之則釋然而笑，荆南人目之爲萬事休。

異號類編卷三

稱美類三

小笏學士 《宋史》：楊偉常秉小笏以朝。知制誥缺，中書以偉名進。仁宗曰：『此非秉小笏者耶？』遂命知制誥。

魚頭參政 《宋史》：魯宗道性鯁直，當時目爲魚頭參政。

鐵面御史 《宋史》：趙抃爲殿中侍御，彈劾不避權倖，京師目爲鐵面御史。◎曾紓《南遊記舊》：慶曆中，侍御史吴中復，時人謂之鐵面御史。

黑大王 《宋史·李重進傳》：吴人以重進色黔，號黑大王。

黑王相公 《續通鑑》：王德用名聞四夷，閭閻婦女小兒亦呼爲黑王相公。◎按，《澠水燕談録》作『黑相』。

鐵肝御史　《宋史》：治平末，錢顗爲殿中侍御史。二年而貶，怡然無謫官之色。蘇軾遺以詩，有『烏府先生鐵作肝』之句，世目爲鐵肝御史。

鐵面少府　《兩浙名賢録》：宋楊王休，象山人，乾道進士，仕爲黄巖尉。有豪民植奸黨，號三神。王休捕得之，具罪狀於府，黥徙他郡。人稱爲鐵面少府。

冷面御史　《姑蘇志》：宋冷世光，常熟人。爲御史，彈劾無所避，人謂之冷面御史。

清白宰相　《錦繡萬花谷》：慶曆中，杜衍爲相，苞苴、貨殖不敢到其門，時號清白宰相。

七字舍人　《宋史》：吕溱開敏善議論，一時名輩皆推許。然自貴重，在杭州接賓客，不過數語，時目爲七字舍人。

白鬚御史　《獨醒雜志》：董公敦逸，永豐人。元祐中爲侍御史，彈擊不避貴近，人畏憚之，呼爲白鬚御史。

忠孝狀元　《記纂淵海》：皇祐五年，廷試進士。前一日，取首選卷焚香祝之曰：『願得忠孝狀元。』洎唱名，乃鄭獬也。

石蓮縣尉　《赤城志》：宋鄭伯熊爲黄巖尉，人呼爲石蓮縣尉，以其年少而堅不可磷也。

無地起樓臺宰相　《青箱雜記》：魏野贈萊公詩云：『有官居鼎鼐，無地起樓臺。』而其詩傳播漠北，嘗有北使詣闕，詢於譯者曰：『那箇是「無地起樓臺」宰相？』時萊公方居散地，高宗即召還，授以北門管鑰。

雲破月來花弄影郎中　《古今詞話》：宋景文過張子野家，將命者曰：『尚書欲見「雲破月來花弄影」郎中。』子野内應曰：『得非「紅杏枝頭春意鬧」尚書耶？』

紅杏枝頭春意鬧尚書　見上。

桃李嫁東風郎中　《過庭録》：張先子野郎中《一叢花》詞末有云：『沈思細恨，不如桃李，猶解嫁東風。』一時盛傳，歐陽永叔尤愛之。子野至都，謁永叔。閽者以通，永叔倒屣迎之曰：『此乃桃李嫁東風郎中。』

風流別駕　《人物志》：宋晁補之，字无咎。與東坡唱和，坡稱爲風流別駕。

八損狀元　《西江志》：宋謝磐累舉廷對。高宗作損齋，磐言未能損者八。有司以言訐置第二，時稱爲八損狀元。

三紅秀才　《詩話總龜》：宋應子和詩：『蠟炬短燒紅』『風過落花紅』『兩岸夕陽紅』，號三紅秀才。◎按，子和名鏞。

黑面大王　《山堂肆考》：宋尹繼倫敗契丹耶律休哥於徐河，契丹主相謂曰：『當避黑面大王。』以繼倫面黑故也。

長髯將軍　《宋史》：安俊久在邊，羌人識之。環州得俘虜，知州种世衡問之曰：『若屬於吾將孰畏？』曰：『畏安太保。』指俊於坐曰：『此長髯將軍是也。』

大小眼將軍　《七修類稿》：韋太后北歸至臨平，因問：『何不見大小眼將軍耶？』人曰：『岳飛死獄矣。』遂怒帝，欲出家，故終身在宫中道服也。

感應司户　《北窗炙輠》：張道望，吾鄉長者人也。嘗作秀州司户，遇大旱，兩府欲乞水於海鹽縣神山之龍池。衆白太守，以爲張司户忠厚誠慤，使爲之祝，宜有所感動。遂遣之，果大雨，當時號爲感應司户。

走馬上舍　《西江志》：劉堯夫，金谿人。乾道己丑太學，釋褐，時號走馬上舍。陛對，極言時相之失。

龍圖老子　《澠水燕談録》：范文正公以龍圖閣直學士帥邠、延、涇、慶四郡，盛德著聞，屬户蕃部率稱曰龍圖老子。至元昊，亦以是呼之。

席上才子　《尚友録》：羅尚友，萍鄉人。少負俊才，文章倚馬可待。後登進士第，授武昌軍節度推官。時李常以中丞爲帥，每燕集，必召尚友。凡樂語、詩詞，皆即席而成，因目爲席上才子。

天子門生　《宋史·趙逵傳》：帝謂逵曰：『秦檜日薦士，未嘗一語及卿，以此知卿不附權貴，真天子門生也。』

白石道人　《姓譜》：姜夔，字堯章，鄱陽人。寓居武康，與白石洞天爲鄰。潘轉翁號之曰白石道人。夔答以詩云：『南山仙人何所食，夜夜山中煮白石。世人唤作白石仙，一生費齒不費錢。仙人食罷腹便便，七十二峰生肺肝。』云云。其詩大有名於江湖間。

錦體謫仙　《揮麈後録》：李質少不檢，文其身，賜號錦體謫仙。後隨從北狩。

突厥太尉　《玉壺清話》：折御卿淳化中拜永安節度、麟府總管。契丹入寇，御卿一擊遂敗，虜中號爲突厥太尉。

淮南夫子　《姓譜》：宋龔友福，光山人。仕爲翰林學士，拜中書參政兼丞相事，號淮南夫子。◎《姑蘇志》：陳造，高郵人。淳熙初進士，歷浙西參議幕，時人稱爲淮南夫子。

太平官府　《姓譜》：宋縻弇，字仲昭。以父致仕，恩調崇仁丞，知山陰縣，小民號爲太平官府。

青錢解元　《西江志》：宋蕭汝爲，吉水人。四與鄉薦，三作榜首，時人號爲青錢解元。

北山學士　《姓譜》：徐大正嘗築室北山下，名閒軒。秦少游爲之記，軾爲賦詩，人以北山學士呼之。

趙家關　《宋史》：趙賀知漢州，蜀吏善弄法，而賀精明，多所究詰，人目爲趙家關。謂如關梁不可越也。

折家父　《宋史》：折克行在邊三十年，善拊士卒，羌人呼爲折家父。

呂詔君　孫偉德《毘陵志》：宋呂天策善詩，尤精於書。宣政間被召不就，人號曰呂詔君。

李鐵面　《昨夢録》：開封尹李倫，號李鐵面。

朱萬卷、小萬卷　《宋史·朱昂傳》：朱遵度好讀書，人號爲朱萬卷，目昂爲小萬卷。

杜萬卷　《墨客揮犀》：杜鎬博聞强記，時人號爲杜萬卷。

尤書廚　《坦齋筆衡》：尤延之袤貫穿今古，士大夫目爲尤書廚。◎按，《姓譜》，宋宜黃李郛，文學浩博，號爲書廚。福清鄭格，博聞强記，亦號書廚。莆田李宗之，通諸史百家，人亦目爲書廚。高安唐允功，經史百家，無不通貫，時號書廚，丞相趙鼎嘗書『潛心居士』四字贈之。

曾開門 《宋史》：曾公亮知鄭州，有善政。尤能禁戢奸盜，郡寇悉竄他境。路不拾遺，外户不閉，人號爲曾開門。【二】

校按：

【二】今本《宋史·曾公亮傳》有公亮『知鄭州，爲政有能聲，盜悉竄他境，至夜户不閉』的記載，但無『曾開門』稱謂。『曾開門』之稱，見於《宋名臣言行録》。

周彌陀 《癸辛雜識》：湖州貴溼坊有周彌陀者，其人手中有彌陀印，故得名。爲人善良且孝。

宋采侯 《六一詩話》：天聖二年，省試《采侯詩》，宋尚書祁最擅塲，當時舉子目爲宋采侯。

鮑孤鴈 《温公詩話》：鮑當善爲詩，景德二年爲河南府法曹。薛尚書映知府，當失其意，初甚怒之。當獻《孤鴈詩》云：『天寒稻粱少，萬里孤難進。不惜死君庖，爲帶邊城信。』薛大嗟賞，自是游宴無不預焉。時人謂之鮑孤鴈。

鮑清風 《泊宅編》：鮑當郎中有詩編，名曰《清風集》，時號鮑清風。

張三中、張三影 《樂府紀聞》：客謂張子野曰：『人咸目公爲張三中，謂公詞有心中事、眼中淚、意中人也。』子野曰：『何不謂之張三影？』客不喻，子野曰：『「雲破月來花弄影」「嬌柔懶起，簾壓捲花影」「柳徑無人，墜絮輕無影」，此生平得意者。』

梅河豚　《江鄰幾雜志》：梅聖俞轉都官員外郎，原甫戲之曰：『詩人有何水部，其後有張水部。鄭都官復有梅都官，鄭有《鷓鴣》詩，時呼鄭鷓鴣。梅有《河豚》詩，可呼梅河豚耶？』

謝蝴蝶　《潛確類書》：宋謝逸有《蝶詩》三百首，極佳，時呼爲謝蝴蝶。

方挽詞　《中吴紀聞》：張僅，字幾道，王荆公門下士。登第，未幾捐館。方子通作挽詩，誦者爲之出涕，吴人目子通爲方挽詞。

范履霜　《老學菴筆記》：范文正公善彈琴，止彈《履霜操》，時人謂之范履霜。

李伯夷　《韶州府志》：宋李渤世業儒，嘗試南昌，作《聞伯夷之風頑夫廉賦》，人稱爲李伯夷。

王木鐸　《姓譜》：王汲，通州人。嘉祐中嘗作《天將以夫子爲木鐸賦》，士以爲矜式，因呼爲王木鐸。

賀梅子　《竹坡詩話》：賀方回嘗作《青玉案》詞，有『梅子黄時雨』之句，人皆服其工，謂之賀梅子。

張春水　鄧牧《伯牙琴·張叔夏詞集序》云：《春水》一辭，絶唱今古，人以張春水目之。

王回文　《宋史》：王博文舉進士，以回文詩百篇爲公卷，人謂之王回文。

劉曉行　《列朝詞綜》：劉一止，字行簡，臨安人，宣和三年進士。其《喜遷鶯》詞有云：『曉光催角，聽宿鳥未驚，鄰雞先覺。』」陳質齋云：『行簡是詞盛傳都下，號劉曉行。』

張百杯、張百篇　《鐵圍山叢談》：張端公伯玉，仁廟朝人。名重當時，號張百杯，又曰張百篇。言一飲酒百杯，一掃詩百篇故也。

查長老　《國老談苑》：查道性淳古，朝列伏其重德，咸謂之查長老。

李見鬼　《墨莊漫録》：李去僞紹聖初知通州静海縣，至夜即入一室判冥，外人皆聞訊問枷鎖聲，因目爲李見鬼。

趙半杯　楊萬里《詩酒【二】懷趙德莊》詩：『舊日張三影，今時趙半杯。』自注：德莊對客不淪茗，傳觴半杯，曰：『某名趙半杯，君知否？』

校按：

【一】『詩酒』原誤作『對酒』。據《全宋詩》改。

朱虎殘　《宋史·孝義傳》：朱泰，湖州人，以孝母著。虎搏之不食，里人呼爲朱虎殘。

符第四　《宋史》：符彦卿勇略有謀，善用兵。存審之第四子，軍中謂之符第四。

張鐵簡　《宋史》：張玉遇夏兵三萬，有馳鐵騎挑戰者，玉單騎持鐵簡出鬭，取其首及馬，軍中因號曰張鐵簡。

王硬弓《宋史》：王榮善射，嘗引强注屋棟，矢入木數寸，時人目爲王硬弓。

王鐵鞭《宋史・王光祖傳》：父珪，爲涇原勇將，號王鐵鞭。

劉鐵彈《宋史・蕭貫傳》：時提舉捉賊，劉舜卿善捕盜，號劉鐵彈。

王劍兒《宋史》：王彦昇善擊劍，號王劍兒。

張鐵山《宋史・張俊傳：》：紹興元年，李成據江淮、湖湘十餘州，連兵數萬，有席捲東南之意。俊追至江州，成絶江而遁，號俊爲張鐵山。

楊無敵《宋史》：楊業弱冠事劉崇，屢立戰功，所向克捷，國人號爲楊無敵。

狄天使《職官分紀》：狄青爲延州指揮使，會元昊叛，屢將兵出戰，西戎及京師之人皆呼爲狄天使。

張紅眼、張鶻眼《宋史》：張威每戰酣，則精采愈奮，兩眼皆赤，時號張紅眼。又號張鶻眼，立『淨天鶻』旗以自表。

王夜叉《南宋書》：王德以武勇應募，隸熙帥姚古。會金人入侵，德從十六騎徑入隆德府治，執僞守姚太師。左右驚擾，古械姚獻於朝。欽宗問狀，姚曰：『臣就縛時，止見一夜叉耳。』時遂呼德爲王夜叉。

許夜叉《宋史・劉錡傳》：錡部將許清號夜叉。〔一〕

校按：

【一】此條『夜叉』原誤作『野叉』。據《宋史》卷三百六十六改。

李旗兒　《鬼董》：李勝善騎射，軍中號李旗兒。客殿司統制吴曦家，教其子弟弓馬。

項鷂子　《宋史·忠義傳》：項德，婺州人，郡之禁卒也。宣和間盜發，德大小百餘戰，俘馘不可勝計，賊目爲項鷂子。

王三鐵　《宋史》：王繼勳有武勇，在軍陣嘗用鐵鞭、鐵槊、鐵檛，軍中號爲王三鐵。

姚大蟲　《宋史》：姚内斌爲慶州刺史，西夏畏服，號爲姚大蟲，言其武猛也。

薛出油　《詩話總龜》：薛簡素公奎尹開封，以嚴爲治，謂之薛出油。其後牧成都，歲豐人樂，作《春遊好》十首，自號薛春遊，欲换前稱也。

姜擦子　《獨醒雜志》：姜公遵謂之姜擦子，薛公奎謂之薛出油。皆以爲政清嚴公正，使人愛而畏之，若包孝肅之政，至今人以爲稱祝。

石大門　《湧幢小品》：石斗文，新昌人。丞相史浩薦其學行，改樞密院編修。上書論朝政，其曰：『朝廷辟如萬金之家，必嚴大門以司出入。一旦疑守者而剏開便門，不知便門之私，乃復滋甚。』一時以爲名言，因目之曰石大門。

陳三詔　《閩書》：陳朝老，字廷臣。學者以陳三詔稱之。

顧五言　《姑蘇志》：同時學詩於周弼者，有顧逢。逢字君際，弼稱顧五言，自署其居爲『五字田家』。

王生佛　《福建通志》：宋王杆，無爲軍人。紹定間判州事，寇犯州城，杆指授方略，力擊卻之，民比屋祀杆曰王生佛。

章硬頭　《萬姓統譜》：宋章岷，浦城人。爲兩浙轉運使，有能名，性剛介不屈，人目爲章硬頭。

丁三傳　《姓譜》：宋丁雋，醴陵人。習《春秋》，時稱丁三傳。

廖五經　《姓譜》：宋廖瑀，雩都人。年十五，通《五經》，鄉人稱廖五經。

鄒五經　《西江志》：宋鄒致，新昌人。博洽强敏，授諸子各一經，時號鄒五經。

林十萬　《姓譜》：宋林從世，初爲福州長樂人，性好博濟。治平間至莆，見同邑錢氏女築陂於將軍巖前，弗克成功，乃捐貲十萬緡以給其役，時人因號之曰林十萬。

李虎子　《福建通志》：李廣文，古田人。政和二年，以舍選登第。雄勇過人，所在以李虎子目之。

古神孝　《姓譜》：宋古譓母病頤瘡，不能言。譓夜虔奏告北斗，忽聞母大呼曰：『夢一道士執水盂，以柳枝灑。』明日，頤消疾愈。後爲本州安撫，呼爲古神孝。

阮絶句　《姓譜》：宋阮美成，舒城人，元豐進士。喜吟詠，時號阮絶句。

阮道者　《廣東通志》：宋阮子郁，四會人。少學浮屠氏，時號阮道者。

趙鐵頭　《江南志》：趙伾知無錫縣，英毅不畏强禦，號趙鐵頭。◎按，《姓譜》作「趙環」，云無錫人。

趙顔子　《浙江通志》：趙霄，瑞安人。登崇寧第，選爲濟州教授。誨學者，以篤學力行爲本。大觀中卒於官。李彦立目爲趙顔子。

趙鐵面　《福建通志》：宋趙善郈，信州人。寶慶初以宣教郎知崇安，政尚嚴明，人號趙鐵面。

謝水壺、謝銅釘　《姓譜》：謝詗，光澤人，治平進士。調臨川令，人謂之謝水壺，又謂之謝銅釘，言其清且剛也。

鄧江南　《姓譜》：宋鄧富，大庾人。有智勇，紹興間爲諸寨長。賊畏之，呼曰鄧江南。

祝半州　《姓譜》：宋祝象器，登儒科，爲太學博士。祝氏世居江陵，遷歙。世以資力好善聞於州郡，其生業幾有郡之半，時號爲祝半州。

祝孟軻　《浙江通志》：宋祝顔，麗水人，大觀中舉人。嘗賦《孟軻勇於義賦》，膾炙人口，時號祝孟軻。

金雙科　《仙居縣志》：金三復與弟三德宋淳熙間同登第，時呼金雙科。

石杏林　《扶風縣志》：宋石泰，以醫藥濟人，不受謝，令植杏一株。久遂成林，人因目爲石杏林。

戴長壽　《玉壺清話》：戴恩爲御龍弓箭直都虞侯。一日，西蜀進青龍城道觀《長壽仙人圖》，其本吴道元之迹。太宗閲之，殊肖戴恩，又恐所見有殊，亟召數班軍校近侍内臣遍示之。曰：『汝輩且道此圖似何人？』群口合奏曰：『似戴恩。』上笑而異之，因是進用。後建寧遠軍節，舉朝止呼戴長壽。

陳闗門　《兩浙名賢録》：宋陳柔，平陽人。性沖約，人或見陵，閉門不競，内外呼爲陳闗門。

李萬回　《湘山野録》：李侍讀仲容魁梧善飲，兩禁號爲李萬回。

羅半州　《癸辛雜志》：羅椅，廣陵富家子也，時呼羅半州。

鄭半州　《姑蘇志》：鄭虎臣，殺賈似道者，吴人也。其家居第甚盛，號鄭半州。

陳角梳　《藏海詩話》：陳二叔，忘其名，金陵人，號爲陳角梳。有《石榴》詩云：『金刀擘破紫穰瓢，撒下金丹數百粒。』案，角梳之號，蓋以其貨角梳也。

范寛　《聖朝名畫評》：范寛，名中正，華原人。性温厚，有大度，故時人目爲范寛。◎《宣和畫譜》云：闗中人謂性緩爲寛，中正不以名著，以俚語行，故世號范寛山水。

傅父　《姓譜》：傅大聲，仙游人。淳熙進士，知道州事，百姓呼曰傅父。

余佛　《事文類聚》：宋余崇龜，守［一］九江，自夏涉秋不雨。公到郡，舉家蔬食，爲民祈禱。既而雨霔，遂有秋。田里之間，莫不舉手加額，呼爲余佛。

校按：

【一】『守』原誤作『字』。據《古今事文類聚》外集卷十改。

鄧佛 《姓譜》：宋鄧均，一名垌，建昌人，嘉定進士。官至吏部侍郎，政事寬平，所至以鄧佛稱之。

宗爺爺 《宋史》：宗澤，字汝霖，婺州義烏人。北方稱爲宗爺爺。

孟爺爺 《宋史》：孟宗政，字德夫，絳州人。金人呼爲孟爺爺。

岳爺爺 《宋史》：岳飛，字鵬舉，湯陰人。金人稱爲岳爺爺。

難題掌公 《宋史》：掌禹錫數考試開封國學進士，命題奇奧，士子憚之，目爲難題掌公。

閻羅包老 《續通鑑》：包拯立朝剛毅，貴戚宦官爲之斂手，聞者憚之。京師爲之語曰：『關節不到，有閻羅包老。』◎《湧幢小品》：鄞【二】有猾盜詹揀尸者，善發古墓。事覺繫獄，以玉碗二，黄金數錠，賂邑紳包澤求解。包曰：『此爲盜物無疑，當不待教而誅』者。亟言於當道，寘之法，其禍少息。包有剛介聲，歷宦稱閻羅包老云。

校按：

【一】『鄚』原作『鄭』，據《湧幢小品》改。

報讐張孝子　《宋史》：張藏英，涿州范陽人。唐末舉族爲賊孫居道所害，後聞居道避地關南，乃求爲關南都巡檢使。至則微服攜鐵檛，匿居道舍側。伺其出，擊之，遂擒歸。設父母位，刳其心以祭。即詣官首服，官爲上請而釋之。燕、薊間目爲報讐張孝子。

雙南金　《汪溪族譜》：紹興中，金倫中博學宏詞科，倫從子良能亦中宏詞科。俱以英年應選，時人號爲雙南金。◎《仙居縣志》：金忠與弟恕才名競爽，時亦號雙南金。語曰：『前有雙南金出竹林，後有雙南金同根生。』

矮張　《宋史·忠義傳》：張順，民兵部將也。襄陽受圍五年，宋闖募死士，得三千。求將，得順與張貴。俗呼順曰『矮張』，貴曰『竹園張』，俱智勇素著，諸將所服。◎按，《齊東野語》：軍中呼張貴爲矮張。

竹園張　見上。

清長官　《宋史》：王獵徙林慮令，吏民愛信，共目爲清長官。

真御史　《宋史》：朱京風神峻整，見者憚之，目爲真御史。

真鹽鐵使 《宋名臣言行録》：陳恕長於心計，爲鹽鐵使，釐去宿弊。太宗器之，嘗御題殿柱曰：『真鹽鐵使陳恕。』

清主簿 《宋史》：冷應徵調廬陵主簿，以廉能著。有愬事臺府者，必曰：『願下廬陵清主簿。』

聖相 《宋史·李沆傳》：李沆没後，王旦嘆曰：『李文靖真聖人也。』時遂謂之聖相。

佛子 《宋史》：洪皓，宣和中爲秀州司録。大水，民多失業。皓以拯荒自任，人感之切骨，號洪佛子。◎又，劉德，奉元人。孝事繼母，鄉里稱爲劉佛子。【一】◎又，陳思讓，幽州盧龍人。聽信釋氏，人目爲陳佛子。◎《山堂肆考》：宋袁韶【二】，嘉定中知臨安府。十年，理訟清簡，平反冤獄，道不拾遺，里巷呼爲宋佛子。◎《中吴紀聞》：淩哲，字明甫。誠實君子也，人目爲淩佛子。◎《青箱雜記》：李侍郎仲容，恬退不與物接，時人目爲李佛子。◎《獨醒雜志》：趙君貺，名錫，爲吉水宰。清濬醇古，百姓呼爲趙佛子。◎《姓譜》：朱伯陽，歙人。調湖州長興簿。邑俗悍戾，伯陽每以柔道化服之，咸稱曰佛子。◎《楓窗小牘》：張佛子，名慶，京師人也。慶之司獄，常以矜慎自持。

校按：

【一】今本《宋史》無此記載。此條見於《元史》卷一百九十七。

【二】『韶』原作『紹』，據《宋史》卷四百一十五改。

神將《宋史·高瓊傳》：瓊子繼勳，在蜀有威名，號神將。

鐵漢《該【一】聞録》：李遵懿仕僞蜀，有婦態。蜀平，太祖曰：『有此態耶？』以氊頭箭射之，正中其腹，李不動。太祖曰：『内柔外勁。』授供奉官，後握兵江淮，號鐵漢。

校按：

【一】『該』原誤作『駭』。《宋史》卷二百六《藝文志》著録有李畋《該聞録》。

上杭雨《福建志》：鮑粹然，龍泉人，淳熙中令上杭。會州久旱，父老白守，請鮑令禱雨，雨立至，人呼爲上杭雨。

小東坡《宋史》：帝謂趙逵文章似蘇軾，稱爲小東坡。

小子房《宋史·楊琰傳》：制置使孟珙辟於幕，嘗用其策，稱爲小子房。

唐鑑公《宋史》：范祖禹嘗進《唐鑑》十二卷，深明唐三百年治亂，學者遵之，目爲唐鑑公。◎《鐵圍山叢談》：范内翰祖禹作《唐鑑》，名重天下。其幼子温，字元實。一日遊大相國寺，諸貴璫不辨有祖禹，獨知有《唐鑑》，見温，輒指目相謂曰：『此唐鑑兒也。』又，温嘗飲貴人家，會貴人有侍兒，善歌秦少游長短句。坐間略不顧，温亦謹，不敢吐一語。及酒酣歡洽，侍兒者始問：『此郎何人耶？』温遽起，叉手而對曰：『某乃山抹微雲女壻也。』聞者多絶倒。◎按，『山抹微雲』，少游詞也，爲時傳誦，故云。

長嘯公　《宋史》：范鎮有《長嘯卻胡騎賦》，及北使，人至曰：『此長嘯公也。』

無怨公　《姓譜》：宋王綱，元符進士。平生無忿怒，時稱長者，里人名爲無怨公。

草範先生　《姓譜》：林巽，海陽人。天聖中應才識並茂明於體用科，對策鯁切，忤權貴，主司不敢取。慶曆中，投匭論事，仁宗異之，授徐州儀曹。不就，南歸讀《易》，著書八篇，總名《易範》，人稱爲草範先生。

贏官人　《宋史》：岳雲，飛養子。年十二，從張憲戰，多得其力，軍中呼爲贏官人。

髯將軍　《南宋書》：楊沂中，賜名存忠。與劉猊戰於藕塘，猊以首抵謀主李愕曰：『適見髯將軍，鋭不可當。』即以數騎遁云。

小監司　《姓譜》：宋芮及言，霅川人。嘉泰三年知上高，政事精勤，容貌嚴厲，一縣憚之，號爲小監司。

黄旗兒　《宋史》：吴璘子挺率背嵬騎，盡易黄旗，繞出敵後，憑高突之。敵譁曰：『黄旗兒至矣！』遂驚敗。

人樣子　《過庭録》：神廟大長公主，哲廟朝重於求配，遍士族中求之，莫中其意。近臣奏曰：『不知要如何人物？』哲宗曰：『要如狄詠者。』天下因謂詠爲人樣子。

人中神仙　《東軒筆録》：周麟之爲學士，姿儀灑落，進止凝重，班冠玉笋，望之者謂人中神仙。

鐵山　《宋史》：王昭遠，繼升子。形質魁偉，色黑，繼升名之鐵山。

水晶燈籠　《宋史》：劉隨，字仲豫。臨事明鋭敢行，在蜀時，人號爲水晶燈籠。◎又，孫道夫知蜀州，遇事明了，人目爲水晶燈籠。◎又，張中庸治洋州，民號爲水晶燈籠。【一】

校按：

【一】今本《宋史》無此記載。此條見於張岱《夜航船》卷六《選舉部》。

錯安頭、照天燭　《宋史·李兑傳》：兑從弟先，字淵宗。所至治官如家，人目以俚語，在信爲『錯安頭』，謂其無貌而有才也；在楚爲『照天燭』，稱其明也。

照天蠟燭、不錯事尚書　《孔氏談苑》：田元均治成都有聲，蜀人謂之照天蠟燭。又謂之不錯事尚書。

一路福星　《續通鑑》：熙寧末，鮮于侁已嘗爲京東轉運使，至是復用之。司馬光語人曰：『今復以子駿爲轉運使，誠非所宜。然朝廷欲救東土之弊，非子駿不可，此一路福星也。安得百子駿常在天下乎！』

滿朝歡　《南宋書》：章鑑在朝日，號寬厚，然與人多許可，士大夫目爲滿朝歡。◎《庶齋老學叢談》：劉介軒甗，衢州人。正夫之後，性和易，號滿朝歡。

挨屍俊　《上庠録》：元祐間，馬涓、張庭堅等四人擅名太學，時號四俊。劉燾，湖州人。年少自負，初補太學生，聞而慕之，以刺謁曰：『不識可當一俊否？』涓等詭詞以困之，曰：『每試嘗預爲一字，限於程試中用之，善者乃預。』既而程試，燾請字，涓等曰：『第一句用將字。』其時策問《神宗實録》，燾對曰：『秉史筆者，權猶將也。雖君命有所不受，而況其他乎？』後果爲第一，聞者服之，因目爲挨屍俊。

有腳書廚　《中吴記聞》：叔祖諱程，字信民。記聞精確，經傳子史無不通貫，鄉人號爲有脳書廚。

著腳書樓　《曲洧舊聞》：趙元考彥若，周翰之子也。無書不讀，世謂著腳書廚。

立地書廚　《宋史》：吴時敏於爲文，未嘗屬稿，落筆立就，兩學目之曰立地書廚。

滿身膽　《宋史·忠義傳》：曹友聞，武惠王彬十二世孫也。授綿竹尉，改辟天水軍教授。城已被圍，友聞單騎夜入，與守臣張維糾民厲戰。兵退，制置使製大旌，書『滿身膽』以旌之。

小樓羅　《宋史·張思鈞傳》：思子承恩，爲三班奉職。思鈞起行伍，質短小而精悍，太宗稱其樓羅。自是人目爲小樓羅焉。◎《五代史》記漢劉銖謂李業等曰：『諸君可謂僂儸兒矣！』

賽張飛　《宋史·賈涉傳》：張惠，金驍將，所謂『賽張飛』者。既歸宋，金人殺其妻。所部花帽軍，有紀律，它軍不及也。

笑面虎　《談藪》：王公衮，字吉老，宣子尚書之弟。性甚和平，居常若嬉笑，人謂之笑面虎。

殿上虎　《宋史》：劉安世正色立朝，時目爲殿上虎。◎《十國春秋》：余萬頃事忠懿王，爲武林檢校。察諸軍事，左右親軍靡不畏憚。國亡入宋，遷侍御史。有言無隱，人目爲殿上虎。

人中龍　《宋史·王居安傳》：項安世致書曰：『左史人中龍也。』

獨打鶻　王氏《續聞見近録》：慶曆中，仁宗親除先公、歐陽文忠、蔡君謨、余安道四公爲諫官，先公實居其長。三公曰：『公宰相子，且不貧，朝廷責之，必不至嶺外，縱遠亦可行。我輩疏遠且貧，凡論事必其先之。』先公以爲然。當時號先公曰獨打鶻，三公曰一棚鶻云。◎按，鞏，文正公旦孫也。◎《宋名臣言行録》：王素升臺憲，風力愈厲，議者目爲獨擊鶻。

鐵蛤蜊　《塵史》：丞相呂大防性凝重寡言，逮秉政，客多干祈，但危坐相對，終不發一談，時人謂之鐵蛤蜊。

鐵龍　《宋史·謝德權傳》：父文節，以驍勇聞。周世宗【一】南征，文節獨擐甲渡大江，潛覘敵壘，吴人號爲鐵龍。

校按：

【一】『宗』字原缺。據《宋史》卷三百九十補。

轉陂鶻 《宋史》：錢守俊少勇鷙，稱轉陂鶻。周顯德中，應募爲鐵騎卒，早事太祖。

鐵猢猻 《錢塘遺事》：劉整，宋驍將，號鐵猢猻。

鐵脚雞 《庶齋老學叢談》：公太學出身，治書義，號鐵脚雞，決事判筆如飛。◎按，公謂賈似道也。

楊六郎 《宋史·楊業傳》：業子延昭，本名延朗，契丹稱爲楊六郎。

八行先生 《宋史·徐中行傳》：郡守李謂以八行薦，中行去之黄巖。客有詰以避舉要名者，中行曰：『人而無行與禽獸等，使吾得以八行應科目，則彼之不被舉者非人類歟？吾正欲避此名，非要名也。』客慚而退。陳瓘録其行事，呼爲八行先生。◎《兩浙名賢録》：史詔，字升之，鄞人。父簡，母葉氏遺腹子也。少有大志，從鄉先生樓郁學，以孝聞。遇大比輒引避，嘗曰：『無母氏之節，是無史氏矣！』誓終身母子不相離。大觀二年，詔舉八行，鄉人以詔應命，遂與母避於縣東大田山。郡守迹所往，迫使就道，誓不起，鄉人稱爲八行先生。以孫浩貴，累贈太師、越國公。

小張山人 《逸史》：鄭舍人居中，高雅之士。好道術，嘗遇張山人者，多同遊處，人但呼爲小張山人。◎按，居中，徽宗時人，《宋史》有傳。

異號類編卷四

稱美類四

長髮音濟　《遼史·蕭託斯和傳》：四世祖音濟髮長五尺，時呼長髮音濟。

强唐古　《遼史》：耶律唐古性坦率，好別白黑。人有不善，必盡言無隱，時號强唐古。

富民大王　《遼史·耶律撻烈傳》：耶律屋質居北院，撻烈居南院。俱有政迹，朝議以爲富民大王云。

國寶臣　《遼史》：蕭孝穆雖椒房親，位高益畏，時稱爲國寶臣，目所著文曰《寶老集》。

酒仙　《遼史》：耶律和尚雅有美行，然飲酒不事事，以故不獲柄用，人稱爲酒仙云。

長槍副統　《金史》：史扢搭形不過中人，而拳勇善鬭。所用槍長二丈，軍中號爲長槍副統。

鐵簡萬户　《金史》：烏延查剌勇果無敵，左右手持兩鐵簡，人號爲鐵簡萬户。

自在奉御　《金史·内族思烈傳》：資性詳雅，頗知書史。自五六歲入宫充奉御，甚見寵幸，世號曰自在奉御。

當世龍門　《歸潛志》：李純甫天資喜士，後進有一善，極口稱推。一時名士，皆由公顯於世，號當世龍門。

雲中仙子　《金姬傳别記》：李嘉謨世爲章邱農家。劉豫初僭位，嘉謨父懼禍。見其子年少精敏，玉肌瑩白，遂命以四郡强壯應募，爲雲從親衛子弟，一時軍中呼爲雲中仙子。

孟四元　《金史·楊伯仁傳》：孟宗獻發解第一，伯仁讀其程文，謂當成大名。是歲，宗獻府試、省試、廷試皆第一，時稱爲孟四元。

趙骨鯁　《中州集》：趙伯成性沈厚，言必中理，人以趙骨鯁目之。

徐大刀　《續通鑑》：金水軍都統制徐文勇力過人，揮刀五十斤，所向無前，衆呼爲徐大刀。

雷半千　《歸潛志》：雷希顔爲御史，至蔡州，縛姦豪，杖殺五百人，號雷半千。

趙蹇驢　《歸潛志》：趙黄山詩云：『好景落誰詩句裏，蹇驢馱我畫圖間。』世號趙蹇驢。◎按，黄山，趙渢自號也。

張五字　《中州集》：張琚刻意於詩，五言其所長也，至有張五字之目。

張了卻　《歸潛志》：明昌、承安間，作詩者尚尖新。故張翥仲揚由布衣有名，召用。其詩大抵皆浮豔，語如『西風了卻黄花事，不管安仁兩鬢秋』，人號張了卻。

張古人　《金史》：張潛幼有志節，慕荆軻、聶政爲人，年三十始折節讀書。時人高其行誼，目爲張古人。

熱劉　《金史·忠義傳》：劉興哥起於群盜，人呼熱劉。

閉户王先生　《中州集》：王啟子師揚，字仲雄。在太學，同舍號爲閉户王先生。其謹厚蓋家法云。

黑髯使臣　《元史》：拜降，北庭人。美髭髯，儀表甚偉。時事方草創，省臣每有建白須奏請者，以拜降善敷對，數令馳往。及入見，世祖遥識之，喜曰：『黑髯使臣復來耶！』

長漢萬户　《元史》：王玉長身駢脅，金季爲萬户，鎮趙州。木華黎下中原，玉率衆降。命領本部軍從攻邢、洺、磁三州及濟南諸郡，號長漢萬户。

花馬兒平章　《元史》：卜顔常乘花馬，時稱花馬兒平章云。

玄霜公子　《元詩選》：吕恒，璜溪人。家有月臺，名曰『玄霜』，楊鐵崖賦《素雲引》贈之，稱爲玄霜公子。

中庸先生　《元史》：世祖在潛邸，首傳旨曰：『前監察御史張特立養素邱園，易代如一。今年幾七十，研究聖經，誨人不倦，無過不及，學者宗之。宜錫嘉名，以光潛德，可特賜號曰中庸先生。』

蘆花道人　歐陽玄《貫雲石神道碑》云：雲石嘗過梁山濼，見漁父織蘆花絮爲被。愛之，以綢易被。漁父異其爲人，陽曰：『君欲吾被，當更賦詩。』公援筆立成，竟持被往。詩傳人間，號蘆花道人。

孤雲處士　《圖繪寶鑑》：元王振鵬，永嘉人。官至漕運千户，仁宗眷愛之，賜號孤雲處士。

揚公　《元史》：塔本伊，吾廬人。人以其愛揚人善，稱之曰揚公。

巴兒思　《元史》：姚天福拜監察御史，每廷折權臣，帝嘉其直，錫名巴兒思。謂其不畏强悍，猶虎也。【一】

校按：

【一】此條中『巴兒思』原誤作『巴思兒』。據《元史》卷一百六十八改。

高房山　《元詩選》：高尚書克恭，其先西域人，後居燕之房山，自號房山老人，因皆稱曰高房山。

姚野航　《元詩選》：姚文奂，崐山人。家有野航亭，人稱爲姚野航。

黄五經　《元詩選》：黄清老，其先固始人，諱惟談者，徙居邵武。五子各治一經，人號黄五經。

張有道　《列朝詩集》：張經，金壇人。父監避地荆溪，築良常草堂溪上，倪瓚、張雨皆稱曰張有道。

廉孟子　《元史》：世祖爲大弟時，希憲年十九，得入侍。篤好經史，一日方讀《孟子》，聞召，急懷以進。世祖問其説，遂以性善義利仁暴之分對，世祖嘉之，目爲廉孟子。

聽書記 《元史》：劉秉忠初名侃，後從釋氏，名子聰。是時子聰雖日居左右，而猶不改舊服，時人稱爲聽書記。

阿即速 《元史·阿沙不花傳》：大宗正脱兒速以贓污聞，詔阿沙不花鞫問，得實。就命代之，成宗目之曰阿即速。註：猶言閻羅王也。【一】

校按：

【一】此條中『阿即速』原作『阿即剌』，據《新元史》卷二百改。

康秀才 《元史》：秃忽魯，字親臣，康里氏。世祖命從許衡學，一日問所學何事，對曰：『三代治平之法也。』帝喜曰：『康秀才！』

滿朝清 《元史》：朵爾赤，字【一】道明，西夏寧州人。父斡扎簣爲中興路管民官，太祖西征，運餉，無毫髮私，時號滿朝清。

校按：

【一】『字』原作『子』。據《新元史》卷一百五十六改。

賽存孝　《元史·劉整傳》：宋孟珙攻金信陽，整爲前鋒，夜從驍勇十二人襲擒其守。珙大驚曰：『唐李存孝率十八騎拔洛陽，今整所將更寡。』乃書其旌曰賽存孝。

刀王　《元史》：王英襲父職，爲莒州翼千户。父子皆善雙刀，號刀王。

郭髯　《元詩選》：郭天錫，名畀，以字行，丹徒人。美鬚髯，人呼爲郭髯。

鐵御史　《明史》：李綱，天順進士。授御史，歷劾南畿贓吏至四百餘人，時目爲鐵御史。

長齋御史　《吾學編》：朱裳少勵清節，貧困，裕如也，躬自炊汲。爲御史，寒約如故，人稱爲長齋御史。

埋羹太守　《明史》：王璡，字器之，洪武末以賢能薦，授寧波知府。自奉儉約，一日饌用魚羹，璡怒其妻曰：『若不憶吾啖草根時耶？』命撤而埋之，人號埋羹太守。

撤茶太守　《湧幢小品》：王璡號埋羹太守，有給事來謁，具茶。給事爲客居間，公大呼撤去，給事慚而退。又號撤茶太守。

四鐵御史　《明史》：馮恩出長安門，士民觀者如堵。皆歎曰：『是御史非但口如鐵，其膝、其膽、其骨皆鐵也。』因稱四鐵御史。

神仙太守　《堅瓠集》：成化中，華亭張東海汝弼爲南安太守，律已愛物，大得民和。壯年休致，子皆成名，殊無一事累心，蘇州别駕周德中目爲神仙太守。

文章太守　《姓譜》：鄒以信永樂初知無爲，州郡人感化，以博學能文，稱之曰文章太守。

大聲秀才　《明史》：陳諤，永樂中給事中，遇事剛果，彈劾無所避。每奏事，大聲如鐘，帝呼爲大聲秀才。

稀鬢中允　《湧幢小品》：陸文裕公以詹事推少宗伯，同郡孫文簡公以少詹事副之。世廟獨用文簡，嘗稱文簡稀鬢中允，蓋屬意久矣。

山字太守　《觚不觚録》：兩廣二司初謁總督，行跪禮。蓋襄毅之威劫使之，其後迄不能正。嘉靖末，應侍郎檟爲總督，此公守常州，遵憲綱不肯跪。御史有山字太守之目，雖見憎白簡，爲天下所誦稱。

射龍將軍　《靜志居詩話》：萬文守桃渚，有龍夜戲潮浮水面。遥望兩炬光，以爲賊火，引强弩射之，應絃落其一炬，不知爲龍目也。龍負痛騰躍，文船漂没。人稱射龍將軍。

獨目將軍　《明史·達雲傳》：尤繼先眇一目，習兵敢戰，時稱獨目將軍。

牡丹狀元　《隨園詩話》：前朝番禺黎美周，少年玉貌。在揚州賦《黄牡丹》詩，某宗伯品爲第一，人呼爲牡丹狀元。

曲江居士　《明史》：錢惟善，錢唐人。至正元年，省試《羅刹江賦》。時鎖院三千人，獨惟善據枚乘《七發》辨錢唐江爲曲江，由是得名，號曲江居士。

欽賜舉人　《西樵野記》：劉學士儼，景泰中典北畿，秋試取江陰徐泰爲解元。泰本富族，有欲更爲親厚薦者，奏儼與泰有私。儼欲扣闇力辯，禮部請以覆試，上從之。召五經魁士親試禁中，彌封以示閣老某某，取次拆封，一與原榜無異。仍賜泰爲解元，時目爲欽賜舉人。

金粟公子　《明史》：王貞慶，駙馬都尉寧子也。折節好士，有詩名。時稱金粟公子，景泰十才子之一。

東劉先生　《明史·劉珝傳》：珝每進講，反覆開導，詞氣侃侃，聞者爲悚，帝每呼東劉先生。

小張學士　《明史·張以寧傳》：在朝宿儒，相繼物故。以寧有俊才，博學强記，擅名於時，人呼爲小張學士。

人模樣先生　《四庫全書提要》：《人模樣》一卷，明賀時泰撰。陳鼎《留溪外傳》稱，一時學者俱奉此書爲法則，因稱時泰爲人模樣先生。

破瓢道人　《列朝詩集》：吴孺子，蘭谿人。以數縑市一大瓢，摩挲鑢鍚，暗室發光。過荆溪，盜發其篋，怒而碎之，抱而泣者累日。王元美作《破瓢道人歌》。

魯鐵面　《明史》：魯穆，天台人。官福建僉事時，民呼魯鐵面。

鄭硬頭　《姓譜》：明鄭逑祖琳，居官剛介，人目爲鄭硬頭。

趙雙硯　《仰山脞録》：臨海趙太守，洪武間除肇慶知府，有廉聲。及歸，歎曰：『昔趙清獻持一硯，今吾倍之。』遂持二硯歸，人稱趙雙硯。

劉明月　《河南通志》：衛輝劉易從，嘉靖進士。知武昌府，刑清政簡，能決疑獄，民有『劉明月』之謡。

嚴一升　《蘇州府志》：嚴經，吴縣人。弘治擢第，知吉安府。宅艱，補彰德。有疑獄，歷劉、羅二守不能決，經至，立爲剖斷，民有『劉一斛、嚴一升』之謡。

劉一斛　見上。

張一包　《明史·循吏傳》：張淳爲永康知縣，凡赴控者，即示審期，兩造如期至，片晷分析無留滯。鄉民裹飯一包，即可畢訟，因呼爲張一包。謂其敏斷如包拯也。

陳道統　《明史》：陳白沙應聘至省，市井婦孺皆稱爲陳道統。

李神仙　《野獲編》：内臣陳蕪，以永樂丁亥侍太孫於潛邸。既御極，是爲宣宗。以舊恩陞御馬監太監，賜姓名曰王瑾。且出宫女多人，賜之爲夫人。時有李校尉者，極諫，謂奄人無辱宫嬪之禮。上大怒，命翦其舌。後不死，人戲呼爲李神仙云。

康破韡　《雲南通志》：康誥，昆明人。出著破韡，人稱康破韡。好讀書，性嗜酒，書法祝允明。

蕭北斗　《浙江通志》：明蕭鳴鳳，山陰人。督學南畿，校士必以行檢爲高下，不徒以文而已。南中有蕭北斗之謡。

劉青菜　《智囊補》：劉璽，字國信。居官清苦，號劉窮，又號劉青菜。公晚年禄入浸厚，自奉稍豐。有覬代其職者，嗾言官劾罷之，疏云：『昔爲青菜劉，今爲黄金璽。』人稱其冤。◎按，璽《明史》無傳。《明史稾》作『菜青劉』，疑誤。

都豆腐　《明史》：都勝居官廉靜。歷任五十餘年，所處皆膏腴地，而自奉簡淡，日食止豆腐，時因以爲號。

顧獨坐　《明史》：顧佐守正嫉邪，人敬憚之。入内直廬，獨處小夾室，非議政不與諸司群坐，人稱爲顧獨坐。

況青天　《懸笥瑣探》：蘇州太守況鍾剛果練達，多有惠政，人呼曰況青天。

楊青天　《姓譜》：楊貢，樂安人，正統己未進士。官蘇州知府，輕徭薄賦，民謂之楊青天。◎又，楊儲，廬陵人，嘉靖間任衡州推官，郡人呼爲楊青天。

吴靜街　《浙江通志》：吴執御，黄巖人，天啟進士。初任濟南司李，潔躬執法，不假色笑，濟人呼爲吴靜街。

姜麥粥　《蘇州府志》：姜昂，太倉人，成化進士，卒官福建參政。家居磨麥作糜充食，鄉人呼爲姜麥粥。

王菩薩　《新城縣志》：王伍好施予，鄉人呼曰王菩薩。

王一時、王一升　《蘇州府志》：王臨亨，崐山人，萬曆進士。授西安知縣，調海鹽。卓有廉聲，聽斷甚敏。在西安，謡曰『王一時』，謂聽訟不淹一宿也。及海鹽，又謡曰『王一升』，謂小民不費升米也。

黄雪毬　《堅瓠集》：明無錫黄公禄，善方脉而能詩。嘗詠雪毬，人稱黄雪毬。

蘇繡鞋　《列朝詩集》：蘇平，海寧人，在景泰十才子之列。少時作《繡鞋》詩，人呼为蘇繡鞋。

沈八句　《列朝詩集》：沈夢麟，字原昭。爲趙文敏姻家，傳其詩法，時稱沈八句。

劉八句　《列朝詩集》：鎦珏，字廷美。工於唐律，時人稱爲劉八句。

杜赤壁　《列朝詩集》：杜庠，長洲人。負逸才，嘗過赤壁，題驚人句，長安中競呼爲杜赤壁。

马清癡　《列朝詩集》：馬愈，嘉定人。能詩善書，尤長於南詞樂府。縱佚不羈，人號爲馬清癡。

邵半江　《列朝詩集》：邵文敬有『半江帆影落樽前』之句，人稱爲邵半江。

張鏡燈　《湧幢小品》：張之翰有《鏡燈詩》云：『一池鉛水藏真火，半夜金星犯太陰。』人呼爲張鏡燈。

袁白燕　《明史·文苑傳》：袁凱以《白燕詩》得名，人呼袁白燕。

徐白雲　明馮汝弼《祐山雜説》：余檢古人佳句，嘗以『閒鋤明月種梅花』句索對。張洪齋云『漫捲疎簾迎燕子』，閒雅可愛，因揭之東園庭柱。後徐七橋見之，云『閒鋤明月』字意本虛，『漫捲疎簾』似太著實。因對曰『漫掃白雲看鳥跡』，則超脱凡塵，殆有仙氣，因呼爲徐白雲。

張滄洲　《明史》：張泰，太倉人。集名《滄洲》，時稱張滄洲。

鄺鸚鵡　《粤雅》：黎美周客揚州鄭氏影園，與詞人分賦《黄牡丹》七律十章。錢虞山拔美周第一，人呼牡丹狀元。時鄺湛若亦賦《赤鸚鵡》七律十章，時有黎牡丹、鄺鸚鵡之稱。

梁五經　《明史·儒林傳》：梁寅，新喻人。隱居教授，四方士多從之學，稱爲梁五經。

陳五經　《明史》：陳繼貫穿經學，人稱爲陳五經。

劉聖人　《明史》：劉之綸，宜賓人。家世務農，少從父兄力田，間艾薪樵，賣之市中。歸而學書，銘其座曰『必爲聖人』，里中由是號之綸爲劉聖人。

王鐵耳　《明史·楊文岳傳》：王世琮，達州人。爲汝寧推官，討土寇，流矢貫耳，不爲動，時號王鐵耳。

王捕虎　《明史》：王哲官湖廣布政使，民爲之歌曰：『王捕虎，最執古。』哲善治奸猾，不避豪貴，故以捕虎稱。

常十萬　《綱目三編》：常遇春沈鷙果敢，善撫士卒，嘗自言能將十萬衆横行天下，軍中稱常十萬。

盧閻王　《明季北略》：盧象昇，宜興人。崇禎己巳募兵勤王，賊相戒曰：『此盧閻王，遇即死，不可犯。』象昇以是有能兵名。

黄闖子　《明史》：黄得功，開原衛人。每戰，飲酒數斗，酒酣氣益厲。喜持鐵鞭，軍中呼爲黄闖子。

劉大刀　《明史》：劉綎，字省吾。所用鑌鐵刀百二十斤，馬上輪轉如飛，天下稱劉大刀。

王千斤　《明史》：王邦直生而駢脅，有神力，人稱王千斤。

雙刀王　《明史》：王弼有膽略，善用雙刀，號雙刀王。時又有雙刀趙，爲孫虎所敗。見《濮英傳》。

雙刀趙　見上。

老實羅　《明史》：羅復仁，吉水人，洪武時學士。帝喜其質直，呼爲『老實羅』而不名。

小馬王　《明史·瞿能傳》：王揮指者，臨淮人。常騎小馬，軍中呼小馬王。

金牌李　《明史》：李震威名著西南，苗獠呼爲金牌李。

皂旗張　《明史·瞿能傳》：皂旗張，逸其名。或曰張能力挽千斤，每戰輒揮皂旗先驅，軍中呼爲皂旗張。

火眼張　《平吴録》：通州守將張右丞，即士誠從子，所謂『火眼張』者，先以城降。

秀才張　《野獲編》：内監張維以好文爲上所知，呼之爲秀才張。

東海張　《明史》：張弼，華亭人。工草書，自號東海張。東海之名，流播外裔。

青菜王　《鳳陽府志》：王質歷官刑部尚書，自奉惟蔬食，人呼爲青菜王。大學士李賢爲作《青菜傳》。

窮張　《明史》：張本廉介有執持。成祖宴近臣，銀器各一案，因以賜之。獨本案設陶器，諭曰：『卿號「窮張」，銀器無所用。』本頓首謝，其爲上知如此。

長張　《明史》：張志雄素驍勇，號長張。

板張　《明史》：張鳳廉謹善執法，號板張。

生李　《明史》：李慶歷官兵部尚書，人嚴憚之，號爲生李。

黑丁　《明史》：丁德興歸太祖於濠，偉其狀貌，以黑丁呼之。

硬黄　《明史》：黄紱官南京刑部郎中，剛廉，人目之曰硬黄。

鐵邢　《畿輔通志》：邢昭，三河人，弘治丙戌進士。爲御史巡視兩浙鹽政，忤劉瑾，廷杖一百不死，人稱鐵邢。

版楊　《畿輔通志》：楊潭，新城人，成化進士，累官户部尚書。寧王謀不軌，陰結朝臣，潭獨杜門厲拒，武宗稱爲版楊。

長楊　《蘇州府志》：楊瑛弘治初爲兵科給事中，嘗夜出，遇貴璫爭道，批其頰。璫泣訴上前，上曰：『知是長楊，故須少避之。』

雪篷先生　《湧幢小品》：黄哲，番禺人，國初聘入翰林。初北上時，倚篷窗聽雪，詫曰：『天下奇音妙韻出自然者，莫是過也。』欣然自韻，人稱雪篷先生。

考古先生　《明史》：趙撝謙博綜六經、百氏之學，尤精六書。作《六書本義》，復作《聲音文字通》，時目爲考古先生。

真孝子　《明史》：丘鐸，祥符人。母卒，葬鳴鳳山，結廬墓側，朝夕上食如生時。山深多虎，聞鐸哭聲即避去，時稱真孝子。

活孟子　《明史·儒林傳》：陳獻章之學，以靜爲主。故其學灑然獨得，有鳶飛魚躍之樂。蘭谿姜麟以爲活孟子云。

醉學士　《明良録略》：上嘗與宋濂飲，濂辭，上强之。至三觴，面如赭，行不成步。上歡笑，親御翰墨，賦楚詞一章以賜。仍命侍臣咸賦《醉學士歌》，曰：『俾後世知朕君臣同樂也。』

小韓子　《吾學編》：方孝孺爲文雄邁深醇，鄉人呼爲小韓子。

小三蘇　《列朝詩集》：唐子儀，名文鳳。與祖元、父仲實俱以文學擅名，時號小三蘇。

三廣公　《賓退録》：鬱林陶魯者，爲廣東新會丞。後爲湖廣左布政，兼撫治兩廣，人稱爲三廣公。◎按，《明史》魯附《陶成傳》。

瘦官人　《靜志居詩話》：任環歷官山東右參政，倭人入犯，任公大小數十戰，功最多。公軀瘦瘠，倭人目爲瘦官人，望而避之。

鐵漢　《明史·忠義傳》：朱哀爲武功知縣，抑豪强，袪積弊，關中呼爲鐵漢。

鬼王　《澤山雜記》：羅文肅公剛直自持，人不敢干以私，目之曰鬼王。

鐵鑄觀音　《野獲編》：楚中李孟白大參風姿鮮令，但色微有黔，遂有鐵鑄觀音之號。

冰霜鐵石　《明史》：馬謹素廉介，楊士奇嘗稱爲冰霜鐵石。

冷面寒鐵　《明史》：成祖即位，周新改監察御史。敢言，多所彈劾。貴戚震懼，目爲冷面寒鐵。

錢塘一葉清　《明史》：葉宗人，字宗行，華亭人。永樂中授錢塘知縣，時呼爲錢塘一葉清。

五十六　《鐵雅》：人號老郭爲五十六，以其長於七言八句也。◎按，老郭，郭翼也，自號東郭生。

挨宿　《明史》：周忱，永樂二年進士，選庶吉士。明年，成祖擇其中二十八人，令進學文淵閣，應二十八宿。忱自陳年少，乞預，帝嘉其有志，許之，時人謂之挨宿。

小秀才　《明史·文苑傳》：張宣預修《元史》，太祖親書其名，召對殿廷，即日授翰林編修，呼爲小秀才。奉詔歸娶，年已三十矣。

兩脚書廚　《堅瓠集》：明武進陳濟，六經子史無不究竟，時稱爲兩脚書廚。

黑漆書廚　《堅瓠集》：明通州張大中，群經百氏一覽不忘，人目爲黑漆書廚。

經笥　《列朝詩集》：王懋明蚤歲英爽，讀書經目輒誦，人稱爲經笥。

唐書櫃　《堅瓠集》：明南海唐奎遍覽諸書，稱唐書櫃。

清修吉士　《明史》：李滄天資近道，樂善如飢渴。既没，鄉人表其里門曰清修吉士。

雲間繡虎　《嶺海詩鈔》：馮域《論詩絶句》自注云：『陳大樽，時號雲間繡虎。』

西粤祥麟　《姓譜》：毛麒修，仁縣人，天順庚戌進士。性通敏，博覽群籍，爲人古雅，居身謹飭，時目爲西粤祥麟。

書小史　《蘇州志》：夏禮年七歲能書斗大字，人稱爲書小史。沈周作長歌贈之。

髯仙　《名公像記》：徐子仁公霖廣面長耳，美鬚髯，行步如飛，稱曰髯仙。

神弩將　《明史》：張令年七十餘，馬上用五石弩，中必洞胸，軍中號爲神弩將。

楊王　《明史·楊洪傳》：他將率巽愞，洪獨以敢戰至大將，諸部憚之，稱爲楊王。

楊父　《明史》：楊繼盛貶狄道典史，番民信愛之，呼曰楊父。

陳母　《江寧府志》：陳欽知廣平，周達民隱，郡人號爲陳母。

小劉　《明史》：劉麟爲紹興知府，劉瑾摭録囚細故，罷爲民。士民醵金贖，不受；爲建小劉祠，以配漢劉寵。

異號類編卷五

稱美類五

巢父　《高士傳》：巢父者，堯時隱人也。山居，不營世利，年老以樹爲巢而寢其上，故時人號曰巢父。

披裘公　《高士傳》：披裘公者，吴人也。

河上丈人　《史記·樂毅傳》：樂臣公學黄帝、老子，其本師號曰河上丈人。◎《高士傳》：河上丈人者，不知何國人也。居河之湄，著《老子章句》，世號河上丈人。

馬牧先生　《後漢書·矯慎傳》：慎同郡馬瑶，隱於汧山，以兔罝爲事。所居俗化，百姓美之，號馬牧先生焉。

千歲公　《高士傳》：安期生者，瑯琊人也。受學河上丈人，老而不仕，人謂之千歲公。

任孔子　《高士傳》：任安少好學，隱山，不營名利，時人稱曰任孔子。

蜘蛛隱　《金樓子》：楚國龔舍隨楚王朝未央宫，見赤蜘蛛，大如栗[一]，四面羅網，有蟲觸之，不得出而死。乃歎曰：『仕宦者，人之羅網，豈可久淹歲月耶！』即挂冠而去，人謂蜘蛛隱。

校按：

【一】『栗』原誤作『粟』。據《金樓子》卷六改。

竹中高士　《永嘉郡記》：樂成張廌者，隱居頤志。家有苦竹數十頃，在竹中爲屋。王右軍聞而造之，廌逃避竹中，不與相見。郡號爲竹中高士。

山中宰相　《南史·陶弘景傳》：國家每有吉凶征討大事，無不前以諮詢，月中常有數信。時人謂爲山中宰相。

游俠處士　《南史》：世論以何點爲孝隱士，弟胤爲小隱士，大夫多慕從之。時人稱重其通，號曰游俠處士。

離垢先生　《南史·隱逸傳》：劉慧斐搆園一所，號曰『離垢園』，時人謂之離垢先生。

織簾先生　《南史·隱逸傳》：沈麟士織簾誦書，口手不息，鄉里咸號曰織簾先生。

聘君　《梁書·止足傳》：陶季直，丹陽秣陵人，時人號曰聘君。

逍遥公 《北史》：韋夐志尚夷簡，淡於勢利，帝嘗賜號逍遥公。

儒林先生 《北史》：常爽不事王侯，獨守閒靜，講肆經典二十【一】餘年，時號爲儒林先生。

校按：

【一】『二十』原作『三十』，據《北史》卷四十二、《魏書》卷八十四改。

四足居士 《北史》：楊素仕周武帝，帝曰：『卿不憂不富貴？』素曰：『但恐富貴逼臣，臣無心圖富貴也。』遂致仕，題其居曰：『耕田以足食，讀書以足學，儉用以足財，節欲以足壽。』人號四足居士。【一】

校按：

【一】今本《北史》無楊素題居詩及『四足居士』的記載。

有道大夫 《北史·李謐傳》：趙郡李氏，出自趙將武安君牧。當楚、漢之際，廣武君左車則其先也。左車十四世孫恢，字仲興，漢桓、靈間，高尚不仕，號有道大夫。

梁邱子 《唐書·隱逸傳》：白履忠，浚儀人。居古大梁城時，號梁邱子。

唐隱居　《全唐詩話》：唐求居蜀之味江山，王建帥蜀，召爲參謀，不就。放曠疎逸，邦人謂之唐隱居。

水仙　《姓譜》：陶峴，淵明後。開元中居崑山，放遊江湖，數年不歸。嘗置三舟，一自載，一供賓客，一置飲饌。有女樂一部。文學可以經濟，不謀宦達，郡邑招延不肯來。自謂麋鹿野人，吴越之士號爲水仙。

斗酒學士　《唐書·隱逸傳》：王績，字無功。武德初，以前官待詔門下省。故事，官給酒日三升。或問：『待詔何樂耶？』答曰：『良醖可戀耳！』侍中陳叔達聞之，日給一斗，時稱斗酒學士。

補脣先生　《山堂肆考》：方干脣缺，有司以爲不可與科名，連應十餘舉不第，遂隱鑑湖數十年。遇醫補脣，年已老矣，人號曰補脣先生。

安富大夫　《清異録》：岐下梁撝，以市隱爲樂。有府從事來見，將爲言於岐帥而官之。撝怒，府從事徐曰：『先生之量，未易量也。人之貧者富之，人之病者安之，人之賤者貴之。人視先生，賤且病之窮叟耳，而皆反其所樂。而今而後，敢以安富大夫目先生！』

白雲先生　《全唐詩》：王迥家鹿門，號白雲先生，與孟浩然善。

瓶隱　《樹萱録》：申屠有涯放曠雲泉，嘗攜一瓶，時躍身入瓶中，時號瓶隱。

犬羊仙　《十國春秋》：南唐黄載，其先江夏人，世爲農。載釋耒耜，就學於廬山。精究經史，能文章。一舉不中第，遂不復進取，以教授爲業。諸生有醵會市羊者，是夜，夢一羊望載乞命，載出己緡酬直而畜其羊。又飼一犬，亦頗馴。每出入，則羊犬聯隨，時人號曰犬羊仙。

吉留馨秀才 《金華子》：膠東屬郡有隱士，莫詳其姓氏鄉里。布袍單衣，行乞於酒市，日希一大醉而已。既醺酣，即以手握衫袖，霞舉掉臂而行，曰：『吉留馨，吉留馨。』市中群兒隨繞噪擁，咸謂之吉留馨秀才。

逍遥先生 《五代史》：鄭遨，晉時以諫議大夫召之，不起，賜號逍遥先生。◎《宋史》：張直有孝行，隱居教授，時號逍遥先生。

白衣御史 《宋史·隱逸傳》：何群嗜古學，喜激揚論議。石介館群於其家，使弟子推以爲學長。群與人言，未嘗下意曲從，同舍號爲白衣御史。

白水先生 《宋史·隱逸傳》：劉勉之，建州人。所居有白水，人號白水先生。

梅山高士 《尚友録》：王南美，宋開國勲舊溥之後，隱居伊溪桂巖，稱爲梅山高士。

和靖處士 《宋史》：林逋，字君復，錢塘人，賜謚和靖處士。

卧雲先生 《宋詩紀事》：管道復，龍泉人。隱居不仕，人稱爲卧雲先生。

大慈仙 《澠水燕談録》：成都譙閌，博極群書而不求榮利，簡静沖退，好修身之術。日游大慈寺，博訪異聞，以廣所學。久爲蜀中士大夫所稱，文與可尤重之，目爲大慈仙。

小隱君 《宋史》：种古，字太質。少慕從祖放爲人，不事科舉。當任官，辭以與弟，時稱小隱君。

小靖節　《山堂肆考》：陶子駿，熙豐間人，作佚老堂。東坡有詩：『能爲五字詩，仍戴漉酒巾。人稱小靖節，自是葛天民。』

贅世翁　《澠水燕談録》：王樵，淄川人。性超逸，深於《老》《易》。善擊劍，廬梓桐山下，稱淄右書生。不交塵務，自號贅世翁。濟南李芝〔一〕爲《贅世先生傳》，載其事。

校按：

【一】『芝』，原誤爲『道』。據《澠水燕談録》改。

醬翁　《宋史·隱逸傳》：薛翁，又稱醬翁，蜀隱君子。善《易》，以賣醬隱。

杜五郎　《宋史·隱逸傳》：杜生，潁川人，縣人呼爲杜五郎。

頡山老人　《遼史·卓行傳》：蕭札剌家於頡山，耶律資忠重之，目曰頡山老人。

清逸處士　《明史藁·孝義鄭濂傳》：柏字叔端，不仕。蜀王曰：『叔端清逸之士也。』人因稱爲清逸處士。

布衣學士　《湧幢小品》：國初，南城縣蕭泗，其父兄皆仕宦。泗獨爲農，而通經術，多讀古書，時稱曰布衣學士。

林泉民　《元史類編·文翰傳》：張樞，陳留人，工行楷。日與子弟講《春秋》，或勸之仕，不應。人以是高之，稱曰林泉民。以上隱逸。

畫聖　《畫品》：北齊楊子華畫馬於壁，每夕必踶嚙長鳴，號爲畫聖。◎又，世以衛協爲畫聖。◎《圖繪寶鑑》：顧愷之，陸探微，張僧繇，吴道玄及閻立德、立本，皆純重雅正，性出天然。吴生之作，爲萬世法，號曰畫聖。

苗龍　《畫史會要》：苗龍【一】，唐初人，失其名。能畫龍，人以苗龍呼之。

校按：

【一】『龍』原作『虎』。據文淵閣《四庫全書》本《書史會要》卷一改。

王墨　《畫斷》：唐王墨，不知何許人，名洽。善潑墨，時人謂之王墨。

韋四足　《畫斷》：唐韋無忝侍郎，明皇時，以畫鞍馬異獸擅名，時稱韋四足。

李羅漢　《五代名畫補遺》：李羅漢，滑臺人。善畫羅漢，人呼爲李羅漢。

張羅漢　《圖畫見聞志》：前蜀張玄工畫羅漢，時呼爲張羅漢。

李水墨　《益州名畫録》：後蜀道士李壽儀，邛州人。專工畫業，人呼爲李水墨。

喬鍾馗、喬三教　《畫史會要》：宋喬鍾馗、喬三教，寶祐待制。◎按，二人當是以畫鍾馗、畫三教擅名當時者。

趙樓臺　《畫繼》：宋趙樓臺，不得其名，相州人，賣畫中都。屋宇深邃，背陰向陽，不失規矩繩墨。

孫脱壁、孫吴生　《圖畫見聞志》：宋孫夢卿，工畫佛道人物，尤長寺壁，謂之孫脱壁。◎《聖朝名畫評》：孫夢卿，鄆州人。志於圖繪，常曰：『吾所好者，吴生耳，餘無所取。』故盡得其法，里中呼爲孫脱壁，又曰孫吴生。

馬一角　《珊瑚網》：世評馬遠畫多殘山賸水，不過南渡偏安風景，又稱爲馬一角。

赤目張　《畫史會要》：宋赤目張，善山水，師夏珪。

小窯陳　《圖畫見聞志》：宋陳用智工畫，居小窯鎮，多謂之小窯陳。◎《聖朝名畫評》作『用志』，許州人，天聖中畫院祇候。

石橋王　《圖繪寶鑑》：宋王宗元，不知何許人，家居石橋，人遂目爲石橋王。

雀兒王　《圖繪寶鑑》：吴越王道古善畫雀，當時號雀兒王。

暗門劉　陳善《杭州志》：劉松年，錢塘人。居清波門，俗呼爲暗門劉。紹熙畫院學生。

左手王　陳善《杭州志》：王輝，錢塘人，理、度朝畫院祇候。嘗用左手描寫，遂目爲左手王。

柳林朱　陳善《杭州志》：朱玉，錢塘人，號柳林朱。善畫天神雷部兵將，寶祐年待詔。

趙虎　《畫史會要》：趙廉善畫虎，人稱趙虎。◎《圖繪寶鑑》：趙廉，東都人。工山水，宣和末甚得幸。

小吴生 《圖畫見聞志》：宋王瓘，工畫佛道人物，深得吴法，世謂之小吴生。

小李將軍 《益州名畫録》：李昇，成都人。明皇時有李將軍思訓者，擅名山水，稱李將軍。蜀中乃呼昇爲小李將軍。

小孟、今吴生 《圖畫見聞志》：孟顯多謂之小孟。 ◎米芾《畫史》：關東小孟，人謂之今吴生。

窩絲牛 《圖繪寶鑑》：元牛老，大名人。自少在市廛間作絲涓牙郎，號窩絲牛，能畫墨竹。

小仙 《江寧府志》：成化中，成國朱公延吴偉至幕下，以小仙呼之，因以爲號。

畫狀元 《堅瓠集》：江夏吴小仙偉，工山水人物，薦入仁智殿供奉，孝廟賜『畫狀元』印。

戴門顔子 《名山藏》：方鉞與戴進同邑，學進畫，已造閫域，惜其早卒，評者謂爲戴門顔子。

華空塵 《湧幢小品》：華鰲，章邱人，以繪事妙天下。每落筆輒題詠其上，云『空塵詩畫』，故邑人稱曰華空塵。

王百藝 《十國春秋·吴越世家》：王守貞者，俗謂之王百藝，性極機巧。

李吹口 《茆亭客話》：永康軍太平興國中，虎暴失蹤入市，市人千餘叫噪逐之。虎怒，跳身咆哮，市人皆顛沛。長吏遣善捕獵者李吹口，失其名。衆云：『李吹口至矣！』虎聞茫然，竄入市屋下匿身，李遂以戟刺之。

楊倭漆 《智囊補》：天順間，有藝人楊暄一作塤者，善倭漆畫器，號楊倭漆。嘗奏門達違法二十餘事。

李裝花　《洛陽舊聞記》：開寶初，洛陽賢相坊染工人姓李，能打裝花纈，衆謂之李裝花。

雍門周　劉昫《燉煌實録》【一】：索丞宗伯夷成善鼓箏悲歌，能使喜者墜淚。改調易謳，能使戚者起舞。時人號曰雍門周。

校按：

【一】『《燉煌實録》』原誤作『《燉煌新録》』。據《太平御覽》卷五百七十六改。

王中散　《耳目記》：時有前翰林待詔王敬傲，善琴，李山甫常目爲王中散。

馮三絶　《玉壺清話》：馮道子吉善琵琶。凡賓僚飲聚，酒酣即彈，彈罷起舞，舞罷作詩，自謂曰馮三絶。

侍芝郎　《實賓録》：侍芝郎，吴工人黄耈也。

賣地仙丹　《山房隨筆》：永嘉余德鄰宗文，與聶碧窗弈棋，余屢北。有賣地仙丹者，國手也。余呼之至，給聶曰：『某有僕能棋，欲試數著。』聶俾對枰，連敗數局。余自内以片紙書十字云：『可憐道士碧，不識地仙丹。』聶大嘆曰：『吾固疑其不凡！』

棋聖　《抱朴子》：嚴子卿、馬綏明有棋聖之名。

木聖　《抱朴子》：張衡、馬忠號木聖，善刻削之巧。

花太醫　《清異録》：蘇直善治花，時人稱爲花太醫。

花神　《龍城録》：宋單父有種藝之術，牡丹變易千種，内人呼爲花神。

智海　《歷代名畫録》：董伯仁，汝南人也。多才藝，鄉里號爲智海。

神雞童　陳鴻祖《東城老父傳》：賈昌爲雞坊小兒長，天下號爲神雞童。

花精　《十國春秋》：錢傳瓘酷嗜牡丹，成叢列樹者，顔色葩芳，率皆絶異，人號爲花精。《海録碎事》作『錢仁傑』。

郭橐駝　柳宗元《郭橐駝傳》：郭橐駝，不知始何名。病僂，癃然伏行，有類橐駝者，故鄉人號之『駝』。駝業種樹，凡長安豪富人爲觀遊及賣果者，皆爭迎取養視。

郭鉄子　《畫繼》：郭鉄子，太原人。學李成，善鍛鉄作方響，故號鉄子。

李練　《北史·藝術傳》：李順興，京兆人。能知未來事，號稱李練。

强練　《北史》：强練，不知何許人。先是有李順興，號爲李練。世人以强類之，故亦稱爲練焉。

北郭先生　《後漢書·方伎傳》：廖扶，汝南人。明天文、讖緯、風角、推步之術，當時號爲北郭先生。

李相笏　《太平廣記》：唐李參軍者，善相笏，知休咎，皆呼爲李相笏。

彭釘筋　《北夢瑣言》：唐彭濮間有相者彭克用【一】，號釘筋，言事多驗。人以其必中，是有釘筋之名。

校按：

【一】『克用』，《太平廣記》引《北夢瑣言》作『克明』。

趙聖人　《玉堂閒話》：僞蜀有趙温圭，善袁許術，占人災祥，無不神中，蜀謂之趙聖人。

何見鬼　《北夢瑣言》：王蜀時，閬州人何奎，不知何術，而言事甚效，人號何見鬼。又，遂寧有馮見鬼，忘其名。

馮見鬼　見上。

路真官　《泊宅編》：朝散郎路時中行天心正法，於驅邪尤有功，俗呼路真官。

草腰帶　《中吴紀聞》：元豐中姑蘇有一瞽者，號草腰帶，善揣骨聽聲。

史不拘、史我　《澠水燕談録》：史延壽，嘉州人。以善相遊京師，視貴賤如一。坐輒箕踞爾我，人號曰史不拘，又曰史我。

龜精　《十國春秋·吴越錢元懿傳》：時有卜士方氏者，時人號曰龜精。

李木牛　《貢父詩話》：賣藥者，以木牛著。註云：京師李家賣藥，以木牛自表，人呼爲李木牛。

嚴三點　《癸辛雜志》：成都神醫嚴三點者，江西人。能以三指間知六脉之受病，以是得名。

嚴附子　《浙江通志》：宋嚴觀，仁和人。不拘古方，頗有膽略。用薑汁製附子，稱奇效，人稱嚴附子。

李車兒　《浙江通志》：宋李信，汴人，小兒醫也。從宋高宗南渡，家於杭之羲和坊。高宗危疾，詔信入侍，因年耄，賜安車至禁中，時號李車兒。

趙雷使　《兩浙名賢録》：宋趙初暘，縉雲人。生而神異，右掌有『雷使』二紅字。學道術，能役鬼神。嘗賣雨於臨安市，墨汁咒符，雨點皆黑，人稱趙雷使先生。

耿聽聲　《兩浙名賢録》：耿聽聲，亡其名，錢唐人。以聲音占，故稱聽聲。然兼能嗅衣物以知吉凶、貴賤。德壽聞其名，嘗呼入宮。

李醉　《癸辛雜識》：應山在淮閫日，吕少保薦一術士，能降仙，豪於飲，號曰李醉。

許我　《墨客揮犀》：賈魏公爲相日，有方士姓許，對人未嘗稱名，無貴賤皆稱我，時人謂之許我。

王瘸子　《野獲編》：成化中有襄陽人王臣者，以跛名瘸子，用方術見幸。

段瘸子　《野獲編》：段瘸子，名朝用，工點化之術。

金鼓金　《名山藏》：金鬼谷，吴人。談命肆中，適貧人負薪至曰：『我命亦爾，何獨貧？』鬼谷曰：『君如欲富，當於南方千里之外。』負薪者走八閩訪姊，宿之空鄰舍。見鬼物入穴中，掘之，得金百鎰。有金鼓覆其上，遂取以歸，以金鼓報鬼谷。由是人稱鬼谷曰金鼓金。以上方術。

城西萬子夏　《漢書·游俠傳》：萬章，字子夏，長安人也。長安熾盛，街閭皆有豪俠。章在城西柳市，號曰『城西萬子夏』。河平中，王尊爲京兆尹，捕擊豪俠，殺章及箭張回、酒市趙君都、賈子光，皆長安名豪。註：作箭者，姓張名回。酒市，酒市中人也。◎按，萬音雨，又音矩。◎《漢書·王尊傳》：箭張禁、酒趙放。註：此二人作箭、酒之家者。

箭張回　酒市趙賈　見上。以上豪俠。

蓬萊吉士　《明史·宦官傳》：范弘初名安，正統時英宗眷弘，嘗目之曰蓬萊吉士，弘因以自號。

三保太監　《明史·宦官傳》：鄭和，雲南人，世所謂三保太監者也。初事燕王於藩邸，從舉兵有功，累擢太監。有智略，知兵習戰。帝疑建文帝遁海外，欲蹤跡之，且欲耀兵異域，示中國富强，乃命和通使西洋。自和後，凡將命海表者，莫不盛稱和以誇外番，故俗傳三保太監下西洋爲明世盛事云。以上宦官。

異號類編卷六

隱諷類

五日京兆　《漢書》：張敞被劾，使吏絮舜有所案問。絮舜以敞被劾，當不久在職，遂慢其事，曰：『五日京兆尹耳，何足畏！』言衹五日爲京兆尹耳。敞聞，殺舜，書簡示曰：『五日京兆尹，如何？』竟免罪。

三日僕射　《晉書》：初，周顗以雅望獲海内盛名，後頗以酒失。爲僕射，略無醒日，時人號爲三日僕射。

江東步兵　《晉書》：張翰有清才，善屬文，而縱任不拘，時人號爲江東步兵。

書簏　《晉書·劉柳傳》：時右丞傅迪好廣讀書而不解其義，柳唯讀《老子》而已。迪每輕之，柳曰：『卿讀書雖多，而無所解，可謂書簏矣！』　◎《唐書·李邕傳》：邕父善，有雅行，淹貫古今，不能屬辭，故人號書簏。

謝白面　《晉書》：謝石少患面瘡，療之莫愈。夜有物來舐其瘡，隨舐隨差，舐處甚白，故世呼爲謝白面。石在職，既無他才望，直以宰相弟遂居清顯，而聚斂無饜，取譏當時。

謝方眼　《南史·顔協傳》：時有會稽謝善勛，能爲八體六文，方寸千言。善勛飲酒至數斗，醉後輒張眼大罵，雖復貴賤親疏無所擇也，時謂之謝方眼。而胸襟夷坦，有士君子之操焉。

長鬣公、齊髯公　《南史》：許惇美鬚髯，下垂至帶，省中號爲長鬣公。顯祖嘗因酒酣，握惇鬚髯稱美，遂以刀截之，惟留一握。惇懼，不敢復長，時人又號爲齊髯公。【一】

校按：

【一】今本《南史》無此記載。「長鬣公」「齊髯公」之謂見於《北齊書》卷四十三。

書廚　《南史》：陸澄，當世稱爲碩學。讀《易》三年，不解文義；欲撰《宋書》，竟不成。王儉戲之曰：「陸公，書廚也。」

茶顛　《茶録》：唐陸羽嗜茶，人曰茶顛。

水淫　《南史》：何佟之【二】性好潔，一日之中洗滌者十餘遍，猶恨不足。時人號爲水淫。

校按：

【一】『何佟之』原誤作『何修之』。據《南史》卷七十一改。

播郎　《北史·李先傳》：李昭微博涉稽古，脱略不羈，時人稱爲播郎。【一】

校按：

【一】此條中『播郎』原誤作『潘郎』。據《北史》卷二十七改。

柳瘨　《北史》：柳遠性麤放，無拘檢，時人謂之柳瘨。

鳥賊　《唐書》：李靖弟客師，善騎射，喜馳騁。自京南屬山，西際澧水，鳥雀皆識之。每出，從之翔噪，人誰之鳥賊。

八塼學士　《唐書·李程傳》：北廳前階有花塼道，冬中以日影及五塼爲入直之候。程性懶，常過八塼乃至，衆呼爲八塼學士。

模棱宰相　《盧氏雜説》：唐蘇味道初拜相，有門人問曰：『天下方事之殷，相公何以燮和？』味道無言，但以手摸牀棱而已，時謂摸棱宰相。◎按，《唐書》本傳：味道嘗謂人曰：『處事不宜明白，但摸棱持兩端可耳。』時人謂之模棱手。

六籍奴婢 《南部新書》：劉蕡嘗言：『《文中子》於六籍，猶奴婢之於郎主。』世遂以《文中子》爲六籍奴婢。

黯伯 《唐書·常衮傳》：衮懲元載敗，窒賣官之路，一切以公議格之。非文詞者，皆擯不用，故世謂之黯伯。以其黯黯無賢不肖之辨云。

伴食宰相 《唐書》：盧懷慎自以才不及姚崇，故事皆推而不專，時譏爲伴食宰相。

拗木枕措大 《通鑑考異》：皮光業《見聞録》曰：『崔慎由以元和年登第，至開成已入翰林。因入直之夕，二更以來，有中使宣召，引入數重門。至一處，堂宇華焕，簾幕俱垂。見左右二廣【二】燃蠟而坐，謂慎由曰：「上不豫來已數日，兼自登極後聖政多虧，今奉太后中旨，命學士草廢立令。」慎由大驚曰：「某有中外親屬數千口，列在搢紳，長行、兄弟、甥姪僅三百人，一旦聞此覆族之言，寧死不敢承命。況聖上高明之德，覆於八荒，豈可輕議？」二廣默然，無以爲對。良久，啟後户，引慎由至一小殿，見文宗坐於殿上，二廣徑登階而疏文宗過惡，上惟俛首。又曰：「不爲此拗木枕措大，不合更在此坐矣。」街談以好拗爲「拗木枕」。仍戒慎由曰：「事泄，即在此措大也。」於是二廣自執炬，送慎由出邃殿門，復令中使送至本院。慎由尋以疾出翰林，遂金縢其事付胤。故胤切於勦絶北司者，由此也。誅北司後，胤方彰其事。』

校按：

【一】『廣』原誤作『房』。據《通鑑考異》改。

方三拜 《北夢瑣言》：方干，吴人。王龜大夫重之，延入内，乃連下兩拜。亞相安詳以答之，未起間，方又致一拜。時號方三拜。

太牢公 《舊唐書》：李德裕南遷，所著《窮愁志》引里俗犢子之讖以斥僧孺，又目爲太牢公。

丑座 註見卷十一『鶴相』條下。

少牢 《珍珠船》：京師語曰：『太牢筆，少牢口，東西南北何處走。』太牢，牛僧孺。少牢，楊虞卿，喙長三尺。

火龍子 《北夢瑣言》：天復元年，鳳翔李茂貞請入朝奏事，昭宗宴於壽春殿。先是，茂貞入闕，放火燒宫闕，居人殆盡。是宴也，教坊優人安轡新，號茂貞爲『火龍子』。茂貞慚惕俛首，仍竊怒曰：『他日會殺此竪子。』

瓮精 《清異録》：螺川人何晝薄有文藝，而屈意於五侯鯖。尤善酒，人以瓮精誚之。

睡相 《十國春秋》：後蜀徐光溥有辨才，遇事輒發，會李昊等疾之。後有議論，光溥熟睡而已，時號睡相。

邊和尚　《十國春秋·邊鎬傳》：初平建州，兵所鹵獲，惟以全活爲務，閩人德之。且行師常載佛事以行，人皆謂之邊羅漢。及克湘潭，市不改肆，日飯沙門以希福，時人號邊佛子，又稱邊菩薩。繼後政出多門，優柔不斷，紀綱頹弛，遂號爲邊和尚。

韓瞠眼　《宋史·周三臣傳》：韓通性剛而寡謀，言多忤物，肆威虐，衆謂之韓瞠眼。其子頗有智略，幼病傴，人目爲槖駞兒。見太祖有人望，常勸通早爲之所，通不聽。

楊風子　《王氏法書苑》：梁楊凝式以心疾致仕，人謂之楊風子。

張風子　《癸辛雜誌》：杭醫老張防禦，言語好異，人目爲張風子。

梁風子　《圖繪寶鑑》：梁楷，嘉泰年畫院待詔，嗜酒自樂，號曰梁風子。

李憨子　《貢父詩話》：圍棋者，以憨著。註云：李乃國手，而神思昏濁，人呼爲李憨子。

王憨子　《鐵圍山叢談》：哲廟時有棋手王憨子。

三旨宰相　《宋史》：王珪自執政至宰相，凡十六年，無所建明，當時目爲三旨宰相。以其上殿進呈，云『取聖旨』；上可否訖，云『領聖旨』；退諭稟事者，云『已得聖旨』。

三覺侍郎　《雞肋集》：趙叔問爲天官侍郎，肥而善睡，又厭賓客，常挂歇息牌於門首。呼爲三覺侍郎，謂朝回、飯後、歸第也。

三照相公　《雞肋集》：范覺民作相方三十二歲，肥白如冠玉。旦起與裹頭、帶巾，必皆攬鏡，時謂三照相公。

愷悌君子　《過庭録》：隸州陳恬叔易，以才名稱鄉里。家貧，與弟同居。一日弟忤其意，遂捶之，親鄉中目爲愷悌君子。

有初居士　《曲洧舊聞》：王安中，無極人也。元符間，晁以道爲無極令，時安中已登進士第，修邑子禮，用長牋見以道。自言平生頗有意學古，以新學竊一第，固爲親榮，而非其志也，願夫子明以教我。以道曰：『子之志美矣，然爲學之道，當慎其初。』安中乃築室，屏絶人事，榜之曰『初寮』，自號『初寮居士』。然負才自標置，爲梁才甫所阻，不得志。乃遊京師，密結梁師成，遂年餘兩遷爲正字。平日交遊，以此莫有稱初寮者，但目爲有初居士而已。

東州逸黨　《宋史》：范諷類曠達，然揣闔圖進，不守名檢，所與遊者輒慕其所爲，時號東州逸黨。山東人顏大初作《逸黨詩》以刺之。

太平翁翁　《佩韋齋輯聞》：秦檜爲相，怙權恃援，沮復仇之議；誅殺勳舊，誣陷忠良。死之日，詔撰神道碑，士大夫無肯執筆者。然其子孫迄宋之亡，仕者不絶，或疑造物報施之誤。至閲《四朝聞見録》，遂以爲檜息兵和戎，生民賴以休息，時有太平翁翁之號，恐造物以此佑之。

拗相公　《香祖筆記》：《警世通言》有《拗相公》一篇，述王安石罷相歸金陵事，極快人意。乃因盧多遜謫嶺南事而稍附益之耳。

刁半夜　《陳后山叢談》：刁學士約喜交結，請謁常至夜半，號刁半夜。

陳三更　《宋史·趙昌言傳》：陳象輿、董儼皆昌言同年，日夕會昌言第，京野爲之語曰：『陳三更，董半夜。』

董半夜 見上。

草頭木腳 《碧雲騢》：梁適始與蘇紳有奸邪之迹，時號草頭木腳，隱謂其姓也。

劉綿花 《明史·劉吉傳》：吉在内閣，人呼爲劉綿花，謂其愈彈愈起也。

葉少保 《明史·葉盛傳》：廷臣議事，盛每先發言，往復論難。與議大臣或不悦曰：『彼豈少保耶？』因呼爲葉少保。然物論皆推盛才。

庸妄巨子 《明史》：歸有光爲古文，原本經術，好《太史公書》，得其神理。時王世貞主盟文壇，有光力相觝排，目爲庸妄巨子。

輕薄小黄毛 《列朝詩集》：陳束，字約之，鄞縣人。嘉靖進士，入中秘，與唐應德、王道思諸人刻勵爲古學。張、桂受上殊寵，朝士咸奔走，約之獨不往。歲時上壽，遣吏投刺，馳馬過其門。諸老恨之，呼爲輕薄小黄毛。

異號類編卷七

嘲謔類

陳驚坐　《漢書·陳遵傳》：遵字孟公，列侯有與遵同姓字者，每至人門，曰陳孟公，座中莫不震動。既至而非，因號其人曰陳驚座。

盲夏侯　《三國志》：夏侯惇從征吕布，爲流矢所中，傷左目。◎魚豢《魏略》：時夏侯淵與惇俱爲將軍，軍中呼惇爲盲夏侯。

殺公掾　《晉書·魏舒傳》：陳留周震累爲諸府所辟，辟書既下，公輒喪亡，僉號震爲殺公掾，莫有辟者。舒乃命之，而竟無患，識者以此稱其達命。

傖父　《晉書》：吴人謂中州爲傖，陸機呼左思爲傖父。

渴羌　《拾遺記》：羌人姚馥好啜濁糟，常言渴於醇酒。群輩常弄狎之，呼爲渴羌。

疵面　《晉書》：趙孟補尚書郎令史，有學術，善清談。其面有疵黯，諸事不決者，帝曰：『當問疵面。』

髯參軍　《晉陽秋》：王珣爲桓温主簿，郗超爲記室參軍，温並親待之。府中爲之語曰：『髯參軍，短主簿。能令公喜，能令公怒。』超髯、珣短故也。

短主簿　見上。

半人　《襄陽耆舊傳》：習鑿齒以腳疾廢於家巷。襄陷於符堅，堅聞其名，與道安俱輿而致焉。堅謂權翌曰：『昔晉氏平吴，利在二陸。朕取襄陽，惟得一人半。』翌曰：『誰耶？』堅曰：『安公一人，習鑿齒半人也。』◎《舊五代史》：初，桑維翰登第之歲，陳保極戲謂同輩曰：『近知今二歲有三箇半人及第。』蓋其年收四人，保極以維翰短陋，故謂之半人也。

老慳　《南史·王玄謨傳》：孝武狎侮群臣，各有稱目。多鬚者謂之羊，短長肥瘦，各有比擬。顔師伯缺齒，號之曰齴；劉秀之儉悋，常呼之曰老慳。柳元景、垣護之雖並北人，而玄謨獨受老傖之目。

老傖　見上。

孀母　《南史》：何承天除著作佐郎，撰國史。承天年已老，而諸佐郎並名家年少。潁川荀伯子嘲之，呼爲『孀母』。承天曰：『卿當云鳳凰將九子，孀母何言耶？』

猨　《南史》：何尚之與顔延之少相狎，二人並短小，尚之嘗謂延之爲猨，延之目尚之爲猴。同游太子西池，延之問路人曰：『吾二人誰似猴？』路人指尚之爲似，延之喜笑。路人曰：『彼似猴耳，君乃真猴。』

猴 見上。

牛 《北史·邢昕傳》：興和中，以本官副李象使於梁。昕好忤物，人謂之牛。是行也，談者謂之『牛象鬬於江南』。

穿錐 《北齊書》：厙狄干不知書，署名爲『干』字，逆上畫之，時人謂之穿錐。

寒蟬 《北史》：尉瑾見人好笑，時人比之寒蟬。

黑宇 《北史》：宇文忠之天平初除中書侍郎，裴伯茂與之同省，嘗侮忽之，以忠之色黑，呼爲黑宇。

蕭痖 《南史·宗室傳》：蕭坦之肥黑無鬚，語聲嘶，時人號爲蕭痖。

楊大肚 《北史·齊文宣紀》：楊愔爲宰輔，以其體肥，呼爲楊大肚。

盧八 《北史·劉逖傳》：逖字子長，發憤自勵，專精讀書，爲開府參軍。及文宣崩，文士並作挽歌。楊遵彦擇之，盧思道用八首，逖用二首。李愔戲逖曰：『盧八問訊劉二。』逖銜之。

劉二 見上。

落水三公 《南齊書》：司徒褚淵送湘州刺史王僧虔，閣道壞，墜水。僕射王儉嘗牛驚，跌下車。謝超宗撫掌笑戲曰：『落水三公，墜車僕射。』

墜車僕射 見上。

醜舍人 《北史》：荀士遜狀貌甚醜，以文辭見重。嘗有事須奏，遇武成在後庭，因左右傳通。傳通者不得士遜姓名，乃云『醜舍人』。帝曰：『必士遜也。』看封題果是，内人莫不歡笑。

司徒空 《北夢瑣言》：王凝牧絳州，於時司空圖方應進士舉，王敬重之。及知舉，司空一捷列第四人登科。同年訝其名姓甚暗，事成太速，有浮薄者號爲司徒空。王知有此説，因召一榜門生開筵，宣言於衆曰：『某竊忝文柄，今年榜帖，全爲司空先輩一人而已。』由是圖聲彩益振。

書癡 《唐書》：竇威家世貴，子弟皆喜武力，獨威尚文，諸兄詆爲書癡。

碧鸛雀 《唐書》：裴寬景雲中爲潤州參軍事，刺史韋詵許妻以女。明日，幃其族使觀之。寬時衣碧，瘠而長，既入，族人皆笑呼爲碧鸛雀。

水族 《唐書》：鄭注本姓魚，冒爲鄭，當時號魚鄭。及用事，人廋語曰水族。

百合參軍 《清異録》：袁象先判衢州時，幕客謝平子癖於焚香，至忘形廢事。同僚蘇收戲刺一札，伺其亡也而投之，云：『鼎炷郎守馥州百合參軍謝平子。』

何需郎中 《唐國史補》：進士何儒亮自外州至京，訪其從叔，誤造郎中趙需宅，自云同考房。會冬至，需欲家宴，揮霍云：『既是同房，便令入宴。』姑姊妹妻子盡在焉。儒亮饌畢，徐出。及細察之，乃何氏之子也，需大笑。儒亮歲餘不敢出京城，時人因以何需郎中呼之。

侏儒郎中 《啟顔録》：韋慎形容極短，時人弄爲侏儒。鄧元挺初得員外已後，郎中、員外俱來看。韋慎曰：『慎以庸鄙濫任郎官，公以高才，更作緑袍員外。』鄧即報曰：『緑袍員外，由可及侏儒郎中。』衆皆大笑。

狐穴詩人　《誠齋雜記》：唐末有喬子曠者，能詩，喜用僻事，時人謂之狐穴詩人。

不利市秀才　《北夢瑣言》：夏侯孜相國未偶，伶俜風塵，所跨蹇驢無故墜井。每及朝士之門，舍逆旅之館，多有齟齬。時人號曰不利市秀才。後登將相，何先塞而後通也！

出腹不生養主司　《北夢瑣言》：乾符中，盧攜在中書，歉宗人無掌文柄，乃擢群從陜、號觀察使，盧渥知禮闈。是歲十二月，黄巢犯闕。僖皇播遷，舉子星散。迨收復京都，裴贄連知三舉，渥有羡色。趙崇大夫戲之曰：『閣下所謂出腹不生養主司也。』◎按，一本無『養』字。

補闕燈檠　《清異録》：冀時儒李大壯畏服小君，萬一不遵號令，則叱令正坐。爲綰扁髻，中安燈盌燃燈火，大壯屏氣定體，如枯木土偶。人諢目之曰補闕燈檠。

白舍人行詩圖　《酉陽雜俎》：荆州街子葛清，自頸以下遍劄白居易詩。段成式嘗與荆客陳至呼觀之，凡劄三十餘首，體無完膚，陳至呼爲白舍人行詩圖。

劫墓賊　劉訥言《諧噱録》：廖凝覽裴説《經杜工部墓》詩曰『擬鑿孤墳破，重教大雅生』，笑曰：『裴説劫墓賊耳。』

算博士　《全唐詩話》：駱賓王文好以數對，如『秦地重關一百二、漢家離宫三十六』。號爲算博士。

僞荆卿 吴淑《諡名録》：唐甄戈任俠，人呼爲僞荆卿。

猴頰郎 《續前定録》：武居常，天後高祖也。少時游洛下，人謂爲猴頰郎。居常頤下有若猴頷也，其上有四靨。

卷耳 《啟顏録》：韋慶本女選爲妃，詣朝堂欲謝。而慶本兩耳先卷，朝士多呼爲卷耳。時長安公松壽見慶本而賀之，因曰：『僕固知足下女得妃。』慶本曰：『何以知之？』松壽乃自摸其耳而卷之曰：『《卷耳》，后妃之德。』

羊鼻公 《龍城録》：魏左相忠言讜論，贊襄萬幾，誠社稷臣。有日退朝，太宗笑謂侍臣曰：『此羊鼻公不知遺何好而能動其情？』侍臣曰：『魏徵好食醋芹，每食之欣然稱快，此見其真態也。』

囁嚅翁 《雲溪友議》：先是李補闕林宗，杜殿中牧，與白公輦下較文，俱言元、白詩體舛雜，而爲清苦者見嗤，因兹有恨。白爲河南尹，李爲河陽令，道上相遇，尹乃乘馬，令則肩輿，似乖趨事之禮。嘗謂樂天爲囁嚅翁，聞者皆笑。◎《唐書》：竇鞏，字友封。言若不出口，號囁嚅翁。

雌甲辰 《東軒筆録》：唐盧氏《逸史》載：裴晉公度與郎中庾威同生於甲辰，裴嘗戲威曰：『郎中乃雌甲辰也。』程文惠與龐穎公同生於戊子，程已貴而龐尚爲小官。嘗戲龐曰：『君乃小戊子耳。』後穎公大拜，文惠致書賀曰：『今日大戊子卻爲小戊子矣！』穎公笑之。

小戊子 見上。

惡詩韓翃 《本事詩》：唐韓翃少負才名。侯希逸鎮青淄，翃爲從事，後罷府，閒居十年。李勉鎮夷門，又署爲幕吏。時韓已遲暮，同職皆新進後生，不能知韓，共目爲惡詩韓翃。

歇後鄭五 《唐書》：鄭綮善詩，語多誹諧，故使落調，世號『鄭五歇後體』。既視事，宗戚詣慶，搔首曰：『歇後鄭五作宰相，事可知矣。』

漫郎 《唐書》：元結入猗玕洞，始稱猗玕子。後家瀼濱，乃自稱浪士。及有官，人以爲浪者亦漫爲官乎，呼爲漫郎。

酒吃 《唐史拾遺》：焦遂口吃，對客不出一言，醉後輒酬答如注射，時人目爲酒吃。

行轍方相、衛靈公 《朝野僉載》：緱言婁師德長大而黑，一足蹇，張元一目爲行轍方相，亦號爲衛靈公，言防靈柩方相也。

望柳駱駝 又，天官侍郎吉頊長大，好昂頭行，視高而望遠，目爲望柳駱駝。

嶺南考典 又，殿中侍御史元本竦髆傴身，黑而且瘦，目爲嶺南考典。

光禄掌膳 又，駕部郎中朱前疑粗黑肥短，身體垢膩，目爲光禄掌膳。

外軍校尉 又，東方虬身長衫短，骨面粗眉，目爲外軍校尉。

鬱屈蜀馬 又，唐波若矮短，目爲鬱屈蜀馬。

卒歲胡孫 又，目李昭德卒歲胡孫。卒，子銳反。

端箭師 又，修文學士馬吉甫眇一目，目爲端箭師。

呷醋漢 又，郎中長儒子視望陽，目爲呷醋漢。

失孔老鼠　又，汜水令蘇徵舉止輕薄，目爲失孔老鼠。以上十條俱張元一語。

逆流蝦蟆　又，張元一腹麤而腳短，項縮而眼跌，吉頊目爲逆流蝦蟆。

趁蛇鸛鵲　又，兵部尚書姚元崇長大行急，魏光乘目爲趁蛇鸛鵲。

覰鼠貓兒　又，黄門侍郎盧懷慎好視地，目爲覰鼠貓兒。

飽椹母豬　又，殿中監姜皎肥而黑，目爲飽椹母豬。

醉部落　又，紫微舍人倪若水黑而無鬚鬢，目爲醉部落。

暗燭底覓蝨老母　又，舍人齊處沖好眇目視，目云暗燭底覓蝨老母。

日本國使人　又，舍人吕延嗣長大少髮，目爲日本國使人。

醉高麗　又，目舍人鄭勉爲醉高麗。

小州醫博士　又，目拾遺蔡孚爲小州醫博士，詐諳藥性。

煙熏地木　又，有殿中侍御史短而醜黑，目爲煙熏地木。

小村方相　又，目御史張孝嵩爲小村方相。

熱熬上猢猻　又，目舍人楊伸嗣爲熱熬上猢猻。

王門下彈琴博士　又，目補闕袁輝爲王門下彈琴博士。

祈雨婆羅門　又，目員外郎魏恬爲祈雨婆羅門。

品官給使　又，目李全交爲品官給使。

飽水蝦蟆　又，目黄門侍郎李廣爲飽水蝦蟆。以上十六條俱魏光乘語。

外軍主帥　又，同州魯孔邱爲拾遺，有武夫氣，時人謂之外軍主帥。

飽乳犢子　又，豫章令賀若瑾眼皮急，項轅粗，張鷟號爲飽乳犢子。

臛亂土梟　又，張鷟目張隨侯爲臛亂土梟。

料鬬鳧翁雞　又，袁守一性行淺促，時號爲料鬬鳧翁雞。

白鸚鵡　《珍珠船》：韓渥、姚洎俱爲翰林學士，從昭宗幸岐。渥每與兩使敕會棋，兩使不勝，洎即以手壞之，渥呼爲白鸚鵡。若洎不在，兩使將輸，韓必大呼曰：『白鸚鵡！』洎應聲至。

短李　《唐書》：李紳爲人短小精悍，有詩名，時稱爲短李。

迂辛　白居易詩：『笑勸迂辛酒，閒吟短李詩。』自註云：辛大立性迂嗜酒，李二十形短能詩，當時有迂辛、短李之目。

温鍾馗　《桐薪》：温庭筠貌甚陋，號温鍾馗，不稱才名。

墨崑崙　張鷟《耳目記》：墨君和肌膚如鐵，年十五六，趙王鎔見之曰：『此中何得崑崙兒耶？』問其姓，與形質相應，即呼『墨崑崙』，以皂衣賜之。

張顛　《唐書》：張旭嗜酒，每大醉，呼叫狂走乃下筆，或以頭濡墨而書，世呼張顛。

徐瞋　《十國春秋》：徐温沈毅寡言，罕與人交，人目曰徐瞋。

鮑鬧　《十國春秋》：吴越鮑君福常側兜牟，臂弓注束矢，馬上輸雙劍如飛。出入陣中，望之如流電，人皆呼曰鮑鬧。

滕屠　《東軒筆録》：王荆公不喜滕甫、鄭獬，目爲滕屠、鄭沽。

鄭沽　見上。

米顛　《竹坡詩話》：楊次翁守丹陽，米元章過郡，留數日而去。其行，送之以詩，有『淮海聲名二十秋』之句。林子中謂公言：『毋乃過歟？』次翁笑曰：『二十年來何處不知有米顛子耶？』

趙葫蘆　《夷堅志》：秀州趙公衡天姿滑稽，善與人欵曲，無所不狎侮。因寡髮，人目之爲趙葫蘆。

顧將軍　《澠水燕談録》：顧臨學士魁偉好談兵，館中戲謂之顧將軍。

薛乞兒　《能改齋漫録》：或嘲薛昂以詩曰：『好笑當年薛乞兒，荆公座上賭梅詩。』薛書名似丐字，故人有乞兒之論。

賀鬼頭　《能改齋漫録》：賀方回狀貌奇醜，俗謂之賀鬼頭。

陳獮猴　《睽車志》：無爲有陳氏，家貲鉅萬，而主人貌甚寢陋，時謂之陳獮猴。

方捉鬼　《吴中舊事》：葉少藴云：『吾鄉有老儒方惟深者，能詩，嘗爲王荆公所知。用意精苦，遇有詩思，即閉室步行其中，引手瞑目，若與人語，或空中搏拏跳躍。里人戲之爲方捉鬼。』

黎檬子　《東坡志林》：黎錞，字希聲，治《春秋》有家法。然爲人質木遲緩，劉貢父戲之爲黎檬子。以謂指其德，不知果木中真有是也。一日聯騎出，聞市人有唱是果鬻之者，大笑，幾落馬。

宋忙兒　《洛陽舊聞記》：宋太師彦筠爲小校時，欲立奇功，每見陣敵，於兜牟上闊爲雙髻，軍中目爲宋忙兒。周初，李諫議知損有詩名，當時號曰李羅隱。彦筠嘗問：『諫議君姓李，因何皆言李羅隱？』李性峻多急，好戲，應聲答曰：『如太師姓宋，滿朝皆唤作宋忙兒，又何異乎？』

有貌大臣　《拊掌録》：治平中，國學試策問體貌大臣，進士對策曰：『若文相公、富相公，皆大臣之有體者；若馮當世、沈文通，皆大臣之有貌者。』意謂文、富豐碩，馮、沈美小也。劉原甫遂目沈、馮爲有貌大臣。

風流骸骨　《萍洲可談》：王梅運勾，骨立有風味，朋從目之曰『風流骸骨』。崇寧癸未，余在金陵府集，見官奴中有極瘦者，府尹朱世英語余曰：『亦識生色髑髏否？』余欣然爲王勾得對。

錐宋　《貢父詩話》：蘇子美魁偉，與宋中道並立，下眎之，笑曰：『交不著。』號爲錐宋，爲其穎利而么麽云。贈詩曰：『譬如利錐末，所到物已破。』後倅洺州。洺本趙地，有毛遂冢，聖俞遂舉處囊事爲送行詩戲之。◎按，註云：交不著，京師市井語。

拗李　《貢父詩話》：裁幞頭者，以拗著。註云：李家幞頭，天下稱善。而必與人乖刺，歲久，自以『拗李』呼。

四亥公　《能改齋漫録》：曾布以亥年亥月亥日亥時生，章子厚每以『四亥公』呼之。

夢見公　《東軒筆録》：周師厚爲湖北路提舉常平，人或呼爲夢見公，蓋以其姓周也。

渴睡漢　《歸田録》：吕穆公胡大監旦遇之甚薄，客有舉吕詩曰：『挑盡寒燈不成夢。』胡曰：

『乃一渴睡漢耳。』明年吕中甲科，寄聲曰：『渴睡漢狀元及第矣！』

粉父《宋史·刑法志》：俗稱駙馬都尉爲粉侯，人以王師約故，呼其父克臣【一】爲粉父。

校按：

【一】『克臣』原誤作『堯臣』。據《宋史》卷二百改。

魚頭公《二老堂雜志》：王十朋望見周麟之樞密，目爲魚頭公。問其故，云：『前歲爲大金哀謝使，金主喜之，享以所釣牛魚，非舊例也。樞公糟其首歸獻於朝，故有此號。』

冬烘公《避暑録話》：唐人言冬烘是不了了之語。崇寧末，安國同爲郎，成都人詹某爲諫官，上章擊之，其辭略云：『某官人材闒冗，臨事冬烘。』安國性隱而口吃，每戟手躍於衆曰：『吾不辭譴逐，但冬烘爲何等語？』於是傳之益廣，遂目爲冬烘公。

池水清《王氏見聞録》：韓伸者，渠州人也。善飲博，經年忘其家。嘗游謁於東川，聚其博徒，挈飲妓而致幽會。夜坐洽樂之際，其妻自家領女僕持棒伺於暗處。伸方塌聲唱《池水清》不絶，忽於腦後一棒，打落幞頭，撲滅燈燭，伸即竄於牀下。時輩呼伸爲池水清。

活卦影《捫掌録》：熙寧間，蜀中日者費孝先筮《易》，以丹青寓吉凶，謂之卦影。其後轉相祖述，畫人物不常，鳥或四足，獸或兩翼，人或儒冠而僧衣，故爲怪以見象。米芾好怪，常戴俗帽，衣深衣，而攝朝韡，紺緣，肸從目爲活卦影。

塵垢囊　《珍珠船》：林公謂王文度爲塵垢囊。

社公兒　《睽車志》：劉知常，襄陽人。始生，皓首赭面，里俗謂之社公兒。

男旱魃、女旱魃　《萍洲可談》：世傳婦人有産鬼形者，不能執而殺之則飛去，俗呼爲『旱魃』。女旱魃竊家物以出，男旱魃竊外物以歸。初，虞世和甫，名士善醫，每貴人求治病，必重誅求之，其所得賂旋以施貧者。最愛黄庭堅，每得佳墨精楮奇玩必歸。魯直語朝士曰：『初和甫於余，正是一男旱魃。』時坐中有厭苦和甫者，率爾對曰：『到吾家便是女旱魃。』

無口瓠　《宋史》：李沆爲相，接賓客常寡言。馬亮語其弟維曰：『外議以大兄爲無口瓠。』

撞倒牆　《清異録》：予陽翟莊舍左右有田老者，不爲欺心事，出言鯁直，諢名撞倒牆。

黑灰團　《三朝政要》：北兵渡江，劉整以城降。遂戲言曰：『南人所恃惟一黑灰團耳。』吕文德，號黑灰團。

赤樞　《江隣幾雜志》：都下鄙俗目軍人爲赤老，莫原其意。緣尺籍得此名耶？狄青自延安入樞府，西府迓者累日不至。問一路人，不知爲狄子也，既云未至，因謾罵曰：『迎一赤老，累日不來。』士人因呼爲赤樞。

太牢　《歸田録》：王淇、張亢同在南京，張肥大，王以太牢目之；王瘦小，張以獮猴目之。

獮猴　見上。

蛸蚌　《鶴林玉露》：尤延之與楊誠齋爲金石交，二公皆善謔。誠齋戲呼延之爲『蛸蚌』，延之戲呼誠齋爲『羊』。一日食羊白腸，延之曰：『祕監錦心繡腸，亦爲人所食乎？』誠齋笑吟曰：『有腸可食何須恨，猶勝無腸可食人。』蓋蛸蚌無腸也。

羊　見上。

角鴟　《談藪》：長史李翥常爲主人，朝士咸集。幽州長史陸仁惠不來，翥甚銜之。魏彦淵曰：『一目之羅，豈能獲鳥？』翥渺一目，陸號角鴟。

三無同舍　《雪舟脞語》：方梧坡，元善鄉之前輩也。其父無子，偶妻之妹來省其姊，私之，有娠。妻乃爲作産蓐狀，生梧坡，厚貲裝以嫁其妹。梧坡買補據入太學，以泛免過登科，齋舍謂之『三無同舍』。蓋生無母，補無據，登科無解也。

奉敕陋朝士　《萍洲可談》：袁應中博士有時名，以貌寢，諸公莫敢薦。紹聖間，蔡允度引之，乃得對。哲宗一見，連稱太陋。袁錯愕，不得陳述而退。搢紳目爲奉敕陋朝士。王迥美姿容，有才思，少年間不甚持重，爲狎邪輩所誣，播入樂府，今《六么》所歌『奇俊王家郎』，乃迥也。元豐中，蔡持正薦之可任監司，神宗曰：『此乃奇俊王家郎乎？』持正叩頭謝罪。

奇俊王家郎　見上。

豁達李老　《青箱雜記》：樞密邵公嘗謂余詩淺切，有似白樂天。一日，得馮瀛王詩一帙而歸。公曰：『子詩格似白樂天，今又愛馮瀛王，將來檢取箇豁達李老。』慶曆中，京師有民自號豁達李老，每好吟詩，而詞多鄙俚，故公以戲之。

没興張鎬相公　《東坡志林》：前在金山，見滕元發乘小舟破巨浪來相見。出船巍然，令人神聳，好一箇没興張鎬相公。

没興真武　《過庭録》：王陶樂道，哲廟東宫時師傅也。美姿而長身，時謂之没興真武。

没興孔夫子　《侯鯖録》：孫莘老形貌奇古。熙寧中，論事不合，責出，世謂没興孔夫子。

没興馬遠　《畫史會要》：蘇顯祖，嘉定待詔，與馬遠同時，筆法亦相類，但稍弱，俗呼其畫爲没興馬遠。

孔子家小二郎　《侯鯖録》：孔宗翰，宣聖之後，氣質肥厚，劉貢父目之孔子家小二郎。

豬觜關大使　《鐵圍山叢談》：熙寧間，東平王景亮喜名貌人，後反爲人號作豬觜關。又爲人號曰豬觜關大使，亦各有寮吏之目。吕升卿者，形貌短劣，議論好舉臂指畫，奉使過東平，遂被目爲説法馬留。王大粹靓以給事中出守東平，乃被目爲香棖圓。蓋謂不能害人，且不治病也。

説法馬留、香棖圓　見上。

泄氣師子　《樂善録》：邵篪以上殿泄氣，出知東平。邵高鼻圈鬈髯，王景亮目爲泄氣師子。

細腰宫院子　《軒渠録》：莊綽年未甚老，而體極尫瘠，江枬仲本呼爲細腰宫院子。

九子母丈人　《獨醒雜志》：錢穆父眉目秀雅，而時有九子。東坡曰：『穆父可謂九子母丈人。』同舍皆大笑。◎《老學菴筆記》：錢穆父風姿甚美，有九子。都下九子母祠作一巾紵美丈夫於西偏，俗以爲九子母之夫，故都下謂穆父爲九子母夫。東坡贈詩云：『九子羡君門户壯。』蓋戲之也。

澗上丈母　《過庭録》：陳恬叔易自號澗上丈人，里人子從叔易學文，而好修飾頭面，舉止妖嬈，人目爲澗上丈母。

貧孟嘗　《三朝北盟會編》：畢良史，字少董，以買賣古器書畫赴行在。思陵方搜訪古玩，恨未有辨其真僞者。得良史，甚悦，月給俸二百千，而食客滿門，時號貧孟嘗。

始皇　《江鄰幾雜誌》：大名府學進士劉建侯盜官書賣之，搜索既切，遂焚之。府中謂之始皇，以其焚書坑儒也。

鬼太保　《睽車志》：侯都事妾懷妊，未及産而死。後改葬，見白骨已朽，一嬰兒坐於足上食餅，抱出鞠養之。及長，袛事宫禁，目爲鬼太保。

察隻子　《墨莊漫録》：班行李質人材魁岸，磊落甚偉。徽廟朝，欲求一人相稱者爲對，竟無可儷，當時同列目爲察隻子。京師俚語，謂無對者爲察隻。

癡仙人　《中州集》：王偹齡，同州人。詩有『得意好花開早落，唤愁芳草燒還生』之句，間閒愛而戲之，目爲癡仙人。

熱熟顔回　《宋史》：陳繹，字和叔，爲政務摧豪黨，而行與貌違。暮年謬爲敦樸之狀，好事者目爲熱熟顔回。

杜園賈誼　《事文類聚》：陳和叔〔一〕爲舉子，通率少檢。後舉制科，驟爲質樸，時號熱熟顏回。時孔仲舉對廷策，言天下有可嘆息慟哭者，既而被斥。和叔曰：『孔生真杜園賈誼也。』王平甫聞之曰：『杜園賈誼，好對熱熟顏回。』

校按：

〔一〕『陳和叔』原誤爲『陳叔和』。據《宋史》及《今古事文類聚》改。

還魂秀才　《泊宅編》：天禧元年〔一〕，開封解榜出。有廖復者被黜，率衆詣鼓院訴有司不公。朝廷差錢惟演等重考，取已落者七十餘人，復亦預薦，時號還魂秀才。

校按：

〔一〕『天禧元年』，文淵閣《四庫全書》本《泊宅編》作『天禧二年』。

也罷先生　《震澤紀聞》：李東陽性善謔，同年有陳太常音者，醇厚敦樸，語好稱『也罷』，遂稱爲也罷先生。

顛主事　《明史·文苑傳》：楊循吉，字君謙，吴縣人，成化二十年進士，授禮部主事。好讀書，每得意，手足踔踔不能自禁，用是得顛主事之名。

鐵狀元 《淡墨録》：景泰五年，狀元，河南人孫賢，面黑。榜眼，宜興人徐溥，面白。探花，武進人徐轄，面黄。時目爲鐵狀元、銀榜眼、金探花。

銀榜眼、金探花 見上。

曾偶然 《堅瓠集》：泰和曾狀元鶴齡，永樂辛丑會試，與浙江數舉子同舟。年少狂生，議論蜂出，見曾簡默，因共舉書中疑義問之。遜謝不知，竊笑曰：『夫夫也，偶然預薦耳。』遂以『曾偶然』呼之。既而衆皆下第，曾獨首榜。乃寄以詩曰：『捧領鄉書謁九天，偶然趁得浙江船。世間固有偶然事，豈意偶然又偶然。』

徐大漢 《野獲編》：内監徐姓者，長幾及丈，肥亦稱之，今上呼爲徐大漢。

高小姐 秦徵蘭《天啟宮詞》注：御前牌子高承壽，丹唇鮮眸，姣好如處女，宮中以高小姐呼之。

王黑子 《玉劍尊聞》：帝每呼王文端公爲王黑子。◎按，文端名家屏，隆慶進士，官大學士。

賀瘋子 《三朝野記》：諸賊聞賀人龍死，酌酒相慶。曰：『賀瘋子死，取關中如拾芥矣。』

項黑 《三朝野記》：崇禎七年會試，場中皆推昜一房文震孟所取陳際泰爲第一。同考項煜欲令會元出其門，計誘文公，謂渠所取乃楊廷樞也。楊爲同鄉名士，文遂讓之。及拆號，乃李青也。項向有項黑之稱，一時遂笑傳有項黑得李青之號。

鬼李　《沂陽日記》：喬公白巖有輿卒，小而黑，人呼爲鬼李。有神力，善跌打。

象奴　《客座新聞》：太倉陸孟昭爲刑部郎中，嘗往一朝士家，駕牛投刺不書名，惟云『東海釣鼇客過』。其士歸見之，知其孟昭也，亦遞一帖云：『西番進象人來。』蓋孟昭黑面白齒，人皆嘲爲象奴云。

厚禮　《震澤紀聞》：閩人呼『咨』爲『豬』。翁世資爲尚書，屬官稟：『工部送一咨來。』世資以爲豬也，曰：『厚禮！』聞者大笑。李東陽因是呼倪舜咨爲厚禮。河南人有偷驢之誚，因呼焦芳爲驢。作詩云：『振振馬公，吁嗟驢兮！』通政使仲蘭善游説，稱爲仲游，後遂稱曰子路。

驢、子路　見上。

羊脂玉　《野獲編》：武宗南幸，至楊文襄一清家，有歌童侍焉。上悦其白皙，問何名，曰楊芝。賜名曰羊脂玉，命從駕北上。

頭上白　《野獲編》：武宗出宣府，有歌者，爲上所喜。問其名，左右以『頭上白』爲對。蓋本代府院中樂部，鎮守太監借來供應者，故有此諢名。

異號類編卷八

嗤鄙類上

夜半客 《後漢書·彭寵傳》：王莽爲宰衡時，甄豐旦夕入謀議，時人語曰『夜半客，甄長伯。』

香尉 《述異記》：漢雍仲子進南海香物，拜涪陽尉，時謂之香尉。

糞中郎 《天禄閣外史·避難篇》：文龜齡爲左馮翊，與相國王允之子横掠良家女婦，充闔室，爲鄭衛之聲，以奉相國。京師醜之，皆呼糞中郎，以其污濁士林，爲清論所鄙。

充隱 《晉書》：桓玄以歷代咸有肥遯之士，而己世獨無，乃徵皇甫謐六世孫希之爲著作，並給其資用。皆令讓而不受，號曰高士，時人名爲充隱。

錢癖 《晉書》：和嶠家至富，其性至吝，人謂之錢癖。

穀伯 《晉書·羊曼傳》：曼弟聃，字彭祖，少不經學，時論皆鄙其凡庸。先是，兖州有八伯之號，其後更有四伯：大鴻臚陳留江泉以能食爲穀伯，豫章太守史疇以大肥爲笨伯，散騎郎高平張嶷以狡妄爲猾伯，而聃以狼戾爲瑣伯，蓋擬古之四凶。

笨伯、猾伯、瑣伯 見上。

試守孝子 《晉書》：王綏少有美稱，厚自矜邁，實鄙而無行。父愉爲殷、桓所捕，綏未測存亡，在都有憂色。居處飲食，每事貶降，時人每謂爲試守孝子。

斥仙人 《抱朴子》：項曼都學仙十年，歸家。詐云：『到天上，仙人以流霞飲我，不飢渴。忽思家，到帝前謁拜，失儀見斥。』河東因號斥仙人。

羊公鶴 《世説》：劉遵祖少爲殷中軍所知，稱之於庾公。庾公甚欣然，便取爲佐。既見，坐之獨榻上與語。劉爾日殊不稱，庾小失望，遂名之爲『羊公鶴』。昔羊叔子有鶴善舞，常向客稱之。客試使驅來，氃氋而不肯舞，故稱比之。◎《真率筆記》：試鶯自言能作獨自舞，宋遷求其一舞而不可，因呼爲羊公鶴。◎按，試鶯，人名。

生犀 《南史・恩倖傳》：陸驗、徐驎並吴人，驗本無藝業，而容貌特醜。先是，外國獻生犀，其形甚陋，故閭里咸謂驗爲生犀。

驚蝴蝶 《北史》：魏收在東洛，輕薄尤甚，人號云：『魏收驚蝴蝶。』

跛腳奴 《南史》：侯景右足短，南過小城，人登陴詬之曰：『跛腳奴何爲耶？』景怒，破城殺言者而去。

王倀子　《南史·恩倖傳》：奄人王寶孫號爲倀子，最有寵。

段姥　《北史》：帝征遼東，平原郝孝德、清河張金稱等並起爲盜。帝令段達擊之，數爲金稱等所挫。諸賊輕之，號爲段姥。

蕭娘　《南史·臨川王宏傳》：帝詔宏侵魏，宏聞魏援近，畏懦不敢進，召諸將議旋師。吕僧珍曰：『知難而退，不亦善乎？』北軍歌曰：『不畏蕭娘與吕姥，但畏合肥有韋虎。』

吕姥　見上。

郭尖　《北魏書》：郭景尚，祚子。善事權貴，世人號爲郭尖。

李錐　《北魏書》：李崇子世哲，性傾巧，善事人，亦以貨賄自達。高肇、劉騰之處勢也，皆與親善，故世號爲李錐。

桃弓僕射、黄觚少師　《北史》：郭祚曾從幸東宮，明帝幼弱，祚持一黄觚出奉之。時應詔左右趙桃弓與御史中尉王顯迭相脣齒，深爲帝所信。祚私事之，時人謗祚者，號爲桃弓僕射、黄觚少師。

被賧刺史　《南史》：孝武帝即位，以垣閎[一]爲交州刺史。時交州全實，閎罷州還，資財鉅萬。明帝初，出爲益州刺史，蜀還之貨，亦數千金。先送獻物，傾西資之半，明帝猶嫌其少。及閎至都，詣廷尉自簿，先詔獄官留閎，於是悉送資財，然後被遣。凡蠻夷不受鞭罰，輸財贖罪謂之賧，時人謂閎爲被賧刺史。

校按：

【一】『垣閎』原誤作『桓閎』。據《南史》卷二十五改。

十錢主簿　《北魏書·宗室傳》：元慶智爲太尉主簿，事無大小，得物後判。或十數錢，或二十錢，府中號爲十錢主簿。

輕薄公子　《北史》：宇文化及，述長子也。性兇險，不循法度。好乘肥挾彈，馳騖道中，由是長安謂之輕薄公子。

旱母　《南史·梁宗室傳》：蕭推歷淮南、晉陵、吴郡太守，所臨必赤地大旱，吴人號旱母焉。

錢愚　《南史》：梁臨川王宏性好錢，豫章王綜作《錢愚論》，宏病之。

戴帽餳　《隋書》：梁彦光拜趙州刺史，言於上曰：『臣前待罪相州，百姓呼爲「戴帽餳」。臣自分廢黜，不謂天恩復垂收採。請復爲相州，改絃易調。』上從之。◎按：《通鑑》『戴』作『著』。戴帽餳，言其柔軟也。

臺穢、中霜穀束　《朝野僉載》：周革命，舉人貝州趙廓眇小，起家監察御史，時人謂之臺穢。李昭德詈之爲中霜穀束，張元一目爲梟坐鷹架。

被凍蠅　註見卷二『得霜鷹』條下。

秃角犀　《唐書》：杜悰出入將相，厚自奉養，未嘗薦進幽隱，佑之素風衰矣，故時號秃角犀。

兩腳狐　《唐書》：張昌宗坐事，司刑少卿桓彦範劾免其官。昌宗訴諸朝，武后意申釋之，問宰相：『昌宗於國有功乎？』再思曰：『昌宗爲陛下治丹餌而愈，此爲有功。』后悦，昌宗還官。自是天下貴彦範，賤再思。左補闕戴令言賦《兩腳狐》以譏之。

喜鵲　《唐書·竇參傳》：申其族子也，爲給事中。參親愛之，每除吏，多訪申，申因得招貨賂，漏禁密語。故申所至，人目爲喜鵲。

無字碑　《北夢瑣言》：唐趙崇凝重清介，門無雜賓，標質堂堂，不爲文章，號曰無字碑。◎《五代史·任圜傳》：天下皆知崔協不識文字，而虚有儀表，號没字碑。◎又，《雜傳》：安叔千狀貌堂堂，而不通文字，所爲鄙陋，時人謂之没字碑。契丹犯京師，迎見耶律德光於赤岡，德光勞曰：『是安没字否？』

黄麞漢　《御史臺記》：唐趙仁奬，河南人也。善歌《黄麞》，與宦官有舊。景龍中負薪詣闕，遂得召見，即日臺拜焉。睿宗朝，左授上蔡丞，使於京，訪尋臺中舊列，妄事歡洽。御史倪若水奏之中書令姚崇曰：『此是黄麞漢耶？』授常州悉當尉，馳驛發遣。仁奬在臺，既無餘能，惟以《黄麞》自衒。宋務先題之曰：『行人不避驄馬，坐客惟聽黄麞。』

媪　《朝野僉載》：唐禮部尚書祝欽明頗涉經史，不閑事務，博碩肥腯，頑滯多疑，臺中小吏號之爲媪。媪者，肉塊，無七竅，秦穆公時野人得之。

高手筆、按孔子 《朝野僉載》：司刑司丞陳希閔以非才任官，庶事凝滯，司刑府吏目之爲『高手筆』。言秉筆當額，半日不下，故名高手筆。又號『按孔子』，言竄削至多，紙面穿穴，故名按孔子。

多田翁 《唐書》：御史中丞宇文融將以括田户功爲上下考，盧從愿不許。融恨之，乃密白：『從愿盛殖産，占良田數百頃。』帝自此薄之，目爲多田翁。

足穀翁 《侯鯖録》：唐韋宙善治生，江南田産極盛。除廣帥，宣宗戒之曰：『番禺珠翠之地，垂貪泉之戒。』宙曰：『江陵莊積穀尚有七千堆，無所用泉。』宣宗曰：『此所謂足穀翁也』。

國奢 《唐書》：竇懷貞繼娶韋后乳媼，每謁見，輒自署『皇后阿奢』，人或謂之國奢。

地癖 《唐書·忠義傳》：李澄頗殖産，疇野彌望，時謂地癖。

假隱 《談賓録》：盧藏用與陳伯玉、趙貞固友善，隱居之日，頗以貞白自衒。往來於少室、終南二山，時人稱爲假隱。

妬癡 《唐書》：李益世稱十郎，少有癡病，而多猜忌。防閑妻妾過於周密，每夜撒灰扃户，時謂之妬癡。

雞肆 《朝野僉載》：富民羅會以剔糞致富，人號雞肆。

雨仙 《清異録》：張崇帥廣酷於聚斂。從者數千人，出遇雨雪，皆頂蓮花帽、琥珀衫，所費油絹不知紀極，市人稱曰雨仙。

脯掾《清異録》：何敬洙帥武昌時，司倉彭湘傑習知膳味，就中脯腊尤殊。敬洙檄掌公廚，郡中號爲脯掾。

閙侯《清異録》：侯元亮，馬氏時湖湘宰，退居長沙，門常有客，宴會無虚日，人目爲閙侯。

酒囊飯袋《荆湘近事》：馬氏僭奢，諸王子僕從烜赫。文武之道，未嘗留意，時謂之酒囊飯袋。

夏侯驢子《北夢瑣言》：唐相國夏侯公孜富貴後得彭素之術，甚有所益。出鎮蒲中，悦一娼妓，不能承奉，以致尾閭之泄，因而致卒。有夏侯長官者，本反初僧也，曾依相國門庭，亂離後，挈家寄於鳳州山谷。尋亦物故，惟寡妻幼子而已。夏嫗獻此術於節使滿存相公，大獲濡濟。其子名籍，學吟詩，入西川託勳臣，爲幕下從事，時人號爲夏侯驢子。乃世濟其鄙猥也。

鮮于蛇《北夢瑣言》：鮮于嶽幼年寢處，席底有一小蛇，蓋新出卵者。家人見之，以爲奇事。此侯及壯，常有自負之色。歷官終於普州安嶽縣令，不免風塵，其徒戲之曰鮮于蛇也。

羔舅《麗情集》：明皇時，樂供奉楊羔以貴妃同姓，寵幸殊常，或謂之羔舅。

白衣宰相《通鑑》：初，以令狐滈爲左拾遺。拾遺劉蜕上言：『滈專家無子弟之法，布衣行公相之權。』起居郎張雲言：『滈父綯用李涿爲安南，致南蠻至今爲梗，由滈納賄，陷父於惡。』綯執政時，當時謂之白衣宰相。

縮葱御史《御史臺記》：侯思止食籠餅，令縮葱加肉，時號縮葱御史。

金牛御史《朝野僉載》：唐洛州司倉嚴昇期攝侍御史，於江南巡察。性嗜牛肉，所至州縣，烹宰極多。事無大小，入金則弭。凡到處，金銀爲之踊貴，故江南人呼爲金牛御史。

襄樣節度　《唐國史補》：襄陽人善爲漆器，天下取法，謂之襄樣。及于司空頔爲帥，多暴。鄭元鎮河中，亦暴，遠近呼爲襄樣節度。

四其御史　《唐書》：郭弘霸自陳：『討徐敬業，臣誓抽其筋，食其肉，飲其血，絶其髓。』武后大悦，授監察御史，時號四其御史。

白兔御史　《唐書》：王弘義遷左臺侍御史，與來俊臣競慘刻。始賤時，求傍舍瓜，不與，乃騰文言園有白兔，縣爲集衆捕逐，畦蓏無遺。内史李昭德曰：『昔聞蒼鷹獄吏，今見白兔御史。』

伏獵侍郎　《唐書·嚴挺之傳》：户部侍郎蕭炅，林甫所引，不知書，常與挺之言，稱『蒸嘗伏臘』爲『伏獵』。挺之白九齡：『省中而有伏獵侍郎乎？』乃出炅岐州刺史，林甫憾之。

杕杜宰相　《舊唐書》：李林甫典選部時，選人嚴迥判語有用『杕杜』二字者，林甫不識『杕』字，謂吏科侍郎韋陟曰：『此云「杕杜」，何也？』陟俛首不敢言。◎宋魏泰《東軒筆録》：儂智高圍廣州，官軍皆敗。有近臣曰：『此何異毆市人以戰也？』蓋《漢書》作『敺』字，音驅，而近臣誤讀爲『毆打』字，坐客皆忍笑不禁。因知伏獵侍郎、杕杜宰相，信有之也。

斲窗舍人　《朝野僉載》：唐楊滔爲中書舍人，時促命草制，而吏持門鑰他適，無舊本檢視，乃斲窗取之。時號斲窗舍人。

獵蠅記室　《雲仙雜記》：盧記室多作脯腊，夏則委人於十步内，扇上塗錫以獵蠅，時呼爲獵蠅記室。

三鹿郡公　《雲仙雜記》：袁利見爲性頑獷，方棠謂：『袁生已封三鹿郡公。』蓋譏其太粗疏也。

隨駕隱士　《唐書》：盧藏用能屬文，舉進士不得調。與兄徵明偕隱終南、少室二山，學鍊氣，爲辟穀。時有意於當世，人目爲隨駕隱士。

盲宰相　《唐書》：李希烈叛，帝以汝州據賊衝，刺史疲輭不勝任。關播盛稱李元平，帝召拜汝州別駕，知州事。賊遣將李克誠以精騎薄城，縛元平，馳見希烈，遺矢於地。希烈因嫚罵曰：『盲宰相使汝當我，何待我淺耶？』

行中書　《唐書·李宗閔傳》：楊虞卿日見賓客於第，世號行中書。

驅驢宰相　《朝野僉載》：唐王及善才行庸猥，風神鈍濁，爲内史時，人號爲鳩集鳳池。俄遷文昌右相，無他政，但不許令史雙驢入臺，終日迫逐，無時蹔捨。時人號驅驢宰相。

對軍解頭　《盧氏雜説》：芳林十哲，言其與内臣交遊，若劉曄、任息、姜垍、李巖士、蔡鋋、秦韜玉之徒。鋋與巖士各將兩軍，書題求狀元，時謂之對軍解頭。

尚書裹行　《唐書》：崔日知授太常卿，以自處朝廷久，每入謁，必與尚書齒，時謂尚書裹行。

賣絹牙郎　《北夢瑣言》：唐柳仲賢有婢失意，鬻之蓋巨源。一日柳婢在侍，通衢有賣綾羅者，召俾就宅。蓋公選擇邊幅，第其厚薄，酬酢可否。柳婢失色曰：『某雖賤人，曾爲柳家細婢，安能事賣絹牙郎耶？』

火迫酇侯　《唐書》：源休與姚令言爭自比蕭何，休顧令言曰：『成秦之業，無輩我者。我視蕭何，子當曹參可矣。』即收圖籍，貯府庫，人笑爲火迫酇侯。

四時仕宦　《唐書》：初，傅遊藝探后旨，誤殺宗室。復請發六道使，後卒用其言。萬國俊等既出，天下被其酷。遊藝起一歲，賜袍自青及紫，人號四時仕宦，然歲中即敗。

敕使墓户　《通鑑》：唐咸通六年，以杜宣猷爲宣歙觀察使。宦官多閩人，宣猷爲福建觀察使，每寒食遣吏分祭其先壟。宦官德之，故有是命，時人謂之敕使墓户。

衣冠梟獍　《北夢瑣言》：蘇楷人才寢陋，兼無德行，河朔士人目爲衣冠梟獍。

高麗奴　《舊唐書》：人罵高仙芝曰：『噉狗腸高麗奴，噉狗屎高麗奴。』

花糕員外　《清異録》：皇建僧舍傍有糕坊，主人由此入貲爲員外官，蓋顯德中也。都人呼花糕員外。

名字副車　《清異録》：鄧州别駕令狐上選，政貪性疏，百姓呼爲名字副車。

曲子相公　《北夢瑣言》：晉相和凝少年時好爲曲子詞，布於汴洛。契丹入夷門，號爲曲子相公。

輭餅中丞　《十國春秋》：蜀韋㬙，唐相範之子。事後主，歷官御史中丞。性多依違，時號輭餅中丞。

看馬僕射　《南楚新聞》：李光以諛佞事田令孜，令孜嬖焉。光死，子德權年二十餘，令孜遂署劇職。數年之間，官至金紫大夫、檢校右僕射。後敗，爲官所捕，乃脱身遁於復州，爲牧守圉人。有識者目之曰看馬李僕射。

捉船使君 《南楚新聞》：江陵有郭七郎者，家資甚殷，以白丁易得横州刺史，乃傭舟與母赴秩。過湘江，遇風舟沈，僅以獲免，其餘婢僕生計悉漂於怒浪。母氏以驚得疾，數日而殞。生既丁憂，遂寓居永郡，孤且貧，日夕厄於凍餒。遂於往來舟船執稍，以求衣食，永州市人呼爲捉船郭使君。

崔四入 《新唐書·崔垂休傳》：垂休素厚朱全忠，委心結之，四拜宰相，世謂之崔四入。

蘇捏佛 《全唐詩話》：張林爲詩小巧，常言：『毁佛寺時，御史有蘇監察者，檢天下廢寺，見銀佛一尺以下者，多袖以歸，時號蘇捏佛。』温庭筠曰：『好對密陀僧。』

陳癩子 《玉堂閒話》：唐營邱有豪民姓陳，藏鏹鉅萬。染大風疾，衆目之陳癩子，然切諱『癩』字。每年值生辰，召僧道，啟齋筵，伶倫百戲畢備。齋罷，伶倫贈錢數萬。時有顛者河岸高謂曰：『蒙君厚惠，感荷奚言。然某偶憶短李相公詩，落句一聯，深叶主人盛德。』陳曰：『試誦之。』時陳君處於中堂，坐碧紗幬中，左右侍立，執輕箑白帚者數輩。伶倫曰：『詩云：「三十年來陳癩子，如今始得碧紗幪。」』遭大詬而去。

李阿婆 《朝野僉載》：唐中書令李敬玄爲元帥討吐蕃，至樹敦城，聞劉尚書没蕃，著韡不得，狼狽而走。王杲、副總管曹懷舜等驚退，遺卻麥飯，頭尾千里，地上尺餘。軍中謡曰：『洮河李阿婆，鄯州王伯母，見賊不敢鬬，總由曹新婦。』

王伯母、曹新婦 見上。

鄧渴　《舊唐書》：鄧元挺遷吏部侍郎，不稱職，爲時論所鄙。又患消渴之疾，選人目爲鄧渴。

陳姥　《唐書·杜伏威傳》：煬帝遣陳稜討之，稜不敢戰。伏威遺以婦人服，書以『陳姥』，激其軍。

鄧馱　《十國春秋》：鄧洵美貌寢而背傴，時謂之鄧馱。

閻崑崙　《五代史》：慕容彦超，漢高祖同産弟也，常冒姓閻氏。彦超黑色胡髯，號閻崑崙。爲人多詐而好聚斂。

安没字　註見上『没字碑』條下。

王鄧子　《金華子》：王尚書式初爲京兆少尹，好縱情酣飲，京師號爲王鄧子。

張跛子　《舊五代史》：張彦超素有郤克之疾，時號跛子。

杜荀鴨　《五代史補》：富家子杜四郎號杜荀鴨，比杜荀鶴，有詩即題壁。親賓或污漫之，即云：『三十年來塵拂面，如今始得一枚泥。』

周撞子　《三水小牘》：唐廣明歲，薛能失律於許昌，都將周岌代之。明年，宰相王徽過許，謂岌曰：『昔聞貴藩有部將周撞子，得非司空耶？何致此號？』岌愧赧良久，答曰：『岌出身走卒，實藴壯心。每有征行，不避鋒刃，所以有此名號。』王復笑，謂曰：『當時撲落渦河裏，可是撞不著耶？』岌頃總許卒征徐，方爲賊所敗，溺於渦水。或拯之，僅免，故有是言。

趙大餅　《北夢瑣言》：王蜀時有趙雄武者，衆號趙大餅。累典名郡，爲一時之富豪，精於飲饌。

王槖駝　《北夢瑣言》：五代蜀龍州軍事判官王延鎬，頎然而長，書札飲博，觸事不能，號王槖駝。

劉齩牙　《十國春秋》：劉言鎮湖南，凡三年。先是，朗人謂言爲劉齩牙。馬氏將亂，湘中童謡曰：『馬去不用鞭，齩牙過今年。』及邊鎬俘馬氏，鎬爲言所逐，而言亦被害。

高賴子　《五代史·世家》：南唐與閩、蜀皆稱帝，高從誨所向稱臣，蓋利其賜與。俚俗語謂攘奪苟得無媿耻者爲賴子，猶言無賴也。故諸國皆目爲高賴子。

彭書袋　《南唐書》：彭利用性朴鄙，頗拘古禮。雖燕居，常拱手正坐。對家人稚子，下逮奴隸，言必據書史，斷章破句，以代常談，俗謂之掉書袋，因目爲彭書袋。

劉黑子　《舊五代史·劉守光傳》：晉人執守光及仁恭，露布表其罪，驅以班師。自范陽至晉陽，涉千餘里，所在聚觀，呼守光爲劉黑子，略無媿色。

廖黯子　《十國春秋》：拾遺廖克順面青，江南謂之廖黯子。

三不開　《五代史》：馬允孫臨事多不能決，當時號爲三不開。謂其不開口以論議，不開印以行事，不開門以延士大夫也。

異號類編卷九

嗤鄙類下

吴巴子 《鶴林玉露》：吴曦年十餘歲時，其父挺嘗問其志，曦有不臣之語。其父怒，蹴之爐火中，灼其面，號『吴巴子』云。

王當代 《宋史》：王景子廷義性驕傲，好誇。每言：『我當代王景之子。』人因目爲王當代。

趙馬兒 《癸辛雜識》：揚州有趙都統，號趙馬兒。

秦長脚 《鶴林玉露》：秦檜少遊太學，博記工文，善幹鄙事，同舍號爲秦長脚。每出遊飲，必委之辦集。

周青鳥 《鐵圍山叢談》：吴巖夫守洋州，嘗以書付其甥周離亨者，使轉至諸吾。離亨陰發其書，見有群賢名字，遂密畀諸王丞相黼。時王當國，正與魯公爭北伐事，不合。一日，上忽有意向魯公，黼幄，發巖夫之書，謂妄薦臺臣於大臣子弟。上震怒，而巖夫遂免所居官，離亭乃得拜符璽郎。於是朝班咸揶揄，目之曰青鳥。其後周青鳥之名竟載白簡。

陳醋瓶　程子曰：貴姓子弟於飲食服玩之物，直是一生將身服事不懈，如管城之陳醋瓶、洛中之史畫匣是也。

史畫匣　見上。

劉鑰匙　《玉堂閒話》：隴右有劉鑰匙者，不記其名。以舉債爲業，善聚難得之貨。取民間資財，如秉鑰匙開人箱篋帑藏、盜其珍珠不異也，故有鑰匙之名。

李草鞋　《桯史》：李汝翼爲九江帥，刻剥無藝。軍士甚貧者，日課履一雙，軍中號爲李草鞋。

宋羅江　《東軒筆録》：慶曆中，衛士有變，震驚宮掖，尋捕殺之。時臺官宋禧上言：『蜀有羅江狗，赤而尾小者，其儆如神。願養此狗於掖庭，以警倉卒。』時謂之宋羅江。

朱萬拜　《續通鑑》：賈似道柄國時，浙漕朱浚每有劄子稟事，必稱浚萬拜，時人謂之朱萬拜。

楊三變　《曲洧舊聞》：楊畏，字子安。元豐、元祐、紹聖更張，獨能以巧免，世號楊三變。薛昂在政府，《和駕幸蔡京第詩》有『拜賜應須更萬回』，太學呼爲薛萬回。昂守洛師日，楊閒居洛下。一日府宴，别無客，惟子安一人。或問一幕官曰：『今日府會，他客不與耶？』幕官曰：『客甚易得，難得如此好屬對耳。』

薛萬回　見上。

王燒金 《獨醒雜志》：祥符中，汀人王捷有燒金之術，劉承珪薦之王冀公，遂得召見。時人謂之王燒金。

趙鼻涕 《映雪堂漫録》：有趙鼻涕者，以其罷輭，故得此名。

祈橐駝 《宋史》：祈廷訓形質魁岸，無才略，臨事多規避。時人目爲祈橐駝，以其龐大而無所取也。

羅擒虎 《鶴林玉露》：嘉定中，察院羅相上言：『越州多虎，乞行下措置，多方捕殺。』正言張次賢上言：『八盤嶺乃禁中來龍，乞禁人行。』太學諸生遂有羅擒虎、張尋龍之對。

張尋龍 見上。

王火燒 《癸辛雜識》：浙之東言語，『王』『黄』不辨。王克仁居越，榮邸近屬也。所居嘗獨燬於火，鄉人呼爲王火燒。同時有黄瑰者，亦越人，嘗爲評事，忽遭臺評曰：『其積惡以遭天譴，至於獨焚其家，鄉人有黄火燒之號。』蓋誤以王爲黄耳。

董苟菴 《癸辛雜識》：董敬菴，淦之輕薄者，鄉人呼爲董苟菴。

王内相 《鐵圍山叢談》：王右轄安中事梁師成，凡草師成麻制，必極力作爲好辭美句，褒頌功德。時人謂之王内相。

畢償賣、畢骨董 《六研齋二筆》：畢良史喜字學，少遊京師，以買賣古器、字畫出入貴人之門，時謂之畢償賣。兵火後僑寓興國軍，江西漕將蔣燦喜其辨慧，資給赴行在。遂以古器、書畫動諸内侍。

思陵甚悦，補文學，權知東明縣。到縣搜求古器、書畫，復載以達行在。上大喜，改京秩，栖遲輦下。人又號畢骨董。

丁風 《紀要逸編》：丁大全佯狂，衣冠舉動皆怪，天下目爲丁風。

花兒王 《癸辛雜識》：濟王在邸新飾素屏，書『南新恩』三大字。或叩其説，則曰：『花兒王與史丞相通同爲奸，待異日當竄之上二州也。』既而語達王與史，密謀之楊后，遂成廢立之禍焉。蓋當時盛傳『花兒王』者穢亂宫闈，市井俚歌所唱『花兒王開』者，蓋指此也。王墉之父，號花兒王。

賣卦陳 《清波雜志》：徽宗在潛邸，密使人持誕生年月，俾術人陳彦論之。後以隨龍，官至節鉞，都人目爲賣卦陳。

餅餡王 《畫史會要》：宋王訓成，山東人。爲人物、山水，描寫粗惡，紹興畫院待詔，名餅餡王。

喪家狗 《宋史》：寇瑊初附丁謂，故少達。及謂敗，左遷，鬱鬱不自得。秘書丞彭齊賦《喪家狗》以刺之。

小訓狐 《宋史》：葉祖洽與曾布厚，人目爲小訓狐。

望火馬 《青箱雜記》：皇祐、嘉祐中，未有謁禁，士人多馳鶩請託，而法官尤甚。有一人號望火馬，又一人號日遊神。蓋以其有奔趨，聞風即至，未嘗暫息故也。

日遊神 見上。

九尾狐　《續通鑒》：陳彭年性奸諂，時號九尾狐。

香燕　《宋史》：燕瑛在嶺嶠七年，括南海犀珠香藥奉宰相、内侍，人目爲香燕。

蘇胖　《歸潛志》：許州有蘇嗣之者，云東坡後裔。其人頗蠢騃，以貲入官。人以其肥碩也，呼爲蘇胖。

劉鑾　《東都事略·吴中復傳》：宰相劉沆逐言官趙抃、范師道。中復論沆治温成喪，天下謂之劉鑾。俗謂鬻棺者爲鑾，則沆素行可知。於是沆罷相。

斤車御史　《東軒筆録》：御史席平因鞫詔獄畢，上殿，仁宗問其事，平曰：『已從車邊斤矣。』時謂之斤車御史。

六如給事　《宣和遺事》：先是，遣李鄴使虜軍求和。鄴歸，盛誇虜强我弱，謂虜人如虎，使馬如龍，上山如猿，下水如獺，其勢如泰山，中國如累卵。時號李鄴爲六如給事。

由竇尚書、屈膝執政　《宋史》：許及之諂事韓侂胄，無所不至。嘗值侂胄生日，朝行上壽，畢集。及之後至，閽人掩關拒之，及之俯僂以入。爲尚書，二年不遷。見侂胄，流涕，序其衰遲之狀，不覺屈膝，侂胄惻然憐之。當時有由竇尚書、屈膝執政之語。

篤禄學士　《泊宅編》：舊制，直龍圖閣謂之假龍，龍圖閣待制謂之小龍，龍圖直學士謂之大龍，龍圖閣學士謂之老龍。然帶此職者，例呼龍圖。近歲，本閣學士朝廷尤重之，少曾除授，有授此職者，遂呼龍圖。近歲除直秘閣者尤多，兩浙市舶張苑進篤禄香得之，號篤禄學士。運判蔣彝應副朱沖葬事得之，號仵作學士。越州通判魏志崇獲盜黄鳥觜得之，號賊學士。

仵作學士、賊學士　見上。

雞鴨諫議　《繫年要録》：紹興五年，詔禁屠以禱晴，而併及雞鴨。右諫議大夫趙霈奏疏稱誦上德，以爲齊宣王不忍一牛之比。中書舍人胡寅笑曰：『諫職乃及此乎？聞女直統兵有號龍虎大王者，或入犯，當以雞鴨諫議拒之。』

浪子宰相　《宋史》：李邦彦，字士美，懷州人。自號李浪子，都人目爲浪子宰相。

抵授賢良　《清夜録》：哲宗朝，謝悰試賢良方正，賜進士出身。悰辭免云：『敕命未敢祇受。』乃以『抵』爲『祇』，以『授』爲『受』。劉安世奏曰：『唐有伏獵侍郎，今有抵授賢良。』

落第紫微　《玉壺清話》：張去華上言：『知制誥張澹、盧多遜，殿院師頏，詞學荒淺，深玷臺閣，願校優劣。』太祖立召澹輩臨軒重試，委陶穀考之。止選多遜入格，餘並黜之。時諺謂澹爲落第紫微，頏爲揀停殿院。

揀停殿院　見上。

帶汁諸葛　《桯史》：郭棣帥淮東，倪從焉。一日，持扇書其上曰：『三顧頻煩天下計，兩朝開濟老臣心。』意蓋以孔明自許。嘉泰、開禧間，倪位殿巖，賓客日盛，相與慫恿，直以爲卧龍復出。後倬潰於符離，僎又敗於儀真，自度不能振，對客泣數行。時彭瀍爲法曹，好謔，適在坐，謂人曰：『此帶汁諸葛亮也。』傳者莫不拊掌。◎按，倪與倬、僎皆郭棣子也。

啼哭郎君　《鶴林玉露》：曲端在陜西，甚有威望。金人婁室與撒離喝寇邠州，端擊敗之。至白店原，撒離喝乘高望師，懼而號泣，金人因目爲啼哭郎君。

溼活居士　《萍洲可談》：政和中，臺章言一朝士有『溼活居士』之目。謂飲不擇酒，内不擇人。此數事平時人所易犯，一被指斥，則莫脱，故舉以爲少俊之戒。

館職裏行　《墨莊漫録》：頃有一士人，每於班列中，好與秘閣諸公交語，好事者戲目爲館職裏行。

傳法沙門　《續通鑑》：王安石免，以韓絳同平章事，吕惠卿參知政事。二人守其成規，不少失。時號絳爲傳法沙門，惠卿爲護法善神。

護法善神　見上。

黑漆船　《癸辛雜識》：趙梅石孟𧩙性侈靡而深嶮，造黑漆大坐船，船中艎板皆用香楠鏤花，其下焚沈腦。吕師夔見之，遂號孟𧩙爲黑漆船。後餓死於燕京。

巫媪　《宋史·張瓊傳》：時史珪、石漢卿方用事，瓊輕侮之，目爲巫媪。

癭相　《宋史》：王欽若狀貌短小，項有附疣，時人目爲癭相。

鶴相　《東軒筆録》：丁晉公謂每醮祭，奏有仙鶴盤舞。人以其爲令威之裔，又好言仙鶴，故呼爲鶴相。猶李逢吉呼牛僧孺爲丑座也。

筌相　《宋史》：陳升之初附王安石，既爲相，時爲小異，陽若不與之同者。世以此譏之，謂之筌相。

隱相　《續通鑑》：内侍梁師成爲太尉，王黼以父事之，稱爲恩府先生。蔡京父子亦謟附焉，都人目爲隱相。

小相　《白獺髓》：秦申王晚年昏耄，倦於爲政，軍國事悉委其子少傅熺處決，號爲小相。

髯閹　《癸辛雜識》：《周益公日記》云：『楊存中，人號爲髯閹，以其多髯而善逢迎也。』

家賊　《續通鑑》：吕公弼以王安石變法，數勸其務安靜，安石不悦。公弼具疏將論之，從孫嘉問竊其藁以示安石。安石先白之，帝怒，遂罷公弼知太原府。吕氏號嘉問爲家賊。

瞎榜　《宋史》：陳若拙，字敏之。時以第二人及第，爲榜眼。若拙素無文，故目爲瞎榜。

和鼓　《續通鑑》：宋張士遜之相，曹利用薦之也。利用憑寵自恣，而士遜依違其間，時人目之曰和鼓。

捷疾鬼　《靖康傳信録》：金人欲廢趙氏，立張邦昌。令吴幵、莫儔傳道意旨，往返數四。京師人謂之捷疾鬼。

白日鬼　《暇日記》：浙江賊號曰白日鬼。彼中人見誕謾者，指爲白日鬼。

競渡船　《聞見後録》：有貴人號競渡船者，以其唯利是競也。席大光作言官，擊之。

蜜翁翁　《東軒筆録》：有張師雄者，好以甘言悦人，晚年尤甚，洛中號爲蜜翁翁。張亢嘗謂『蜜翁翁』無可爲對者。一日，亢有姪不率教令，將杖之。其姪方醉，大呼曰：『安得撻我？但堂伯伯耳。』亢笑曰：『可對蜜翁翁。』釋而不問。

衙内鑽　《宋史》：初，士大夫有十鑽之目。王子韶爲衙内鑽，指其交結要人子弟，如刀鑽之利。

著脚赦書　《宣和畫譜》：内臣童貫，人號爲著脚赦書。言其所至，有恩及物也。

雀兒參政　《金史》：斜卯愛實好作詩，詞語鄙俚，人採其語以爲戲笑。因自草《括粟榜文》，有『雀無翅兒不飛，蛇無頭兒不行』等語，以『而』作『兒』。掾雖知之，不敢易也，京城目之曰雀兒參政。

金總管　《金史》：徒單恭爲太原尹，貪鄙。使工繪一佛像，自稱嘗見佛，其像如此，嘗以金鑄之。遂賦屬縣金，而未嘗鑄佛，盡入其家，百姓號爲金總管。

杖子元帥　《歸潛志》：南渡之後，爲將帥者多出於世家，皆膏粱乳臭子。若完顔白撒，止以能打毬稱。又，完顔訛可，亦以能打毬，號杖子元帥。又，完顔定奴，號三脆羹。有以忮忍號火燎元帥者。

三脆羹、火燎元帥　見上。

青詞宰相　《綱目三編》：嘉靖四十年，以袁煒爲武英殿大學士。煒本以青詞進，與李春芳、嚴訥、郭樸並號青詞宰相。

萬歲閣老　《綱目三編》：成化八年，彗星久見，廷臣多言君臣否隔，宜時召大臣議政。大學士彭時、商輅力請，中官約以御殿日召對，且曰：『初見時，情未洽。勿多言，姑俟他日。』將入，復約如初。比見，時言天變可畏。帝曰：『已知，卿等宜盡心。』時又言：『昨御史有疏，請減京官俸薪，武臣不免觖望，乞如舊便。』帝可之，萬安遂頓首呼萬歲，欲出。時、輅【一】不得已，皆叩頭退。中官戲朝臣曰：『若輩皆言不見召，及見，止知呼萬歲耳。』一時傳笑，謂之萬歲閣老。◎按，《野獲編》作『萬歲相公』。

校按：

【一】『輅』字原脱。據《明史》卷一百六十八補。

保山給事　《野獲編》：萬曆初，吴門秉政，用禮卿徐學謨議，定壽宫於大峪山。時有形家謂其非吉地，適御史江東之、李植、羊可立以追論江陵、馮璫得上眷，因訟大峪所定穴下有石，引通政參議梁子琦等言爲證。吴門力主徐説，致兩動鑾輿親閲。初上之出也，吏科齊世臣夜讀《雪心賦》，以備與子琦等面質，且託疏保大峪山之吉。又御史柯挺跪上前厲聲曰：『若大峪穴下有石，臣敢以身當之。』時班行中憎二君之諂也，目齊爲保山給事，柯爲石敢當御史。

石敢當御史　見上。

清客宰相　《明史·黄立極傳》：來宗道，蕭山人，立極同年進士。崇禎元年，李國㮄罷，宗道遂爲首輔。編修倪元璐屢疏爭時事，宗道笑曰：『渠何事多言，詞林故事，止香茗耳。』時謂宗道清客宰相云。

紙糊閣老、泥塑尚書　《明史·劉珝傳》：時内閣三人，安貪狡，吉陰刻，珝稍優。然喜譚論，人目爲狂躁。於君德闕失，政事污濁，三人者皆無一語。故有紙糊三閣老、泥塑六尚書之謡。

煨蹄總憲　《明史》：周應秋，金壇人。官左都御史，每魏良卿過，進豚蹄留飲，良卿大歡。時號煨蹄總憲。

蝦蟇給事　《野獲編》：湯義仍顯祖論政府，而及給事胡似山汝寧，曰：『除參論饒仲外，不過一蝦蟇給事而已。』饒號豫章，爲比部郎，曾抗疏詆太倉，而胡以言官糾之。會亢旱，禱雨禁屠宰，胡上章請禁捕鼃，可以感召上蒼，故湯有此語。余後叩湯曰：『公疏固佳，其如此言，謔近於虐。』湯笑曰：『吾亦欲爲此君圖不朽，與南宋鵝鴨諫議屬對親切耳。』

黄曆給事　《林居漫録》：王涵峰守初入諫垣，例當建白。乃請行令各省直少印黄曆，每圖止給里長一本而圖民就觀焉，以省國用。時某御史仿其意，請少印青由。每圖止給里長一本而圖民並列焉，以節冗費。都人爲之語曰：『黄曆給事，青由御史。』

青由御史　見上。

洗鳥御史　《野獲編》：萬文康以首揆久輔憲宗，初因年老病陰痿，得門生御史倪進賢【二】秘方，洗之復起，世所傳爲洗鳥御史是也。

校按：

【一】『賢』原作『寶』。據《萬曆野獲編》改。

蟋蟀相公　《柳南續筆》：馬士英在弘光朝，爲人極似賈秋壑，其聲色貨利無一不同。羽書倉皇，猶以鬬蟋蟀爲戲，一時目爲蟋蟀相公。迨大清兵已臨江，而宮中猶需房中藥，命乞子捕蝦蟆以供，而燈籠大書曰『奉旨捕蟾』。嗟乎！君爲蝦蟆天子，臣爲蟋蟀相公，欲不亡得乎？

門生宰相　《明史·顧秉謙傳》：秉謙爲人庸劣無耻，以附忠賢得柄政，爲朝士所薄。會楊漣劾忠賢二十四罪，中有『門生宰相』語，秉謙銜甚。

朝天女户　《明史》：汪賓因宮人殉葬，積官錦衣衛百户，世襲。人謂太祖朝天女户。

嚴嵩文武管家　《明史·嚴嵩傳》：士大夫輻輳附嵩，時稱文選郎中萬寀、職方郎中方祥等爲嚴嵩文武管家。

于謙妾　《堅瓠集》：兵部侍郎項文曜媚附于肅愍公，每朝待漏，必附於耳密言，及朝退亦然，行坐不離。時目爲于謙妾。

打牛李杜　《堅瓠集》：施半村有詩二卷，皆打油體，傳播人口。時人目爲打牛李杜。

余白丁　《野獲編》：袁元峰少傅以次揆主嘉靖壬戌會試。是年不選庶常，惟一甲申時行、王錫爵、余有丁在詞林而已。每有應酬文字，及上所派事玄諸醮章，悉召三門生代爲屬草。稍不如意，輒厲色呵咤，惡聲繼之。余其同郡人也，至詬之曰：『汝安得名有丁？當呼爲余白丁。』

李阿囡 《柳南隨筆》：明萬曆戊子，順天舉人李鴻卷中有一『囡』字，爲吏部郎中高桂所參。鴻係申相國時行壻，吴人呼爲快活李大郎。及以文中用『囡』字被論，又稱爲李阿囡。囡者，吴人呼女之辭。然李所用囡字，實『囮』字之誤耳。

張打鶴 《酌中志》：萬曆二十八年，太監張明病故，京師人皆快之曰：『張打鶴死了。』先是，神廟往朝慈聖，明執藤條在前清路。值慈寧宫丹陛上設有古銅仙鶴，高五六尺，明誤以爲人也，遂打之曰：『聖駕來，還不躲開。』隨侍諸臣笑之，所以有此綽號。

周日萬 《三朝野記》：周應秋以媚璫陞冢宰，秤官索價，每日勒足萬金，都門有周日萬之目。

◎按，《明史》『列傳』作周十萬。

曾一本 《野獲編》：江陵奪情，上疏保留者，在言官則吏科都給事中陳三謨、御史曾士楚爲首。曾爲廣東南海人，時粤中新罹大盜曾一本之亂，民生疾首，其鄉人惡曾之諂，即號士楚爲曾一本。蓋以前疏爲戲，正與科中陳可作的對也。

周鴟鴞 《野獲編》：搢紳有性癖可笑者，如周洪謨在成化間爲祭酒，酷惡鴟鴞聲，募監生能捕者與之假，人遂目爲周鴟鴞。近日陳經濟爲湖州太守，酷惡鴉聲。偶聞之，必痛笞其隸人，遂目爲陳老鴉。

陳老鴉 見上。

張換狗 《野獲編》：山人樂新爐者，江西臨川人。以捭闔游公卿間，多造口語，人多畏惡之。刑科給事中王建中特疏糾之，内云新爐捏造蜚語，以鄒元標、雒於仁、李沂、梁子琦、吴中行、沈思孝、饒伸、盧洪春、李植、江東之爲十君子。以趙卿、洪聲遠、張程、蔡系周、胡汝寧、陳與郊、張鼎思、李春開爲八狗。以楊四知、楊文煥、楊文舉爲三羊。又爲謡曰：『若要世道昌，去了八狗與三羊。』又與聽補僉事李琯改作叁申閣下本稿，並與原任給事中羅大紘爲同鄉交好，講究禪學，及他諸不法事。上命逮新爐鞫之，具伏諸罪狀。上命荷立枷戍之，尋死。張鼎思故爲吏科都給事中，謫爲幕僚，上疏自白其冤云：『身本蘇州人，首揆申爲會試大座師，次揆王爲庶常時教習師，俱同里人。因在言路亢直，不附二相被貶。今新爐所指自有人，獨臣爲人所易，致招詞中遂改入臣姓名，不得不辨。』其易與否不可知，而吳吻儇薄，遂嘲爲張換狗云。

馱官人 《賓退録》：曹欽之作亂也，索王尚書翱，王窘迫無措。一主事失其名，甚長大而有力，遂負之而奔，得免。後王甚德之，累擢之於要津，呼爲馱官人。

外魏公 《明史》：魏廣微以札通忠賢，答其函曰『内閣家報』，時稱廣微爲外魏公。

四姓奴 《明史》：李蕃與李魯生皆魏忠賢心腹。始諂事魏廣微，廣微敗，改事馮銓。銓寵衰，又改事崔呈秀。時號兩人爲四姓奴。

皇庶子 《賓退録》：錢寧因馬永成見上於豹房，爲握槊走馬手搏諸戲。上大悦之，賜國姓，權傾中外。寧書刺至自稱皇庶子。

道棄生　《野獲編》：嘉靖末，有一御史徐如圭外謫，入都投西臺舊僚，稱『道末生』，人共嗤之。已去豹班，安得尚云『末』？因改爲道棄生。

異號類編卷十

憎畏類

封豕　《左傳》。【一】

校按：

【一】此條釋文原缺。《左傳·昭公二十八年》載：『伯封實有豕心，貪婪無厭，忿類無期，謂之封豕。』

蒼鷹　《漢書·酷吏傳》：郅都行法不避貴戚，列侯宗室見都，側目而視，號曰蒼鷹。

屠伯　《漢書》：嚴延年冬月傳屬縣囚，會論府上，流血數里，號曰屠伯。◎《晉書》：荀晞領青州刺史，以嚴刻立功，人不堪命，號曰屠伯。

跋扈將軍　《後漢書》：質帝少而聰慧，知梁冀驕横，嘗朝群臣，目冀曰：『此跋扈將軍也。』

左回天　《後漢書》：單超、徐璜、具瑗、左琯、唐衡定議收梁冀，同日封，故世謂五侯。及單死，四侯轉横，天下爲之語曰：『左回天，具獨坐。徐卧虎，唐兩墯。』

具獨坐、徐卧虎、唐兩墯　見上。

癩兒刺史　《魏書》：崔暹爲瀛州刺史，貪暴安忍，民庶患之。嘗出獵州北，單騎至於民村。井有汲水婦人，暹令飲馬，因問曰：『崔瀛州何如？』婦人不知其暹也，答曰：『百姓何罪，得此癩兒刺史？』

餓虎將軍　《魏書・元暉傳》：遷侍中，領右衛將軍。雖無補益，深被親寵。侍中盧昶亦蒙恩盼，故時人號曰餓虎將軍、飢鷹侍中。

飢鷹侍中　見上。

生羅刹　《太平廣記》：北齊張和思斷獄囚，無問善惡貴賤，必被枷鎖杻械，困苦備極。囚徒見者，破膽喪魂，號生羅刹。

顔彪　《南史》：顔延之性既褊激，兼有酒過。肆意直言，曾無回隱，故論者多不與之，謂之顔彪。

臧獸　《梁書・臧盾傳》：盾弟厥爲政嚴酷，百姓謂之臧獸。◎按：《南史》作『臧彪』。

坳胡　《南史》：劉胡，南陽涅陽人。本以面坳黑似胡，名坳胡。及長，單名胡。小兒啼，云

『劉胡來』便止。

麻胡 《朝野僉載》：石勒以麻秋爲帥。秋，胡人，暴戾好殺，國人畏之。市有兒啼，母輒恐之曰『麻胡來』，啼聲遂絶，至今以爲故事。◎《大業拾遺記》：煬帝將幸江都，令將軍麻胡濬河。胡虐用其民，百姓惴栗，常呼其名以恐小兒。◎《資暇録》：麻名祜，轉祜爲胡。◎《楊文公談苑》：馮暉爲靈武節度使，有威名。羌戎畏服，號麻胡，以其面有黶子也。◎按，《野客叢書》：會稽有鬼號麻胡，好食小兒腦，遂以恐小兒。

瞎虎 《魏書》：谷楷眇一目，而性甚嚴忍，前後奉使皆以酷暴爲名，時人號曰瞎虎。

天狗 《魏書·酷吏傳》：羊祉當官深刻，所往之處，人號『天狗下』。

於菟 《北史》：趙仲卿法令嚴猛，時人謂之於菟。

冶葛 《北史》：諸葛穎，煬帝即位，甚見親倖。穎因間隟，多所譏毁，時人謂之冶葛。◎按，《南方草木狀》：冶葛，毒草也。

猛獸 《隋書·酷吏傳》：趙仲卿拜朔州〔一〕總管，時人謂之猛獸。

校按：

【一】『朔州』原誤作『荆州』。據《隋書》卷七十四改。

風力相國　《清異録》：越公楊素專恣既久，包藏可畏，四方寒心，不敢直指，故以風力相國概之。

白眼相公　《唐書》：張公素，范陽人。性暴厲，眸子多白，燕人號白眼相公。

人頭羅刹　《朝野僉載》：唐監察御史李全交等以羅織酷虐爲業，臺中號爲人頭羅刹。

鬼面夜叉　《朝野僉載》：殿中王旭號爲鬼面夜叉。

牛頭阿婆　《朝野僉載》：周秋官侍郎周興殘忍，法外苦楚，無所不爲，時人號牛頭阿婆。

牛頭阿旁　《唐書》：路巖與韋保衡同當國，二人勢動天下，時目其黨爲牛頭阿旁，言如鬼陰惡可畏也。

人猫　《唐書》：李義府貌柔恭，而陰賊褊忌。凡忤意者，皆中傷之，時號笑中刀。又以柔而害物，號曰人猫。

忽峍賊　《唐書》：張士貴本名忽峍，大業末起爲盜。攻剽城邑，當時患之，號忽峍賊。

墮疊　《北夢瑣言》：竇滈爲京兆尹，有慘酷之名，時謂之墮疊。

弩跖　《全唐詩話》：蘇涣善放白弩，邑人號爲弩跖。後變節從學，鄉賦擢第。

肉腰刀　《開天遺事》：李林甫妬賢嫉能，不協群議，衆謂林甫爲肉腰刀。

索鬬雞　《開天遺事》：國人謂林甫精神剛戾，常如索鬬雞。

王癩獺　《朝野僉載》：王熊爲澤州都督，府法曹斷掠羅賊，惟各決杖一百。前尹正義爲都督，公平。後熊來替，百姓歌曰：『前得尹佛子，後得王癩獺。判事驢咬瓜，唤人牛嚼沫。見錢滿面喜，無錢從頭喝。嘗逢餓夜叉，百姓不可活。』

羅鉗吉網 《唐書·酷吏傳》：羅奭與吉温相勗以虐，號羅鉗吉網。

金頭王 《唐書·藩鎮傳》：李全忠子匡威留深州，遣其屬李抱貞上書，願入朝。時京師數寇難，人人危懼，傳言金頭王且來，皆亡竄山谷。

鴟梟 《五代史·雜傳》：昭宗遷洛，李振往來京師。有所小怒，必加譴謫，時人目振爲鴟梟。

蟲使 《清異録》：莊宗時，伶官朱國賓天姿乖狠，衆皆畏恨，以其閹人，號爲蟲使。

鬼魁 《蜀檮杌》：徐瑶，長葛人。從建入蜀，勇猛善格鬭。建初在韋昭度幕府，其兵皆文身黧黑，衣裝詭異，衆皆稱爲鬼兵，稱瑶爲鬼魁。

宦途惡少 《金華子》：朱沖和五經及第，恃其强敏，好干忤人。所在伺察瑕隙，生情爭訟，人號爲宦途惡少。

鑿空大使駕險三郎 《清異録》：桂州衙内都知兵事使蔣剛，善迎合上官，剥官刻民，運以智數。剛序行第三，時號鑿空大使駕險三郎。

白面夜叉 《十國春秋》：高澧，湖州刺史彦第三子也。年十三四即酷暴自用。及天祐末，嗣父職，恣行誅戮，好使酒，殺人而飲其血。先是，僧如訥與高彦臨訣，退謂衆曰：『高公將殂，我亦當逝。蓋有白面夜叉治此郡矣！若輩宜避之。』俄而澧代其父，人皆以澧爲夜叉精云。

楊剥皮　《十國春秋》：閩楊思恭以善聚斂得幸，國人謂之楊剥皮。

李貓兒　《南唐書》：李德柔始爲小吏，善伺人之私。捕獲亡命，所至必得，時目爲李貓兒。

岑大蟲　《舊五代史·僧寶傳》：諸方稱景岑曰岑大蟲。

張打胸　《十國春秋拾遺》：蜀先主未破成都，謂其諸義兒曰：『成都稱錦花城，城破時任兒郎輩快活也。』及城下之日，署張劼爲馬步斬斫使，先入城。士卒犯令者，劼執百餘人，皆捶其胸殺之，積尸於市，衆莫敢犯。時謂劼爲張打胸。

鐵麋　《宋史》：趙逢性傷殘酷，又言多詆訐，故搢紳目之爲鐵麋。

鵰兒　《續通鑑》：岳飛統制王俊善告訐，號鵰兒。

鵂鶹　《異苑》：有人姓劉，在朱方，不得共語。若與之語，人必遭禍難，或本身死疾。唯一士謂無此理，偶值人有屯蹇耳。劉忻然而往，自説被謗，君能見明。答云：『世人雷同，何足卹？』須臾火發，資畜服玩蕩盡。於是舉世號爲鵂鶹。脱遇諸塗，皆掩目奔避。

蜈蚣　《宋史》：吴淵有才略，所至興學養生。然政尚嚴酷，好興羅織之獄，籍入豪横，故時有蜈蚣之謡。

立地京兆尹　《耆舊續聞》：鄭戩知開封府，府吏馮元者，姦巧，通結權貴，號立地京兆尹。戩窮其罪，流於海島。

武諫官　《宋史》：郭承祐性狡獪，緣東宫恩，又馮藉王邸親，既廢復用。迺僭言事，或指切人過失，同列謂之武諫官。

笑面夜叉　《老學庵筆記》：蔡元度對客善笑，雖見所憎，亦親厚無間，人莫能測，謂之笑面夜叉。

十一面觀音　《儒林公議》：謝絳，吴人。雅秀有詞藻，景祐中知制誥。然輕黠利唇吻，人罕測其心，時謂之十一面觀音。

肉簡牌　《續通鑑》：楊愿爲中丞，迎合檜意。以舉劾人，號之爲肉簡牌。

王夜叉　《宋史·余玠傳》：初，利司都統王夔素殘悍，號王夜叉。

張且斬　《宋史》：張勳性殘忍好殺，每攻破城邑，但揚言曰「且斬」，頗有横罹鋒刃者。將赴衡州，州民皆涕泣相謂曰：『張且斬至矣，吾輩何以安乎？』

董閻羅　《宋史》：張大經論宦者董璉：『將命淮甸，所至誅求，且自號董閻羅。』上依奏，罷竄。

楊骨槌　《東軒筆録》：楊景宗，即章睿太後弟也。性恣横，好以木檛擊人，世謂之楊骨槌云。

秦大蟲　《宋史·高登傳》：豪民秦琥武斷鄉曲，持吏短長，號秦大蟲。◎又，卞衮爲吏，稱職而性慘毒，時有大蟲之號。

杜大蟲　《淵鑑類函》引《今是堂手録》云：杜大中自行伍爲相，與物無情，西人呼爲杜大蟲。雖妻子有過，亦杖之。有愛妾，才色俱美。一旦，書《臨江仙》一闋，有『彩鳳隨鴉』之語。大中見之，云：『鴉且打鳳。』於是掌其面，至項折而斃。

費鐵觜 《玉堂閒話》：丁丑歲，蜀師戍於固鎮。有巨帥費鐵觜者，本爲緑林部下將卒。其人也，多使人行劫而納其貨。

惇賊 《宋史·崔鶠傳》：章惇狙詐凶險，天下呼爲惇賊。

白麻答 《契丹國志》：麻答，太宗之從弟也。貪殘猾忍，民間有珍貨美女，必奪而取之。漢有白再榮者，拘人取財，恒人謂之白麻答。

肉拄杖 《大金國志》：劉彦良導天祚爲失德事，國人呼爲肉拄杖。

半截劍 《金史·酷吏傳》：李特立號半截劍，言其短小鋒利也，

行路御史 《歸潛志》：南渡之後，近侍之權尤重。蓋宣宗喜用其人爲耳目，以伺察百官，故使其奉御輩採訪民間，號行路御史。

麻椎相公 《歸潛志》：徒單右丞思忠好用麻椎擊人，號麻椎相公。

盧鼓椎、小鼓椎 《金史》：牙吾塔屢敗宋兵，威振淮、泗。好用鼓椎擊人，世呼曰盧鼓椎。其名可以怖兒啼，大概如呼『麻胡』云。有子名阿里合【二】，世目爲小鼓椎。

校按：

【一】『阿里合』原誤作『何里合』。據《金史》卷一百十一改。

六科都給事　《野獲編》：劉瑾盛時，吏科都給事李憲者，瑾同鄉人也。素附麗之，任以角距。因淩忽同列，時稱爲六科都給事。

都郎中　《湧幢小品》：户部郎中劉爾牧，在部八年，方大司徒鈍器重，舉奏必以屬。同列不堪，目爲都郎中。卒坐杖歸里。

陳烙鐵　《綱目三編》：陳寧有才氣而性嚴刻，知蘇州，徵斂苛急。嘗燒鐵烙人，號爲陳烙鐵。

潘打劫　明史惇《痛[一]餘雜録》：潘士彦，宛平人。守常德甚久，有潘打劫之號。

校按：

【一】『痛』原作『病』。《叢書集成初編》收録有史惇《痛餘雜録》。

利嘴劉　《震澤紀聞》：劉瑾，陝西興平人。本姓淡，景泰間自宫，入掖庭，冒姓劉。少狡獪，頗識字書，略知古今。特利口傷人，稱爲利嘴劉。

異號類編卷十一

詼詆類

噉豬腸小兒　《北史·慕容紹宗傳》：時侯景軍甚盛，初聞韓軌往討之，曰：『噉豬腸小兒。』

村夫子　《貢父詩話》：楊大年不喜杜工部詩，謂爲村夫子。

伊川三魂　《吹劍録外集》：趙忠簡爲相，尹和靖以布衣入講，士大夫多稱託伊川門人進用。桐廬喻樗自選入除正字，中書王居正行誥詞。時號伊川三魂，鼎爲尊魂，居正爲强魂，楊時爲還魂，言時死而道猶行也。

副帥　《明史·閹黨傳》：盧承欽，餘姚人。由中書舍人擢御史，首劾罷户部侍郎孫居相等。因言：『東林自顧憲成、李三才、趙南星而外，如王圖、高攀龍等謂之副帥。曹于汴、湯兆京、史記事、魏大中、袁化中謂之先鋒。丁元薦、沈正宗、李朴、賀烺謂之敢死軍人。孫丕揚、鄒元標謂之土木魔神，請以黨人姓名、罪狀榜示海内。』忠賢大喜。

先鋒、敢死軍人、土木魔神 俱見上。

托塔天王 《明季北略》：《點將録》，阮大鋮作。獻魏奄，指爲東林惡黨。天罡星：托塔天王李三才、及時雨葉向高、天巧星浪子錢謙益、聖手書生文震孟、白面郎君鄭鄤、霹靂火惠世揚、鼓上皂汪文言、大刀楊漣、智多星繆昌期等，共三十六人。地煞星：神機軍師顧大章、青面獸左光斗、金眼彪魏大中、旱地忽律游士任等，共七十二人。◎按，《明史·閹黨傳》：『王紹徽倣民間《水滸傳》，編東林一百八人爲《點將録》獻之，令按名黜汰。』與《北略》所記異。

及時雨、浪子、聖手書生、白面郎君、霹靂火、鼓上皂、大刀、智多星、神機軍師、青面獸、金眼彪、旱地忽律 俱見上。

詭譎秀才 《湧幢小品》：吴徹，字文通，崇仁人。雅善吟詠，爲陳友諒所得，友諒呼以先生。及高皇討友諒，友諒遣徹間行覘我，有縛以獻者。高皇度其不爲我用，欲疏間其君臣，乃刺『詭譎秀才』四字於徹面，遣還。友諒果惡之曰：『安有如此形容而可爲我賓師者乎？』徹遂棹小舟而遁。

異號類編卷十二

自表類上

鴟夷子皮、陶朱公　《史記·越世家》：范蠡浮海出齊，變姓名，自號鴟夷子皮，又自謂陶朱公。

五柳先生　《晉書》：陶潛嘗著《五柳先生傳》以自況。

亳丘子　《晉書》：嵇含好學能屬文，家在鞏縣亳丘，自號亳丘子。

玄晏先生　《晉書》：皇甫謐沈靜寡欲，以著述爲務，自號玄晏先生。

被褐先生　《南齊書·高逸傳》：臧榮緒自號被褐先生。

東皋子　《全唐詩》：王績，字無功，絳州龍門人，文中子之弟。隋末授秘書省正字，尋還鄉里。唐武德初以前官待詔門下省，時大樂署史焦革家善釀，績求爲丞。革死，棄官，歸東皋著書，號東皋子。◎《姓譜》：宋戴敏，天台人。博學强識，以詩自適，號東皋子。

五斗先生　《唐書》：王績自著《五斗先生傳》。

七松處士　又，鄭薰，字子溥，蒔松於庭，號七松處士。

醉吟先生、香山居士　又，白居易，字樂天。自號醉吟先生，又稱香山居士。

四明狂客　又，賀知章，字季真，越州人，自號四明狂客。

伊川田父　又，郗純，字高卿，官中書舍人。忤元載，歸，號伊川田父，世高其節。

隱玄先生　又，鄧世隆，相州人。初變姓名，號隱玄先生。

猗玗子、浪士　又，元結逃亂入猗玗洞，始稱猗玗子。後家瀼濱，乃自稱浪士。

由東隣　又，田游巖入箕山，居許由祠旁，自號由東隣。

桑苧翁　又，陸羽，字鴻漸。隱苕溪，自號桑苧翁，時謂【一】今接輿。

校按：

【一】『謂』原作『爲』，據《新唐書》改。

金剛杵　《摭言》：薛保遜好巨編，自號金剛杵。

白衣卿相　《摭言》：盧暉進士，自號白衣卿相。

癖王　《太平清話》：盧仝自號癖王，陸龜蒙自號怪魁。

怪魁 見上。

雲陽野夫 《集古録》：王奂之自稱雲陽野夫。

三教布衣 《姓譜》：陳陶，字嵩伯，嶺南人。隱居洪州西山，自號三教布衣。

白雲翁 韓愈《河東節度觀察使滎陽鄭公碑》云：公諱儋，別自號白雲翁。◎《元史·察罕傳》：暮年居德安白雲山別墅，以白雲翁自號。每入奏，帝望見曰：『白雲先生來也。』

釣鼇客 《談苑》：王嚴光有才不達，自號釣鼇客。張祜謁李紳，亦稱釣鼇客。李怒曰：『既稱釣鼇，以何爲餌？』曰：『以短李相爲餌。』紳默然，厚贈之。

西河山人 《圖繪寶鑑》：李方叔，元和中工山水、人物，自號西河山人。

會稽山人 《益州名畫録》：孫位，東越人也。僖宗車駕在蜀，自京入蜀，號會稽山人。

同塵先生 《聞奇録》：崔端己善酒令，著《庭萓譜》，稱同塵先生。有魏温者，不知是崔撰，嘗問曰：『君曾覽同塵先生《庭萓譜》乎？』崔正顔對曰：『不知同塵先生何姓氏？』左右大笑之。

守素先生 《全唐詩》：王駕，河中人，自號守素先生。

炙轂子 又，王叡，元和後詩人，自號炙轂子。

江湖散人、天隨子 《唐書》：陸龜蒙，蘇州人。時謂江湖散人，或號天隨子。

間氣布衣 《全唐詩》：皮日休，襄陽人。性傲誕，自號間氣布衣。

知非子、耐辱居士 又，司空圖，河中人。晚年避世棲遯，自號知非子、耐辱居士。◎《姓譜》：宋方夔自號知非子。

逍遥先生　又，張直，濮州人，號逍遥先生。

碧池處士　又，袁洪，宜春人，自稱碧池處士。

滄洲子　又，朱灣，西蜀人，自號滄洲子。

東海釣客　又，秦系，會稽人，自號東海釣客。

煙波釣叟、**玄真子**　又，張志和，金華人。居江湖，自稱煙波釣叟。著書十二卷，名《玄真子》，亦以自號。

玉川子　又，盧仝，范陽人。隱少室山，自號玉川子。

清溪子　又，李涉，洛陽人，自號清溪子。

無生居士　又，胡幽貞，四明人，自號無生居士。

玉山樵人　又，韓偓，萬年人，自號玉山樵人。

羅隱秀才　《瑞安縣志》：大羅山峰巒奇秀，中有民居。唐劉沖隱居於此，自號羅隱秀才。人即名其地爲秀才垟。

抱腹山人　《五代史》：郭無爲，棣州人，自號抱腹山人。

長樂老　《五代詩話》：馮道，景城人。初爲劉守光參軍，後歷唐、晉、漢、周，事四姓十君，並在政府，自號長樂老。

九華山人 又，熊皎，自稱九華山人。◎《十國春秋》：杜荀鶴，自號九華山人。◎《元詩選》：陳巖，池州人，自號九華山人。

群玉峰叟 又，孟賓于，連州人。初居吉州玉笥山，自號群玉峰叟。

天國山人 又，張令問，唐興人。隱居不仕，號天國山人。

皂江漁翁 又，張立，新津人。李昊嘗薦之孟昶，不赴，自號皂江漁翁。

荆臺隱士 又，梁震，邛州人，自號荆臺隱士。

洪谷子 《五代名畫補遺》：荆浩，沁水人。隱太行洪谷，自號洪谷子。

江東生 晁公武《郡齋讀書志》：羅隱，餘杭人，作詩自號江東生。

王逸老 《紫桃軒又綴》：南唐王文秉工小篆，自號王逸老，欲與逸少相抗。

手怒 又，楊永符，五代人。能草書，自號手怒。

葆光子 《十國春秋》：孫光憲，貴平人，自號葆光子。

天饞居士 又，毛勝，晉陵人。喜雅謔，號天饞居士。

安樂先生 《宋史》：邵雍，河南人。名所居曰『安樂窩』，因自號安樂先生。

草堂逸老 又，葛密，年五十退居，自號草堂逸老。

慶湖遺老 又，賀鑄，字方回，衛州人，自號慶湖遺老。

六一居士 又，歐陽修，廬陵人。始在滁州，號醉翁，晚更號六一居士。

醉翁《研北雜志》：歐陽公號醉翁，林中子稱醒老，兩公不同如此。

醒老 見上。

浮休居士《宋史》：張舜民，字芸叟，邠州人，自號浮休居士。

笑笑先生 又，文同，字與可，梓潼人，自號笑笑先生。

東郊野夫、補亡先生 又，柳開，大名人，自號東郊野夫，又號補亡先生。

鹿門先生 又，《陶穀傳》：穀本姓唐。祖彦謙，有詩名，自號鹿門先生。

東野遺民 又，楊璞，新鄭人，自稱東野遺民。

巖夫民伯 又，李建中，其先京兆人，祖避地入蜀。山水題名，自號巖夫民伯。

樂靜先生 又，李昭玘，濟南人。入黨籍，居閒十五年，自號樂靜先生。

大塊翁 又，任中師，性樂易。平居自奉甚儉約，晚知養生之術，號大塊翁。

武林居士 又，郎簡性和易，喜賓客。即錢塘城北治園廬，自號武林居士。

中庸子 又，陳充，性曠達，澹於榮利，自號中庸子。

贅世翁 又，王樵，淄川人，自稱贅世翁。

五知先生 又，李繹，若拙子。嘗作《五知先生傳》，謂知時、知難、知命、知退、知足也。

平園老叟 又，周必大，字子充，自號平園老叟。

惟心居士 又，周葵，宜興人，自號惟心居士。

東坡居士 又，蘇軾，眉山人，自號東坡居士。

老泉山人 《石林燕語》：東坡晚號老泉山人，以眉山先塋有老翁泉，故云。

潁濱遺老 《宋史》：蘇轍致仕，築室於許，自號潁濱遺老。

斜川居士 又，蘇過，字叔黨，軾第三子。家潁昌，營水竹數畝，名小斜川，自號斜川居士。

牧堂老人 又，蔡發，元定父，號牧堂老人。

湖山居士 又，吴芾，仙居人，自號湖山居士。

山谷道人 又，黄庭堅，洪州分寧人，自號山谷道人。

雲溪醉侯 又，种放，洛陽人。隱終南豹林谷，種秫自釀，號雲溪醉侯。

安素處士 又，高懌，從种放受業，號安素處士。

鼂繹處士 又，顔太初，著書號《洙南子》。所居在鼂、繹兩山之間，號鼂繹處士。

白牛居士 又，陳舜俞嘗棄官歸，居秀之白牛村，自號白牛居士。

無塵居士 又，孟珙通佛學，自號無塵居士。

堅白道人 又，《忠義傳》：何時，字了翁。竄跡嶺南，自號堅白道人。

清凉居士 又，韓世忠，延安人，自號清凉居士。

無相居士 又，陳桷，平陽人，自號無相居士。◎《佛祖綱目》：宋濂，字景濂，號無相居士，金華人。

攻媿主人 《宋史》：樓鑰，字大防，鄞縣人，自號攻媿主人。

虛明子 又，高明大，必達父，匿姓名爲道人，號虛明子【一】。

校按：

【一】今本《宋史》無此記載。《元史》卷一百九十八有高明大居黄州全真道院，道號『虛明子』之記載。

歸來子 又，晁補之，字無咎，鉅野人。葺歸來園，自號歸來子。

金龜子 又，陳漸，自號金龜子。

知餘子 又，陳堯佐，字希元，閬中人，號知餘子。

遺玄子 又，萬適，宛丘人，自號遺玄子。

虛一子 又，代淵，字藴之。本代州人，唐末，避地導江，自號虛一子。

雲林子 又，黄伯思，頗好道家，自號雲林子，别字霄賓。

無爲子 又，楊傑，無爲人，自號無爲子。

聱隅子 又，黄晞，建安人，自號聱隅子。

李浪子 又，李邦彦，懷州人，自號李浪子。

半逸子 《姓譜》：熊兆，字世卿，建安人。受業於朱子，隱居弗耀，自號半逸子。

五休居士 又，龔明之，崑山人。生平自謂受用唯一『誠』字，又附益山谷，省吃儉用，語號五休居士。

獨山翁 又，徐徽，嘉祐進士。歷官提舉利州，改常平。抗疏致仕，居獨山，號獨山翁。

逸平翁 又，徐存，江山人。受業於楊時，隱居教授，號逸平翁。

石澗翁、**林屋山人** 又，俞琰，字玉吾。其先汴人，渡江後徙吴之洞庭山，自號石澗翁，又稱林屋山人。◎《明史》：蔡羽，吴人，自稱林屋山人。

委順翁 又，哀長吉，崇安人，嘉定進士。致仕，號委順翁。

西軒子 又，陳昭度，莆田人，自號西軒子。

浩然子 又，潘殖，浦城人。性嗜學不倦，嘗悟新學之非，於是述《忘筌書》五卷、《性理書》九篇，自號浩然子。

霅川翁、**清臞老人**、**習懶翁** 又，錢選，字舜舉，吴興人。景定間鄉貢進士，自號玉潭。又稱霅川翁、清臞老人、習懶翁，有《習懶齋稿》。

觀物老人 又，堯允恭，海陵人。景定、咸淳兩領鄉薦。宋亡，專意經、傳，邃於《易》，深得性命之理，自號觀物老人。

滄洲翁 又，羅公升，永豐人，自號滄洲翁。

總得翁 又，張祁，歷陽人。晚嗜禪學，號總得翁。

六柳先生　又，王宗哲，累官灌陽令。致仕歸，創堂，手植六柳，號六柳先生。

淵天叟、韻鄉贅翁　又，黄仲元，字善甫，咸淳中登第。宋亡，改其名字曰淵天叟。又改其四如之號，而以韻鄉贅翁。

愚迂翁　又，方聖時，永嘉人。力學苦行，自號愚迂翁。

戒得翁　又，劉思尹，廉潔無取，自號戒得翁。

介白散人　又，劉揚祖，慈谿人。宋亡，往居雲湖山。墾田給食，自號介白散人。

木榴子　又，林幹，樂清人。崇寧初居木榴山，因號木榴子。

華陽處士　又，林頤壽，晉江人，號華陽處士。

三休居士　又，嚴參，羽之族。志氣崖岸，外無廉棱。或勸之廣交延譽，則掩耳不答。高卧中林，瞪視一世，自號三休居士。

廬陵民　又，李珏，吉水人。宋末爲攢宫屬官，晚自號廬陵民。

月溪逸士　又，李如雷，臨武人，别號月溪逸士。

泉石子　又，許月卿，婺源人。閉門著書，自號泉石子。

練湖居士　又，武允蹈，高安人，自號練湖居士。

雲谷道人　又，趙汝能，紹興進士，自號雲谷道人。

清溪布衣　又，夏乾錫，樊知古薦於朝，不出，自稱清溪布衣。

無爲居士　又，蔡諲，筠州人。元祐間隱居不仕，號無爲居士。

貞白子　又，蔡蒙叟，閩縣人，號貞白子。

東郭居士　又，蔡會不仕，自號東郭居士。

蠢物　又，戴亨，臨海人。教人以毋自欺爲第一義，嘗銘於座曰：『莫見乎隱，莫顯乎微；欲人不知，莫若弗爲。』自號蠢物。

松隱居士　又，卞大亨，泰州人。隱居象山，手植萬松，行吟其間，自號松隱居士。

金精山人　又，廖瑀，雩都人。建炎中以茂異薦，不第。精堪輿之術，得金精山善地，自稱金精山人。

蒙谷遺老　又，邵整，自號蒙谷遺老。

桂堂居士　又，謝安時，政和人。靖康之難，攜家隱西坑別墅，庭植三桂，號桂堂居士。

居塵居士　又，陸世良，自號居塵居士。

瓜廬翁　又，薛師名，永嘉人。工詩，自號瓜廬翁。

符谷子　又，薛緩，龍游人。與魏了翁講明易學，著《則書》十卷。了翁歎服不逮，號符谷子。

雲和子　又，石延翰，隱居不仕，結廬白雲谷，以書史爲樂，自號雲和子。人稱羽林先生，後贈白雲先生。

樂閒居士　張昶《吴中人物志》：顔直之，長洲人，號樂閒居士。

小王右軍　《崑山人物志》：王逢年，學書十九體，必歸晉法，嘗自號小王右軍。

小尉遲　《楊文公談苑》：呼延贊慕尉遲爲人，自號小尉遲。

絜矩病叟、了了道人　《西江志》：徐端，字矩叔，豐城人。晚歲號絜矩病叟，敘平生大略，授其子，俟屬纊，刻石表墓。自作祭文、挽歌，超然無所芥蒂。一日，手録《忠孝大致》數百言，集家人對酒，索筆書曰：『若以爲了，多少未了。以爲未了，何時而了。』題曰『了了道人自贊』，投筆而逝。

大田農　又，陳世昌，高安人。致仕，自號大田農。

谷口小隱　又，潘淳，新建人，自稱谷口小隱。

半隱山人　又，何時升，號半隱山人。

支離翁　又，劉子虚，靖安人。隱桃源山，自號支離翁。

葆光居士　又，嚴彦，博雅好修煉，自號葆光居士。

龍洲居士　又，嚴致堯，自號龍洲居士。

溟涬人　又，廖應隆，字學海，南城人，自號溟涬人。

冰雪林主人　又，孟程，南昌人，淳熙進士，自稱冰雪林主人。

深簡老人　又，吴榮，宜黄人，乾道進士。歷仕四十年，以循良稱，自號深簡老人。

東山樵隱　《江南志》：蘇炤，丹徒人。隱居藏修，自號東山樵隱。

薌林子 又，陨膺，字登父。入元隱居教授，自號薌林子。

鍾離子 《福建通志》：翁彦深，紹聖進士，著有《鍾離子自録》一卷。

快然居士 又，楊汝南，龍溪人，紹興進士，號快然居士。

萬如居士 又，李縝，號萬如居士。

小括山人 《浙江通志》：葉熙，麗水人。典教縉雲，未幾就隱，號小括山人。

鑑湖懶民 又，賀某，會稽人。方回裔孫，號鑑湖懶民。作平遥細竹，瀟洒可愛。

水雲子 又，汪元量，錢塘人。度宗時，以善琴出入宫掖。入元，乞爲黄冠，自號水雲子。

滄洲醉叟 又，王昌言，知武州。紹興十四年，蜀亂棄官，歸隱箬川，别號滄洲醉叟。

大雷山民 又，柯大春，字德華，號大雷山民。

耐閑翁 《泉州府志》：吴岡，字雅山，自號耐閑翁。

醉鄉遺老 《廣東通志》：田知白，番禺人。貧而好酒，自號醉鄉遺老。

九螺山逸人 《湖廣通志》：張顗，麻城人。隱居九螺，自號九螺山逸人。

雲山野客 《湖廣志》：謝用賓，祁陽人，自號雲山野客。

南園遯翁 又，廖及，元祐進士，自號南園遯翁。

三外野人 《姑蘇志》：鄭思肖，字憶翁，號所南，連江人。初名某，宋亡，乃改今名思肖，即思趙。『憶翁』與『所南』皆寓意也。宋社既墟，適意緇黄，自稱三外野人。

後樂居士 又，衛涇，淳熙進士第一。於里中闢西園，取范文公之言，名其堂曰『後樂』，别號後樂居士。◎《書畫譜》：官廉，字汝清，號後樂居士，東萊平度人。

大雲翁 又，林虙，居大雲坊，自號大雲翁。

隨緣居士 又，黄策，字子虛。初，欽宗在青宫時，聞策名，大書『隨緣堂』三字以賜，因自號隨緣居士。

海峰野逸 又，張慶之絶意仕進，好爲山水之遊，因號海峰野逸。倣五柳先生，作《海峰遺民傳》。

知常子 又，錢文奉，元璙第二子，自號知常子。

如村老人 《琴川志》：胡嶧隱居不仕，取杜子美『宅舍如荒村』之句，榜其堂曰『如村』，因號如村老人。

常歡喜居士 《閩書》：陳朝老，字廷臣。時秦檜用事，朝老無出仕意，堅辭不起，自號常歡喜居士。

白陽居士 《句容志》：王寀爲江東安撫使，後歸老，結屋於白陽里，自號白陽居士。

齊物子 《澠水燕談録》：司馬公優游洛中，自稱曰齊物子。

雲溪翁 《婺源縣志》：王汝舟，晚號雲溪翁。

出塵道人 《蘄水縣志》：黄可久隱臙脂山下，自號出塵道人。

灊山叟　康莊《浦城縣志》：黄孝綽嘗游舒州太湖灊山，樂焉，自號灊山叟。

悠然翁　《建陽縣志》：劉炳，淳熙進士。閒居，誦讀不輟，自號悠然翁。

去嗔居士　《富陽縣志》：李轔居官廉直，晚年謂貪與痴已絶，獨嗔未盡去，因牓其室曰『去嗔所』。著有《去嗔居士集》。

吴門老圃　《揚州志》：史正志，江都人，紹興進士。後歸老姑蘇，號吴門老圃。

渭川居士　《八閩通志》：吕勝已，邵武人，自號渭川居士。

靈泉山人　于光大《泉州志》：劉濤，昌言曾孫。晚年讀書靈泉院，自號靈泉山人

空青老人　《撫州府志》：曾紆，號空青老人，文肅公布子。

靜菴居士　陳善《杭州志》：裴叔泳，字德游，號靜菴居士，錢塘人。

隱求居士　《汪溪族譜》：金沖絶意仕進，自號隱求居士。

歔歊子　《兩浙名賢録》：朱聲，永嘉人。隱於江北合山，作《合山游》數千言，號歔歊子。

玉峰山民　又，車若水，黄巖人。師事金華王栢，講明性理。博學，工古文，自號玉峰山民。

七民　又，劉若濟，青田人，咸淳進士。義不仕元，自謂出於六民之外，别號爲七民。

木石子　又，劉希賢，鄞人。自號木石子，人因稱木石先生。

兑光居士　又，林崧孫，瑞安人，自號兑光居士。

雪坡老人　又，項公澤，自號雪坡老人。

百鍊真隱 又，李元綱，錢塘人，號百鍊真隱。

雲溪逸叟 又，呂皓，永康人。隱居桃巖山，嘗作《雲溪逸叟自傳》以見志。

南峰山民 又，杜文甫，臨海人，咸淳進士。宋亡不仕，自號南峰山民。

三教遺逸 又，趙汝倜，宋宗室也。宋亡不仕，游情佛老，號三教遺逸。

四勿居士 又，蔣峴，奉化人。性剛不阿，嘗自警曰：『勿欺心，勿負主；勿求田，勿問舍。』號四勿居士。

方山子、龍邱子 《尚友録》：陳慥，字季常。寓居黄岡，號方山子，又號龍邱子。◎又，毛璞，廬州人，乾道進士，自號方山子。

連山子 又，彭俞，宜春人。學邃於《易》，自號連山子。

壽巖老人 又，欽德載，吴縣人。宋亡不仕，隱碧巖山中，自號壽巖老人。

養素處士 又，李珙，行義修潔，經典該通，號養素處士。

笑塢老人 又，魯瀞，清江人。喜吟詠，嘗與向子諲爲詩社。瀞有林園一十畝，塢内有含笑花數十枝，自號笑塢老人。

卧雲先生 又，管師復，龍泉人。從胡瑗游，自號卧雲先生。仁宗召至，問曰：『卿所得何如？』對曰：『「滿塢白雲耕不盡，一潭明月釣無痕。」臣所得也。』不受爵命。

逍遥子 又，滿閬，自號逍遥子，詩人。

攖寧生　又，滑壽，字伯仁。往來鄞、越，居虞姚間最久，人皆稱之攖寧生。

無垢居士　《横浦家傳》：横浦先生，舊自號無垢居士。◎按，張九成，字子韶，號横浦。其先開封人，往居横浦。

寶蓮山人　謝翶《金華游録》：虞似良，字仲房【一】，自號寶蓮山人。

校按：

【一】『仲房』原誤作『仲度』。據文淵閣本《四庫全書》所收《明一統志》卷四十七、《赤城志》卷三十四改。

方平九友　《畫繼》：李覺，京師人。自號方平九友，嘗爲明節皇后閤掌牋。

石臺居士　又，連鼇，吉州人。自號石臺居士，紹興間人。

真常子　又，任源，自號真常子，政、宣宦者。

華亭逸人　又，李甲，自號華亭逸人。作逸筆翎毛，有意外趣。

花一相公　又，趙士衍，號花一相公。長於著色山水，宣和初，進十圖，特轉一官。

三樂居士　《圖繪寶鑑》：高燾，沔州人，自號三樂居士。

歸愚居士　又《補遺》：曾達臣，號歸愚居士。江西人，工草蟲。

逃禪老人、清夷長者　《書史會要》：楊無咎，字補之，清江人。號逃禪老人，又號清夷長者。

定齋居士　又，單煒，字炳文。號定齋居士，沅陵人。

潁峰山人　又，魏宋直，號潁峰山人，書宗米芾。

鹿門居士、海岳外史、襄陽漫士　史浩《兩鈔摘腴》：米芾，自號鹿門居士。◎黄撍《筆記》：元章自署姓名，米或作芈，芾或作黻。又稱海岳外史，又稱襄陽漫士。

竹村居士　林逢吉《赤城集》：林師黙，字詠道，臨海人，自號竹村居士。

自信居士　《文獻通考》：徐兢，鉉之後。善篆書，自題『保大騎省世家』，又自號自信居士。

鴻慶居士　《平園集》：孫覿，晉陵人。嘗提舉鴻慶宫，故自號鴻慶居士。

眚翁、後湖病民　《書畫譜》：蘇庠，京口人。初以病目，自號眚翁。後徙丹陽之後湖，更號後湖病民。

寫生趙昌　又，趙昌，善畫花，自號寫生趙昌。

奉聖旨填詞柳三變　《藝苑雌黄》：柳三變喜作小詞，薄於操行。當時有薦其才者，上曰：『得非填詞柳三變乎？』曰：『然。』上曰：『且去填詞。』由是不得志，日與儇子縱游倡館酒樓間，無復檢率，自稱云『奉聖旨填詞柳三變』。

敕賜狂生　《齊東野語》：王邁實之，莆人。登甲科，甚有文名。落魄不羈，爲正字日，因輪對，及故相擅權。理宗宣諭曰：『姑置衛王之事。』邁即抗聲曰：『陛下一則曰衛王，二則曰衛王，何保之至耶？』上怒不答，徑轉御屏曰：『此狂生也。』邁後歸里，自稱敕賜狂生。

得閒居士　《崑山雜詠》：馬先覺，乾道進士。高逸，不事請謁，號得閒居士。

彝齋居士　《樂郊私語》：趙孟堅，字子固。號彝齋居士，宋宗室也。

梅山拙逸　《鐵網珊瑚》：梅山拙逸，佚其姓氏。張長史《春草帖》跋有『宣和四年，梅山拙逸題』字。

如愚居士　《玄牘記》：如愚居士，佚其姓氏。金陵牛頭山辟支佛方塔上，有淳祐四年如愚居士書《滿庭芳》詞，字畫類山谷。

捫膝居士　《宋史列傳補遺》：喻汝礪，陵陽人。舉進士，歷官尚書郎。靖康之難，金人議立僞楚，汝礪自捫其膝曰：『此膝豈可屈哉？』即日挂冠神武門。自號捫膝居士。

梅山樵叟　又，顧逢，吴郡人。宋末舉進士不第，後辟爲吴縣學教諭，别號梅山樵叟。

四清社友　又，鄧林，臨江人，自號四清社友，有《皇荂曲》五十首。

姑溪居士　《歷代詩餘》：李之儀，字端叔，無棣人，自號姑溪居士。

逐客　又，王觀，字通叟，如皋人。元祐進士，官翰林學士，以賦應制詞被謫，因自號逐客。

葦溪翁　又，趙鼎臣，衛城人，自號葦溪翁。

友古居士　又，蔡伸，莆田人，自號友古居士。

相山居士　又，王之道，濡須人。有《相山居士詞》二卷。

仙源居士　又，趙長卿，南豐宗室，自號仙源居士。

薌林居士　又，向子諲，臨江人，自號薌林居士。

蘆川居士　又，張元幹，三山人，自號蘆川居士。

華陽老人　又，張綱，金壇人，嘗自號華陽老人。

石湖居士　又，范成大，吴郡人，自稱石湖居士。

無隱居士　又，張震，益寧人，自號無隱居士。

招山翁　又，劉儗，廬陵人，自號招山翁。

洺川遺民　又，程珌，休寧人。系本河北洺川，因自號洺川遺民。

東山隱者　又，程先，休寧人，自號東山隱者。

香巖居士　又，闞注，錢塘人，自號香巖居士。

白石道人　又，姜夔，字堯章，鄱陽人。流寓吴興，自號白石道人。◎按，謝采《續書譜序》作『白石生』。

方泉老人　又，周文璞，字晉仙，號方泉老人。

龍洲道人　又，劉過，襄陽人，自號龍洲道人。

靜寄居士　又，謝懋，字勉仲。有《靜寄居士樂章》二卷。

隨如子　又，劉鎮，南海人，自號隨如子。

順受老人　又，吴禮之，錢塘人。有《順受老人詞》五卷。

古洲居士　又，馬莊，建安人，自號古洲居士。

穀城翁　又，黄銖，字子厚。自號穀城翁，建安人。

解林居士　又，趙善扛，字文鼎。宋宗室，别號解林居士。

蒲江居士　又，盧祖皋，永嘉人，自號蒲江居士。

方壺居士　又，汪莘，休寧人，自號方壺居士。

雙溪翁　又，馮取洽，延平人。自號雙溪翁。

滄浪逋客　又，嚴羽，邵武人，自號滄浪逋客。

弁陽嘯翁　又，周密，濟南人。僑居吴興，自號弁陽嘯翁。

樂笑翁　又，張炎，循王俊之後，西秦人，自號樂笑翁。

三溪冰雪翁　又，李南金，自號三溪冰雪翁。

至元逸民　又，王奕，玉山人，自號至元逸民。

仙村人　《月泉吟社詩》：第四名，自署仙村人。

山南隱逸　又，第五名劉應龜，自署山南隱逸。

玉華吟客　又，第十六名林子明，自署玉華吟客。

識字耕夫　又，第十九名周暕，自署識字耕夫。

學古翁　又，第二十名趙必范，自署學古翁。

騎牛翁 又，第二十二名高鎔，自署騎牛翁。

天目山人 又，第二十三名吴瑀，自署天目山人。

安定書隱 又，第二十四名胡南，自署安定書隱。

槐窗居士、田居子 又，第二十五名黄景昌，自署槐窗居士。◎《元詩選》：又號田居子。

愛雲仙友 又，第三十名趙必拆，自署愛雲仙友。

雲東老吟 又，第三十四名許元發，自署雲東老吟。

避世翁 又，第三十五名洪貴叔，自署避世翁。

東湖散人 又，第四十三名，自署東湖散人。

九山人 又，第五十五名，自署九山人。

桑柘區 又，第五十六名，自署桑柘區。

草堂後人 又，第五十八名，自署草堂後人。

青山白雲人 又，第六十名，自署青山白雲人。

五峰居士 《宋詩紀事》：翁挺，崇安人，號五峰居士。

善善道人 《金史》：左光慶，字君錫。平時喜爲善言、蓄善藥，號善善道人。

玉峰散人 又，趙可，字獻之，高平人，號玉峰散人。

通元處士 又，《方伎傳》：劉完素，字守真，河間人。精醫術，自號通元處士。

閑閑居士 《歸潛志》：趙秉文，自號閑閑居士。

寄菴老人 又，李遹，欒城人，自號寄菴老人。

六峰居士 又，李澥，相州人，自號六峰居士。

歲寒堂主人 又，史公奕，大名人，自號歲寒堂主人。

錦峰老人 又，王仲元，工書，法趙黄山，自號錦峰老人。

藼然子 《中州集》：趙滋，字濟甫，號藼然子，汴人。

錦溪老人 《書史會要》：張天錫，號錦溪老人，河中人。

夜江散人 《畫史會要》：張道輔，京兆人，自號夜江散人。

樗軒居士 《書畫譜》：完顔璹，本名壽孫，號樗軒居士。

黄華老人 《歷代詩餘》：王庭筠，蓋州熊岳人。嘗讀書黄華山寺，自號黄華老人。◎按，《全金詩》作『黄華山主』。

渭濱野叟 又，景覃，華陰人。隱居西陽里中，自號渭濱野叟。

女几野人、溪南詩老 又，辛愿，福昌人。自號女几野人，又號溪南詩老。

醉全道人 又，趙攄，宛平人，自號醉全道人。

玉照老人 又，劉著，皖城人，自號玉照老人。

蓮峰真逸 《中州集》：喬扆，號蓮峰真逸。

蘭泉老人 又，張建，號蘭泉老人。

姑汾漫士 又，王琢，號姑汾漫士。

照了居士 又，王彧，號照了居士。

無事道人 又，董文甫，號無事道人。

白雲子 又，房皡，號白雲子。

樂善居士 《金史》：豫王永成喜讀書，每暇日，引文士相與切磋，自號樂善居士。

大成將軍、諦摩龍什、騶天玄俊、威錦堂主人 《金史》：王予可，河東吉州人。年三十許，大病後忽發狂。久之，能把筆作詩文，及説世外恍惚事。南渡後，居上蔡、遂平、郾城之間，遇文士則稱大成將軍，於佛前則稱諦摩龍什，於道則稱騶天玄俊，於貴游則稱威錦堂主人。

異號類編卷十三

自表類下

白雲山人 《元史》：許謙，字益之。力學不仕，嘗以白雲山人自號，世稱白雲山人。

藏春散人 又，劉秉忠，邢人，自號藏春散人。

尚左生 《元史類編》：鄭元祐，遂昌人。兒時傷右臂，比長，能左手作書，自號尚左生。

蒙古遺老 又，劉整，古田人，自稱蒙古遺老。

蓬廬處士 又，史天挺，明州人，自號蓬廬處士。

弁山小隱 又，黄玠，定海人。卜築弁山，自號弁山小隱。

去華山人 又，洪希文，莆田人，有集號《去華山人稿》。

石西子 又，周霆震，安成人。父以道，篤志古學。宋亡，遁迹石門田西。震績其世學，晚年自號石西子。◎按，《元詩選》『周霆震』作『周震』，『石西子』作『石田子』。

夷門老人 又，杜敬，大梁人，晚號夷門老人。

鐵笛子 又，楊維楨，諸暨人，以鉄崖自號。已得鉄笛於湘江，吹之，亦號鐵笛子。◎按，《元詩選》作『鉄篴道人』。

林屋洞主 又，蘇大年，真定人。晚年自號西坡，又稱林屋洞主。

玉筍生 又，張憲，山陰人，别號玉筍生。

易癡道人 又，周之翰，華亭人。精易學，自號易癡道人。

鶴鳴老人 《元詩選》：李俊民，字用章，别號鶴鳴老人。

雷溪真隱 又，劉因，字夢吉，容城人。嘗游郎山雷溪間，號雷溪真隱。

質野翁充安老人 又，戴表元，奉化人。性好山水，忘懷委分，或自稱質野翁充安老人。

玉井峰樵 又，尹廷高，字仲明，遂昌人，别號玉井峰樵。

湛然居士 又，耶律楚材所著《湛然居士集》，萬松野老行秀爲之序。

松雪道人 又，趙孟頫，自號松雪道人。

清容居士 又，袁桷，慶元人，著《清容居士集》五十卷。

烏蜀山人 又，柳貫，浦江人，自號烏蜀山人。

戾契子、翀翀翁 又，貢師泰詩註：《紀年録》云：『至正十六年正月，張士誠陷平江。公抱印隱居吴淞江上，易姓名端木氏，號戾契子、冎冎翁，作《幽懷賦》以自見。』

鹿皮子 又，陳樵，婺州人。隱居圁谷間，衣鹿皮，自號鹿皮子。

栲栳山人 又，岑安卿，餘姚人。自號栲栳山人，以所居近栲栳峰也。

友石山人 又，王翰，靈武人。屏居永福之觀獵山，自號友石山人。

不繫舟漁者 又，陳高，字子止，别號不繫舟漁者。

松竹主人、傲軒氏 又，胡天游，别號松竹主人，岳之平江人。壬辰夏，萑苻蠭起，所過皆墟。獨天游室巍然煨燼中，因自號曰傲軒氏。

可閒老人 又，張昱，字光弼，廬陵人。張士誠禮致之，不屈張氏，亡。明太祖徵至京師，閔其老，曰：『可閒矣！』厚賜遣還。因自號可閒老人，徜徉西湖山水間。

荆蠻民、浄名居士、朱陽館主、蕭閑仙卿、雲林子 又，倪瓚，字元鎮，無錫人。嘗自謂嬾瓚，亦曰倪迂。◎《雲林遺事》云：署名曰東海瓚，或曰嬾瓚。變姓名曰奚玄朗，或曰玄映。别號五：曰荆蠻民、浄名居士、朱陽館主、蕭閑仙卿、雲林子。雲林多用以題詩畫，故尤著。

席帽山人、梧溪子、最閑園丁 又，王逢，字原吉，江陰人。居江上之黄山，自號席帽山人。未幾，遷松之青龍江，名所寓曰『梧溪精舍』，自號梧溪子。又徙上海之烏涇，築學堂以居，曰『最閑園』，自號最閑園丁。

雲瓢天民 又，葉顒，金華人。晚遭元季之亂，結廬城山東隅，名其地曰『雲瓢』，自號雲瓢天民。

心白道人 又，錢惟善，錢塘人，自號心白道人。

神川遯士 又，劉祁，渾源人，有《神川遯士集》二十卷。

山邨民 又，仇遠，錢塘人。自號近邨，又號山邨民，學者稱山邨先生。

棲霞山人 又，白珽，錢塘人。晚歸老棲霞，號棲霞山人。

困學民、直寄老人 又，鮮于樞，字伯機，漁陽郡人。晚年營一室，名曰『困學之齋』，自號困學民，又號直寄老人。

盱里子、希韋子 又，揭祐民，廣昌人。後寓居盱水上，號曰盱里子。晚年自病狂狷，又稱希韋子。族子徯斯爲作《盱里子傳》。

五峰狂客 又，李孝光，温州樂清人。居雁蕩山五峰下，自號五峰狂客。

梅巖野人 又，郭豫亨，自號梅巖野人，性愛梅花。

煑石山農、梅花屋主 又，王冕，字元章。隱會稽九里山，自號煑石山農。◎《明史·文苑傳》：王冕，自號梅花屋主。

梅花菴主、梅花道人 《元詩選》：吴鎮，字仲珪，嘉興人。所居曰『梅花菴』，自署梅花菴主，又號梅花道人。

大癡道人、大癡哥、一峰道人 又，黄公望，字子久。本姓陸，世居平江之常熟。繼永嘉黄氏，遂徙富春焉。自號大癡道人，或號大癡哥、一峰道人。

霞間老人 又，曹文晦，天台人。兄文炳，號霞間老人。文晦少從之學，潁悟多識，而雅尚蕭散。鄞邑令許廣大聘爲儒學教諭，辭不赴，築室讀書，自號新山道人。

新山道人 見上。

東郭生 又，郭翼，崑山人，自號野翁，又號東郭生。

婁東生 又，野航老人姚文奂，崑山人，自號婁東生。

滄江散人 又，徐舫，桐廬人，自號滄江散人。

九靈山人、囂囂生 又，戴良，清江人。世居九靈山下，自號九靈山人。◎《九靈先生年譜》：先生一號雲林先生，居鄞時，别號囂囂生。

貞素先生、華陽逸者 《元詩選》：舒頔，字道原，績谿人。父宏，號白雲先生。頔結廬爲讀書所，扁曰『貞素齋』，自作《貞素先生傳》。◎《歷代詩餘》：舒頔，自號華陽逸者。

雲臺散吏、苕溪漁者 《元詩選》：郯韶，吴興人，自號雲臺散吏，又號苕溪漁者。

山陰道士 又，劉永之，清江人。好書甚篤，篆、楷、行、草皆有法，因自號山陰道士。

龜巢老人 又，謝應芳，武進人。洪武初歸隱横山，自號龜巢老人。

東溪子 又，甘泳，字中夫，自號東溪子，崇仁人。

北村老民 又，湯炳龍，其先山陽人，晚自號北村老民。

怪怪道人　又，馮子振，攸州人，自號怪怪道人。

華峰真逸　又，張起巖，其先章丘人。徙家濟南，自號華峰真逸。

丹丘生、**五雲閣吏**　又，柯九思，仙居人。自號丹丘生，又號五雲閣吏。

鷗游子　又，王艮，字止善，紹興諸暨人。扁所居曰『止止齋』，自號鷗游子。

江邨民　又，錢良祐，平江人。晚自號江邨民，人因以江邨先生稱之。

石渠居士　又，張天英，永嘉人，自號石渠居士。

松雲道人　又，熊夢祥，南昌人，自號松雲道人。

孤蓬倦客　又，陳方，字子貞，自號孤蓬倦客，京口人。

貞期生　又，張渥，淮南人。博學明經，累舉，不得於有司，遂放意爲詩章，自號貞期生。

弋陽山樵　又，李瓚，姑蘇人，自號弋陽山樵。

硯北生　又，陸友，平江人，自號硯北生。

匊溜生、**東臯生**　又，周砥，字履道，號匊溜生，又號東臯生，吴人。

鐵牛子　又，何景福睦之，淳安人。常以任重致遠自期，故自號鐵牛子，有《鐵牛翁詩》一卷。

巢雲翁、**雲松野褐**、**瑁湖居士**　又，陸居仁，華亭人。隱居教授，自號巢雲翁，又號雲松野褐、瑁湖居士。◎按，《明史》作『雲松野衲』。

北郭生　又，許恕，山陰人。家北郭，號北郭生。◎《甫田集》：徐賁，字幼文，自毗陵徙居吴之齊門，號北郭生。

雲丘道人、白羊山樵 又，張簡，吴人。初師張伯雨，爲黄冠，自稱雲丘道人，隱居鴻山。元季兵亂，以母老歸養，遂返巾服，又號白羊山樵。

樵雪生、乾乾居士 又，陸仁，河南人，自號樵雪生。所居曰『乾乾之齋』，自號乾乾居士。

虚白子 又，會稽外史于立，字彦成，號虚白子。◎《閩畫記》：林景時，長樂人，自號虚白子。

乖公 又，賈竹，字彦清，自號乖公，林州人。

碧澗翁 又，陳龍，字伯雨，晚號碧澗翁。

漸磐野老 又，趙時遠，吴江人，自號漸磐野老。

楚清居士 又，龔孟夔，臨川人，自號楚清居士。

長安客 又，喬在，關中人，自號長安客。

樵逸山人 又，李萼，自號樵逸山人。

水西道人 又，陵希惠，宛陵人，號水西道人。

華陽山人 又，何致中，號華陽山人，宛陵人。

南屏隱者 又，莫昌，號南屏隱者，武林人。

聽雪翁 又，金文質，號聽雪翁，長興人。

古香老樵 又，桂瑮，自號古香老樵，慈谿人。

得靜山人 又，許嗣，天台人，自號得靜山人。

滄洲生 又，李文潛，號滄洲生，瑞安人。◎《書畫譜》：朱芾，華亭人，自號滄洲生。

林泉野老 又，顔耕道，岳之安鄉人。築室黄山，號林泉野老。

雪溪亭長 又，戴時芳，自號雪溪亭長。

雲西老人 又，曹知白，字貞素，别號雲西老人。

康莊子 又，楊逵，字道夫，號康莊子，江陰人。

棲谷子 又，范思敬，全椒人，自號棲谷子。

翠微子 又，華廉，長興人，號雲井，又號翠微子。

竹坡隱者 又，潘和道，名順藏，以字行。自號竹坡隱者，天台人。

杏林布衣 又，方炯，莆田人。精醫術，自號杏林布衣。

尚文子 又，黄文德，號尚文子，汴中人。

清江酒民、匏菴道人 又，彭鏞，清江人。性嗜酒，晚號清江酒民，又號匏菴道人。

雪篷漫郎 又，陸炯，字晦叔，號雪篷漫郎，吴下人。

淵默叟 又，余日强，晚稱淵默叟。

竹西居士、清溪道人 又，楊謙，别號竹西居士，又號清溪道人，松江人。

北澗生 又，薛穆，吴淞人，自號北澗生。

鐵硯生 又，吕恂，華亭人，自號鐵硯生。

彈鋏生 又，馮濬，華亭人，自號彈鋏生。

竹林處士 又，陳堯道，嘉禾人，自號竹林處士。

葛嶺真逸、甘泉生、孤山人 又，范致大，崇德人，自號葛嶺真逸，又號甘泉生，又號孤山人。

秘圖隱者 又，鄭彝，餘姚人。别號山輝，又號秘圖隱者。

菊莊老人 又，李復，甯海人，號菊莊老人。

林居子 又，金建，瑞安人。隱居不仕，號林居子。

以齋老人 又，黄璋，華亭人，晚自號以齋老人。

天游生 又，陸廣，字季宏，號天游生，姑蘇人。

葦杭子 又，唐元，姑蘇人。讀書博雅，有船號『一葦杭』，圖書古玩，雜列左右。浮游江湖，日哦詩其中，自號葦杭子。

灌園翁 又，顧敬，吴郡人，自號灌園翁。

南郭氓 又，許觀，自號南郭氓，吴城人。

百拙老人 又，朱良實，吴江人。元季有文名，入明不仕，號百拙老人。

東湖叟 又，華以愚，號東湖叟，梁溪人。

鶴上仙 又，王貞，字履道，江都人，自號鶴上仙。

玉崖生、玉崖樵者 又，范立，錢塘人，號玉崖生，又號玉崖樵者。

泰窩道人 又，錢雲，號泰窩道人，吴興人。

卧龍山民 又，王宥，山陰人。隱居不仕，自號卧龍山民。

野齋道人 又，董存，别號野齋道人，蜀人。

太拙生 又，聶鏞，蒙古氏，自號太拙生。

齊東野老 又，兀顔思敬，色目人。寓居東平，自稱齊東野老。

草澤閒民 又，劉履，上虞人。至正末避亂太平山，自號草澤閒民。

倥侗子 又，練魯，松陽人。隱居養親，日以鉛槧自娱，號倥侗子。

空谷老人 又，燕遺民，號空谷老人，武昌人。

滄浪生、梅花清夢 又，沈欽，自號滄浪生，又號梅花清夢。

擊壤生 又，沈雍，自號擊壤生。

蒙邱山人 又，李常，自號蒙邱山人。

芝山老樵 又，韓元璧，自號芝山老樵。

白鶴山人 又，虞本，自號白鶴山人。

種山樵者 又，唐元壽，號種山樵者。

玉笥老人　又，王禮，號玉笥老人。

惺惺道人　《歷代詩餘》：喬吉，太原人，有《惺惺道人樂府》一卷。

爛柯樵者　又，何可視，嘉興人。隱居不仕，自號爛柯樵者。

員嶠真逸　《圖繪寶鑑》：李倜，河東太原人，號員嶠真逸。

息齋道人　又，李衎，字仲賓，號息齋道人，薊丘人。

太初道人、靜華翁　又，趙淇，潭州人，號太初道人，又云靜華翁。

紫篔生　又，李升，號紫篔生，濠梁人。

自然老人　又，自然老人，姓劉氏，真平祈州人。

華陽生　《書史會要》：王翼，字元徽，號華陽生，金壇人。

紫芝山人　又，蔣惠，字季和，號紫芝山人，番陽人。

越臺洞主　又，葛萬慶，廬山人。居越中，號越臺洞主。

白雲漫士　又，陶煜，字明元，號白雲漫士。

介軒老人　又，陶復初，字明本，號介軒老人。

東吴野人　《書畫史》：趙衷，吴江人，號東吴野人。

狂狷生　又，陸厚，字景周，號狂狷生，工寫生花鳥。

安稚生　又，曹慶孫，號安稚生。

懶心齋　又，南宮文信，字子中，號懶心齋。
偃月齋　又，曾勉，號楂居，又號偃月齋，楂溪人。
坦坦道人　又，王堅，字學周，號坦坦道人，松江人。
紫微老人　《書畫譜》：史弼，字君佐，號紫微老人，博野人。
彭蠡釣徒　又，熊朋來，字與可。自號彭蠡釣徒，豫章人。
玉雪坡真逸　又，周伯琦，字伯温，號玉雪坡真逸，饒州人。
正齋恕叟　又，康里巎巎，字子山，號正齋恕叟。
清容野叟　《黄文獻公集》：吴福孫，杭州人，自號清容野叟。
樂善處士　《六研齋二筆》：顧信，字善夫，晚年號樂善處士。
石窗山樵　《清容居士集》：史文卿，字景賢，自號石窗山樵。
青陽先生　《青陽集》：余闕，廬州人。讀書青陽山，自號青陽先生。
黄鶴山樵　《玉山草堂雅集》：王蒙，字叔明，號黄鶴山樵，吴興人。
雲林生　陳善《杭州志》：崔彦輝，錢塘人，號雲林生。
危行翁　《懷麓堂集》：李祁，字一初，號希蘧，又號危行翁，茶陵人。
絲桐老人　《匏菴家藏集》：盧彦昭，海虞人，自號絲桐老人。
城南逸民　《吴中人物志》：王璪，吴縣人。隱居不仕，自號城南逸民。

中陽老人　鄧韍《常熟志》：王珪，字君璋，號中陽老人。

慎獨癡叟　鄭元祐《僑吴集》：陳植，字叔方，號慎獨癡叟。

藤溪釣叟　李祁《雲陽集》：金汝霖，新安人，自號藤溪釣叟。

醉墨生　《梧溪集》：徐貽，號醉墨生。

有髮僧　又，鄉人丁祐，妻喪不再娶，號有髮僧。

不貳心老人　《姓譜》：龍雲從，字子高。元亡不仕，號不貳心老人。

東皋老人　《一統志》：陳櫟，徽州休甯人，晚年自號東皋老人。

黟南生　又，程文，字以文，徽州人，自號黟南生。

采芝生　賴良《大雅集》：曹焕章，號采芝生，雲間人。

坦坦翁　《明史》：劉三吾，茶陵人。爲人慷慨，不設城府，自號坦坦翁。

爲民御史　又，胡涍，無錫人。嘉靖末擢御史，神宗初，以上疏斥爲民。涍既被斥，自號爲民御史。

枝指生　又，祝允明，生而枝指，故自號枝山，又號枝指生。

大隱山人　又，朱載埈，著《大隱山人集》。

漳南布衣　又，陳真晟，漳州鎮海衛人，號漳南布衣。

白陽山人　又，陳道復，自號白陽山人。

竹溪逸民 又，陳洄，義烏人，自號竹溪逸民。

太白山人 又，孫一元，字太初，自稱秦人，號太白山人。

九龍山人 又，王紱，無錫人。工山水竹石，自號九龍山人。

崐崘山人 又，張詩，自號崐崘山人。

寒溪子 又，方太古，隱金華解石山，自號寒溪子。

五宜居士 又，高明，清介絶俗，不樂仕進。常言：『孔戣三宜去，司空圖三宜休。吾無才一宜去，有病二宜去，親老無兄弟三宜去，以治盜宜再起，賊平宜再去。』因自號五宜居士。

滄江散人 又，徐舫，築室江皋，翛然若與世隔，因自號滄江散人。

金粟道人 又，顧德輝，崑山人，自號金粟道人。

無住髮僧 《列朝詩集》：張韶，吴縣人。一生恒游僧舍，號無住髮僧。

山狂生 又，杜大成，自號山狂生。

白玉壺 又，吴植，字子立，别自號白玉壺，善學書。

瞎牛 又，偶桓，字武孟。眇一目，每自題『瞎牛偶桓』。谷楷性嚴，號瞎虎，故以自號。

華蓋山樵 又，饒介，臨川人，自號華蓋山樵，亦曰醉翁。

赤松山農 又，金琮，金陵人。嘗游浙之赤松山，愛其佳，因自號赤松山農。

青石山人 又，沈仕，字子登，自號青石山人。

淡雲野人 又，吴容，華亭人，號淡雲野人。

浮游生 又，袁舉，江陰人，號浮游生。

青丘子 又，高啟，長洲人。至正間隱吴淞江之青丘，自號青丘子。

翠屏山人 又，張以甯，先世固始人。宋南渡，徙閩之古田，家翠屏山下，因號翠屏山人。

嫣蝂子 又，王彝，其先蜀人。父官崑山教授，遂遷嘉定，自號嫣蝂子。

耐久道人 又，陶凱，天台人。洪武間以参政致仕，自稱耐久道人。上曰：『何自賤也？』尋竟坐罪。

東家子 又，孫作，江陰人。著書十二篇，號東家子。

觀樂生 又，許繼，甯海人，自號觀樂生。或傳其《觀樂》十詩，金華太史歎賞，以爲不媿古人。

斗南老人 又，胡奎，海甯人。嘗泊舟望湖亭，和壁上東坡詩。忽見一叟來誦其詩，曰：『子非斗南老人耶？』乃爲長揖，舉首不知所之，因以斗南老人自號。

畊漁子 又，徐達左，吴縣人。隱居光福山中，自號畊漁子。

瓢所道人 又，林敏，號瓢所道人。

皆山樵者 又，王恭，閩縣人。少游江湖間，中年葛衣草履，歸隱於七巖之山，自稱皆山樵者。

盤谷釣叟 又，李楨，廬陵人。父伯葵，號盤谷釣叟，有詩名。

鹿冠老人 又，杜瓊，吴縣人，自號鹿冠老人。

寶幢居士 又，顧源，字清甫，號寶幢居士，金陵人。

東家生 又，陳蒙，常熟人，自號東家生。

坦上翁 又，劉麟，安仁人，晚自稱坦上翁。

霞居子、髽仙子、石門子、髯仙 又，高瀔，侯官人。不樂進士業，結霞上之居，自號霞居子。家貧嗜酒，醉即散髮、赤腳，又號髽仙子。◎《名山藏》：高瀔，字宗吕，號石門子，又號霞居子，又自號髯仙。

半窗山人 《列朝詩集》：雷鯉，建安人，號半窗山人，與沈石田同時。

一壺生 又，方太古，蘭溪人。正德初，隱於玄英先生之白雲源。會乘輿南狩，江楚騷動，慨然曰：『此一壺千金之日也！吾其爲不才之瓠乎？』自號一壺生，作《一壺生傳》。

蘿石翁 又，董穀，海鹽人。父雲，自號蘿石翁，以能詩聞江湖間。

玉壺執蓋郎 又，郭第，長洲人。隱於焦山，有向平五岳之願，自號五湖，圖其石曰玉壺執蓋郎。

樵城子 又，方登，建業人。愛冶城林木幽邃，即其麓家焉，自號樵城子。

秦餘山人、漳餘子 又，岳岱，字東伯。先世以軍功隸蘇州衛，岱自稱秦餘山人。又以系出相臺，號漳餘子。

盤石山樵 又，朱承爵，江陰人，自署盤石山樵。

天台石室道人 又，陳公綸，臨海人，自稱天台石室道人。

十岳山人 又，王寅，字仲房，歙縣人。中年習禪，事古峰禪師。峰曰：『吾遍游海内五岳者三，今將遍歷海外五岳而後出世。』仲房聞而悦之，因自號十岳山人。

鷲池生 又，宋登春，趙郡新河人。晚居江陵天鷲池，更號鷲池生。

東郭子 又，蔡宗堯，臨海人，自號東郭子。

古直老人 又，王佐，自號古直老人，黄巖人。

固窮居士 又，固窮居士，佚其姓氏。

丹丘先生 《歷代詩餘》：姚綬，嘉善人。作室曰『丹丘』，自稱丹丘先生。

谷陽生 《書畫譜》陳璧，華亭人，號谷陽生。

端白居士 又，張宸，嘉定人，號若愚，又號端白居士。

朱陳村民、**紫陽山樵** 又，朱同，字大同，號朱陳村民，又號紫陽山樵。

白石翁 又，沈周，字啟南，號白石翁。

大復山人 又，何景明，字仲默，號大復山人。

羅浮山人 又，梁孜，字思伯，别號羅浮山人。

六岳山人 又，程福生，江西玉山人，號六岳山人。

寓庸居士 《書史會要》：黄汝亨，字貞父，號寓庸居士，武林人。

金沙居士 又，傅光宅，字伯俊，别號金沙居士，聊城人。

西淙山人 又，洪珠，字玉方，號西淙山人。

牧羊子 又，何博，字宗文，別號牧羊子，金華人。

天台山人 《畫史會要》：何適，字天遊，亦號天台山人。

癡癡道人 又，史忠，號癡翁。本姓徐，名端本，又號癡癡道人，金陵人。

曲江道人 又，譚翀，字子羽，號曲江道人，嘉靖時人。

南崖子 又，高松，字守之，號南崖子，文安人。

九龍山樵隱叟 又，朱邦，字正之，別號九龍山樵隱叟。

白岳山人 又，侯景鳳，字東圖，號白岳山人，休甯人。

雲巢老人 又，張德輝，號雲巢老人，居慈谿大寶山麓。

味菜居士 又，沈誠，字文實，別號味菜居士，金陵人。

如隱居士 又，陳録，字憲章，以字行，號如隱居士。

兩山居士 《圖繪寶鑑》：毛良，號兩山居士，北平人。

玉泉山人 又，戴進，字文進，號玉泉山人，錢塘人。

萬竹山人 又，柳楷，號萬竹山人，永嘉人。

雲湖仙人 又，陶成，字孟學，號雲湖仙人，寶應人。

玉華外史 又，朱應祥，號玉華外史，松江人。

樫居古狂、青霞亭長 又《續纂》：杜堇，字懼男。有樫居古狂、青霞亭長之號，丹徒人。

太瘦生、朽木居士 又，金湜，字本清，號太瘦生，又號朽木居士，四明人。

種菊道人 《書畫史》：高鑑，字孔明，閩縣人，自稱種菊道人。

江村居士 又，陳公輔，號江村居士，吴江人。

琴樂子 《閩畫記》：林銘，長樂人，號琴樂子。

采芹子 又，高淮，字秦仲，號采芹子，長樂人。

洞陽山人 又，林宏顯，號洞陽山人，長樂人，工畫梅石。

佩蘭子 又，袁達，字德修，號佩蘭子，閩縣人。

魯山子 又，宗周，字思兼，號魯山子，閩縣人。

干東子 《雲間志略》：奚昊，字時亨，别號干東子，華亭人。

晚宜居士 又，曹時中，初名節，以字行，號定莽，又號晚宜居士，華亭人。

西園野夫 又，王一鵬，字九萬，號西園野夫，華亭人。

了予居士 又，康時萬，號郎山，更號了予居士。

鐵冠道人 張時徹《甯波志》：詹僖，字仲和，號鐵冠道人，鄞人。

香雪坡老人 又，王毓，字用賢，鄞人。嘗慕宋廣平、林和靖之爲人，植梅庭下，因寄之模寫，自號香雪坡老人。

一瓢齋 《黔記》：王蕃，思南人，自號一瓢齋。

七休居士 《松江志》：董宜陽，字子元，號七休居士，上海人。

東海翁 又，張弼，華亭人，晚號東海翁。

拙菴居士 《蘇州志》：朱祺，號拙菴居士。

九峻山人 又，顧聞，吴縣人，號九峻山人。

梅花主人 又，陸復，吴江人。善畫梅，自號梅花主人。

七芝居士 又，劉稃孫，字復孺，號七芝居士。

天池生 《山陰志》：徐渭，號天池生。

問心道人 又，劉應龍，字明吾，别號問心道人。

丹霞仙客 栗祁《湖州志》：章横塘，號丹霞仙客。

淡如居士 《吴中人物志》：王行，避迹吴山之石湖，稱淡如居士。

左瞽 孫鑛《紹興志》：張員，字壹民。善草書，左目無瞳子，自稱左瞽。

銀塘生 《紹興志》：楊彝，餘姚人，别號銀塘生。

吴門埜樵 《崑山人物傳》：史謹，字公謹。僑居金陵，自號吴門埜樵。

東海生 秦夔《無錫志》：浦源，字長源，號東海生。

聽松老人 《常州志》：過儀，字廷章，號聽松老人，無錫人。

蘭庭生、深翠道人、葵邱翁　《吴縣志》：謝晉，字孔昭，别號蘭庭生，亦稱深翠道人，晚自稱葵邱翁。

謝湖居士　《吴縣志》：袁裴，吴縣人。晚耕謝湖，號謝湖居士。

竹鶴老人　《江陰志》：何澄，字彦澤，號竹鶴老人。

玄谷道人　楊德政《建陽縣志》：王佑，善墨竹，别號玄谷道人。

東湖居士　《常熟志》：錢仁夫，號東湖居士。

樂壽山人　《閩書》：鍾誌，閩縣人，自號樂壽山人。

古栟子　又，李宗謨，號小樵，又號古栟子，永安人。

逋道人　《徽州志》：吴拭，字去塵，别號逋道人，休甯人。

雪蓑道人　《山東通志》：蘇洲，號雪蓑道人，杞縣人。

天慵子　王應麟《鎮江志》：唐成，字惟敬，號天慵子。

琴清道人　又，李熹，字景豫，號琴清道人。

古鐵生　《海鹽圖經》：王儀，字汝儀，自稱古鐵生。

梅癡道人　《嘉興縣志》：周履靖，自號梅癡道人。

清樾逸叟　《浦江人物補遺》：張應唯，浦江人。善二王體，喜爲人書世外事，自署爲清樾逸叟而不名。

石泉翁 李蕙《太平府志》：李汶，字宗茂。晚年歸隱，扁所居曰『兼山艮所』，號石泉翁。

雲松巢 吴敬《萬載縣志》：胡泰，字志同，號雲松巢。

萬松老人 《貴州通志》：楊彝，餘姚人，自號萬松老人。

九芝山人 《括蒼志》：包公慶，號九芝山人，松陽人。

佩觽子 陳暹《海鹽縣志》：莫藏，字用行，初號佩觽子，後更號素軒。

求己生 錢肅樂《太倉州志》：張汝昌，正德辛酉舉人。能詩，書法倣宋克，號求己生。

賁雪道人 張絳《臨安府志》：淩廣，建水州人，號賁雪道人。

遲宜子 《江甯志》：陳鋼，字堅遠，號遲宜子，鄞人。

南宫生 高啟《南宫生傳》：宋克，字仲温，吴人。素工草、隸，患求者衆，遂自閟希。家南宫里，故自號南宫生。

丹崖居士 《蘇平仲集》：唐肅，字處敬，自號丹崖居士，山陰人。

雲門山樵、雲門遺老 《静志居詩話》：張紳，自稱雲門山樵，亦稱雲門遺老。

澹然居士、休樂老人 《列卿紀》：陳敬宗，慈谿人，永樂甲申進士，别號澹然居士，又號休樂老人。

坦然居士、八一道人 《匏翁家藏集》：任道遜，瑞安人，自號坦然居士，又號八一道人。

卑牧子 又，秦霖，字潤孚，號卑牧子，無錫人。

東山居士 《開國臣傳》：沐琮，字廷芳，號益菴，又號東山居士。

定山居士 湛若水《甘泉文集》：莊昶，號木齋，又號定山居士，江浦人。

鶴溪道人 《思玄集·小傳》：桑悦，字民懌，別號鶴溪道人。

嬾和尚 鄒迪《吴山人墓志》：吴孺子，字少君。別號玄鐵，又號嬾和尚，金華人。

同漁子 陳與郊《隅園集》：沈一鳴，字平叔，號同漁子，海甯人。

墨林居士 《容臺集》：項元汴，字子京，號墨林居士，檇李人。

硯亭居士 陳繼儒《晚香亭集》：安紹芳，字茂卿，自號硯亭居士，無錫人。

鹿野翁 歸有光《震川集》：李元壽，號鹿野翁，崑山人。

茶香居士 《延陵族譜》：吴奕，字嗣業，號茶香居士。

雙湖居士 《甫田集》：文奎，字徵靜。徵明兄，以字行。有田在陽城、沙湖之間，因號雙湖居士。

雅宜山人 《甫田集》：王寵，字履仁，別號雅宜山人。

野全子 《息園存稿》：謝承舉，十舉不第，退耕國門之南，自號野全子。

大石山人 《瞿文懿公集》：顧元慶，長洲人。故居埭川，後徙通安里，規大石塢爲壽藏，因自號大石山人。

紫微居士 陳有年《忠介公集》：陳塏，字山甫，稱紫微居士。

雲萊子《徐文長集》：蕭翊，字汝臣，號雲萊子。

牆東生《弇州續稿》：王世懋，字敬美，别號損齋，或曰牆東生。

半禪野叟《歸田園詩集·小傳》：王心一，别號玄珠，又號半禪野叟。

丹壺居士卞洪勳《漱石居集》：林鳳華，號丹壺居士，平湖人。

玉岑山人《賜閒堂集》：沈庭訓，别號玉岑山人，長洲人。

四明居士《游鶴堂墨藪》：周之士，號四明居士，齊興人。

琴臺子《朱良叔猶及編》：楊學詩，號琴臺子。

玉華山樵、**大呆子**《七修類稿》：玉華山樵，或自稱大呆子，永樂初，寓金華東陽縣東山。

友松處士姚夔《文敏公遺稿》：友松處士，姓申屠氏，佚其名。

壺隱老人《紫桃軒雜綴》：昊十九者，浮梁人，自號壺隱老人。

杞菊老人《紫桃軒又綴》：盛德潛，號杞菊老人。

髯翁《名山藏》：徐霖，字子仁，南京人。武宗南巡，召見行宫，兩幸其宅。子仁故長髯，武宗手剪之，以爲拂子，因自號髯翁。

貧子《滄江野史》：朱公裳，少勵清節，自號貧子。

青城山人《詹氏小辨》：王璲，字汝玉，以字行，號青城山人。

南禺外史又，豐坊，字人叔，號南禺外史，鄞人。

六松山人 又，吴錦，字有中，休甯人，號六松山人。

雪坡道人、雪廬中人 《大泌山人集》：顧翰，字維周，號雪坡道人，夏國公成曾孫也。嘗作戲墨十七幅，或曰雪坡道人，或曰雪廬中人，或曰雪，不署姓名。

來相如、澹游子 又，朱多炡，字貞吉，弋陽僖順王曾孫。好遊，自詭曰來相如，曰澹游子。問俗弔古，有慨於中，或歌或泣，人莫測其故。

寄寄 羅欽順《整菴存稿》：李穆，字元載，吉之太和人。官南樂訓導，罷閒後踪跡多在荆楚間，因以寄寄爲號。

蠙衣生 《四庫全書提要·易部》：明郭子章，字相奎，自號蠙衣生。

秫子監學正 《湧幢小品》：酒中之趣，高人輒逃以自名，曰酒聖、酒仙、醉鄉侯，尚矣。唐汝陽王璡自稱釀王，兼麯部尚書，甚佳。近日廢遼府載陽王孫豪俊能詩，自稱麯部尚書，因以名集，尤佳。余量僅中下，而嗜甚，妄得此名。今年老，減且十七八，詩不能工，頗好典籍，又遁居農莊，稱曰『秫子監學正』，可乎？

敕賜天下老神仙 《日下舊聞》：孝宗嘗至仁智殿觀鍾欽禮作畫，其皴劈飛動，忽捋其鬚，大呼曰：『天下老神仙。』鍾遂以『敕賜天下老神仙』七字刻石私印。

錦衣西席 《野獲編》：英宗朝，錦衣帥門達之塾師名桂廷珪者，刻一牙印曰『錦衣西席』。又洗馬江朝宗之壻曰甘崇者，刻印曰『翰林東床』，當時以爲笑柄。

翰林東牀 見上。

金貂貴客 又，内臣陳蕪，宣宗時，賜姓名曰王瑾，字之曰德潤，範金印曰『金貂貴客』。

白眉中使 又，内臣陳矩，安肅人。其印章曰『白眉中使』，似亦不甘與儕輩爲伍者。

異號類編卷十四

帝王類僭竊附

陳聖劉太平皇帝　《漢書·哀帝本紀》：以建平二年爲太初元將元年，號曰陳聖劉太平皇帝。

無上將軍　《後漢書·靈帝本紀》：帝自稱無上將軍。

李將軍　《南史》：宋後廢帝陳太妃，建康屠家女也。妃有寵，一年衰歇，以賜李道兒。尋又迎還，生廢帝。先是，人間言明帝不男，故皆呼廢帝爲李氏子。廢帝後每微行，自稱李將軍，或自謂李統。

羯磨　《湧幢小品》：梁武帝，法名曰羯磨。

鄉貢進士　《天中記》：唐宣宗酷愛進士及第。每對朝臣問及第，苟有科名對者，必大喜。便問所試詩賦題目，並主司姓名。或有人物稍好者，偶不中第，歎惜移時。常於内自題『鄉貢進士李道龍』。

擊毬狀元　《通鑑》：唐僖宗好蹴鞠、鬬雞，尤善擊毬。嘗謂優人石野豬曰：『朕若應擊毬進士舉，須爲狀元。』對曰：『若遇堯、舜作禮部侍郎，恐陛下不免駁放。』上笑而已。

李天下　《五代史·伶官傳》：莊宗好俳優，别爲優名以自目，曰李天下。

兒皇帝　《通鑑》：晉主事契丹甚謹，奉表稱臣，謂契丹主爲父皇帝。其後契丹屢止晉主上表稱臣，但令爲書稱兒皇帝，如家人禮。

鍾山隱居　米元章《畫史》：李後主，號鍾山隱居。

蕭閒大夫　《十國春秋》：南漢後主，自稱蕭閒大夫。

鐵衣士　《鐵圍山叢談》：太祖皇帝天翰一軸，跋云『鐵衣士書』，似仄微時游戲翰墨也。

教主道君皇帝　《宋史·徽宗本紀》：政和六年，帝諷道籙院上章，册己爲教主道君皇帝，止於教門章疏内用。

威武大將軍　《綱目三編》：正德十二年，帝自稱總督軍務、威武大將軍。

大慶法王　《明史·李中傳》：武宗自稱大慶法王。

錦堂老人　《野獲編》：武宗自號錦堂老人。

天河釣叟　《野獲編》：世宗自號天河釣叟，命群臣賦詩，李文定公詩獨爲稱首。

釀王、麯部尚書　《雲仙散録》：唐汝陽王璡自稱釀王，兼麯部尚書。

髭王　《左傳》：秦人降妖，曰：『周其有髭王』，至於靈王，生而有髭。

憒王　《南史·蕭琛傳》：琛爲吴興太守，郡有項羽廟，土人名爲憒王，甚有靈驗。

銅馬帝　《後漢書·本紀》：光武擊銅馬於鄡，悉破降之，衆遂數十萬，故關西號光武爲銅馬帝。

史侯、董侯　《後漢書·皇后紀》：何皇后生皇子辯，養於史道人家，號曰史侯。時王美人生皇子協，后遂鴆殺美人。董太后自養協，號曰董侯。

紫髯將軍　《獻帝春秋》：張遼問吴降人：『向有紫髯將軍，長上短下，便馬善射，是誰？』曰：『是孫會稽。』

碧眼小兒　《三國志》：孫權生而眼碧，號碧眼小兒。

埽國真人　《清異録》：隋裴寂待選京都，一日郊飲，遇老人畫地上沙土曰『埽國真人太宗』，又曰『玉環天子玄宗』『丹邱上聖憲宗』。告寂曰：『三百年中，最雄者，此三人耳。』

玉環天子、丹邱上聖　見上。

髭聖　《清異録》：唐太宗虬須壯冠，人號髭聖。

虬髯帝　劉克莊《跋蔡端明茶録》：虬髯帝絶重鍾、王筆迹，貯以玉匣石函入陵中。後爲温韜所發，諸帖遂傳人間。◎虬髯帝，謂唐太宗也。

天可汗　《唐書·本紀》：貞觀四年，西北君長請上號天可汗。

儋耳龍　《李鄴侯家傳》：明皇幸蜀，德宗年十五。有父老曰：『有儋耳龍在，甯縮縮畏賊耶？』

小太宗《通鑑》：唐宣宗性明察沈斷，用法無私，從諫如流，重惜官賞，恭謹節儉，惠愛民物。故大中之政，訖於唐亡。人思詠之，謂之小太宗。

老博士《大中遺事》：宣宗耽味經史，夜觀書不休，宮中目上爲老博士。

香孩兒《孔氏談苑》：藝祖載誕，營中三日香。至今洛中人呼應天禪院爲香孩兒營。

赤腳仙人《宋史》〔一〕：仁宗母李宸妃夢一羽衣之士，跣足從空而下，云：『來爲汝子。』故仁宗幼年，每穿履韈，即亟令脱去，皆呼赤腳仙人。

校按：

【一】今本《宋史》無此記載。此條見宋王明清《揮麈後録》卷一。

長生帝君《碧湖雜志》：林靈素以左道得幸，謂上爲長生帝君，妃爲九華玉真安妃。

烏太保《宋季三朝政要》：理宗資貌龐厚，號爲烏太保。

文章天子《湛淵靜語》：理宗聖德天縱，問學日新。潛龍越邸日，嘗從多士賓興，較藝文場。及即位，中外稱爲文章天子。

小堯舜《續通鑑》：世宗在金諸帝中最爲賢主，國人號稱小堯舜

活羅　《金史·本紀》：活羅，漢語慈烏也。北方有之，善啄物。景祖嗜酒好色，飲啗過人，時人呼曰活羅。

解事天子　《唐書》：梁師都，始畢可汗遺以狼頭纛，號大度毗伽可汗、解事天子。

飛虎子、獨眼龍　《北夢瑣言》：李克用嘗隨獻祖征龐勛，軍陣出没如神，號爲飛虎子。眇一目，時號獨眼龍。

李鵶兒　《五代史記》：李克用少驍勇，軍中號曰李鵶兒。

亞子　《北夢瑣言》：後唐莊宗年十一，從晉王討王行瑜。初令入覲獻捷，昭宗一見，駭異之，曰：『此子可亞其父。』時人號曰亞子。

李横衝　《五代史·唐明宗紀》：太祖以嗣源所將騎五百號『横衝都』，由是李横衝名重四方。

政事僕射　《十國春秋》：南唐烈祖武義元年拜左僕射，參知政事，國人謂之政事僕射。

不睡龍　《吴越備史》：錢鏐作警枕，號不睡龍。◎《九國志》：晉天福中，契丹使至，朝廷以近侍李泳爲監伴使。有判官幽薊人謂泳曰：『吴越嘗不睡乎？』詰其故，答曰：『嘗聞五台山王子大師云：「浙中不睡龍，今已歸矣。」』

海龍君　《宣和書譜》：錢鏐削平江浙，獨有方面。浙人俚語目之曰海龍君，言富盛若彼也。

白馬三郎　《五代史·閩世家》：王審知爲人狀貌雄偉，常乘白馬，軍中號白馬三郎。

劉氏祭酒　《漢書·伍被傳》：吴王賜號爲劉氏祭酒。

西方公 《南史·宋廬江王禕傳》：明帝與建安王休仁詔曰：『人既不比數西方公，汝便爲諸王之長。』時禕住西，故謂之西方公。

五秀才 《宋史·宗室傳》：德文，字子砙。真宗以其刻勵如諸生，嘗呼之曰『五秀才』，宮中由是悉稱之。德文本廷美第八子，其兄三人早卒，故德文於次爲五也。

二十八太保 《宋史·宗室傳》：周恭肅王元儼，少奇穎，太宗特愛之，不欲早出宮，期以年二十始就封。故宮中稱爲二十八太保，蓋元儼於兄弟中行第八也。

蜀秀才 《明史》：蜀獻王椿，太祖第十一子。博綜典籍，容止都雅，帝呼爲蜀秀才。

推移大犧 《吕氏春秋·簡選篇》：殷湯以戊子戰於郕，遂禽推移大犧。高誘註：桀多力，能推移大犧，因以爲號。

祖龍 《史記·秦本紀》：三十六年秋，使者夜過華陰平舒道。有人持璧遮使者曰：『明年祖龍死。』祖龍，謂始皇，爲明年崩沙邱之兆。

茂陵秋風客 李賀詩：茂陵劉郎秋風客。蘇軾詩：茂陵秋風客，勸爾一杯酒。

張公子 《漢書·外戚傳》：先是，有童謡曰：『燕燕尾涎涎，張公子，時相見。』成帝每微行出，常與張放俱，而稱富平侯家，故曰張公子。

大耳兒 《後漢書》：吕布目劉備曰：『大耳兒最叵信！』註：備顧自見其耳。

賣履舍兒 魚豢《魏略》：太祖在漢中，劉備棲於山頭，使劉封下挑戰。太祖駡曰：『賣履舍兒，長使假子拒汝公乎？』

白版天子　《野獲編》：漢元后之擲璽也，已目爲亡國不祥之物矣。逮後没於劉石，北人珍之，至稱東晉諸帝爲白版天子。

黄鬚鮮卑奴　《晉書·本紀》：王敦舉兵内向，帝微行，察敦營壘。敦正晝寢，夢日環其城，驚起曰：『此必黄鬚鮮卑奴來也。』帝母荀氏，燕代人。帝狀類外氏，鬚黄，敦故謂帝云。

齇奴　《南史·宋本紀》：前廢帝以在東宫，不爲孝武所愛，乃縱糞於陵，肆罵孝武帝爲齇奴。

贗天子　《南史·恩倖傳》：道路之言，謂戴法興爲真天子，帝爲贗天子。◎按，帝，宋明帝也。

無愁天子　《北齊書·幼主本紀》：盛爲無愁之曲，帝自彈胡琵琶而唱之，侍和之者以百數，人間謂之無愁天子。

狗腳朕　《北史·東魏本紀》：高澄嘗侍帝飲，大舉觴曰：『臣澄勸陛下。』帝不悦曰：『自古無不亡之國，朕亦何用此活。』澄怒曰：『朕、朕，狗腳朕。』

黄頷小兒　《北史·崔㥄傳》：神武葬後，㥄又竊言：『黄頷小兒堪當重任不？』崔暹外兄李慎以告暹。暹啟文襄，絶㥄朝謁。㥄要拜道左，文襄發怒曰：『黄頷兒何足拜也！』

和事天子　《唐書·宗楚客傳》：楚客與紀處訥爲黨，監察御史崔琬廷奏：『楚客與處訥專威福，有無君心，並請收付獄，三司推鞫。』故事，大臣爲御史對仗彈劾，必趨出朝堂待罪。楚客乃厲色大言：『性忠鯁，爲琬誣詆。』中宗不能窮也，詔琬與楚客、處訥約兄弟，兩拜之。故世謂帝爲和事天子。

快活三郎 《鶴林玉露》：魏鶴山《天寶遺事詩》云：『紅錦綳盛河北賊，紫金盞酌壽王妃。弄成晚歲郎當曲，正是三郎快活時。』俗所謂快活三郎，即明皇也。

門生天子 《通鑑》：乾甯元年八月，楊復恭等伏誅。李茂貞獻楊復恭與楊守亮書，訴致仕之由云：『承天門乃隋家舊業，大姪但積粟訓兵，勿貢獻。吾於荆榛中立壽王，纔得尊位。廢定策國老，有如此負心門生天子！』

郭雀兒 《五代史》：周太祖少賤，黥其頸上爲飛雀，世謂之郭雀兒。

容易郎君 《清異録》：晉少主志於富貴，纔進姓名，即問幾錢。拜官賜職，出於談笑，幸臣私號容易郎君。

魯般天子 《庚申外史》：帝嘗爲近侍建宅，自畫屋樣。又自削木構宫，高尺餘，棟梁楹榱，宛轉皆具，付匠者按此式爲之。京師遂稱魯般天子。

庚申帝 《閒中今古録》：元延祐七年庚申，而至正帝生。帝乃宋少帝趙顯子，明兵入燕都，遁去，當時人只呼庚申帝。

半邊月兒 《堅瓠集》：建文帝初生，頂顱頗偏。高皇視之，心甚不悦，嘗撫而名之曰『半邊月兒』。

羲皇上人　《明史·周延儒傳》：温體仁嗾給事中陳贊化劾延儒：『昵武弁李元功等，招摇罔利。至目陛下爲羲皇上人，語誖逆。』帝怒，下元功獄。

胡蝗　《晉書·愍帝紀》：建興五年，司、冀、青、雍等四州蝨蝗，石勒亦競取百姓禾，時人謂之胡蝗。

賊王八　《十國春秋》：王建少年無賴，以屠牛、盜驢、販私鹽爲事，里人謂之賊王八。

五縣天子　《南部新書》：王延彬獨據建州，稱僞號。一旦大設，爲伶官作戲辭云：『只聞有泗州和尚，不聞有五縣天子。』

睡王　《契丹國志》：穆宗少好遊獵，不親國事。每夜酣飲，達旦乃寢，日中方起，國人謂之睡王。

明瞎子　《平夏録》：蜀有明氏諱玉珍，隨州玉沙村人也。壽輝僭大號，俾鎮沔陽，與元將哈麻秃連戰湖中。飛矢中其右目，人呼爲明瞎子。

豬王　《南史·諸王列傳》：宋建安王休仁及明帝、山陽王休祐形體並肥壯，帝乃以籠盛稱之。以明帝尤肥，號爲豬王。號休仁爲殺王，休祐爲賊王。東海王禕凡劣，號之驢王。◎《北史·魏宗室傳》：元坦傲很凶麤，從叔安豐王延明每切責之曰：『宋有東海王禕，志性凡劣，時人號曰驢王。我熟觀汝，所作亦恐不免驢號。』當時聞者號曰驢王。

殺王、賊王、驢王　見上。

異號類編卷十五

宫闈類娼妓附

拳夫人 《漢書》：孝武鉤弋趙倢伃，昭帝母也。兩手皆拳，上自披之，手即時伸。由是得幸，號曰拳夫人。

諸生 《後漢書》：鄧后六歲能《史書〔一〕》，十二通《詩》《論語》，家人號曰諸生。

校按：

【一】『史書』，原誤作『書史』，據《後漢書》卷十改。

女中王 《三國志》：魏文帝郭后，少而父奇之曰：『此吾女中王也。』遂以『女王』爲字。

練行尼　《北史》：魏孝文廢皇后馮氏，貞謹有節操，遂號練行尼。

女中堯舜　《通鑑》：宋高太后臨朝九年，朝政清明，華夏綏定。力行故事，抑絶外家私恩，人以爲女中堯舜。

女諸生　《明史》：成祖後徐氏，中山王達長女也。幼貞靜，好讀書，稱女諸生。

飛燕　《飛燕外傳》：江都王孫女姑蘇主，嫁江都中尉趙曼。曼幸馮萬金，萬金得通趙主。主有娠，稱疾居王宫。一産二女，歸之萬金。長曰宜主，次曰合德，然皆冒趙姓。宜主幼聰悟，舉止翩然，人謂之飛燕。

温柔鄉　《飛燕外傳》：妹合德亦絶色，召入宫，帝愛之，謂爲温柔鄉。曰：『吾老於是鄉足矣，不能效武帝求白雲鄉也。』

鍼神　《拾遺記》：魏文帝宫人薛夜來，妙於鍼工，宫人號爲鍼神。

黑崐崘　《晉書》：文帝無子，令善相者遍閱宫人有福相者。時李后在織房中，形長而黑，時號黑崐崘。相者指之曰：『此其人也。』因命之侍寢，遂生孝武帝。

著脚御覽　《吴地記》：顧野王事陳武帝，爲門下侍郎。博綜群書，撰《御覽》三百六十卷。宫人各念一卷，常隨駕行，内人謂之著脚御覽。

張嫦娥　《南部煙花記》：陳後主爲張麗華造桂宫於光昭殿，後謂之月宫。帝每入宴，呼麗華爲張嫦娥。

女相如　《南部烟花記》：煬帝以合歡水果賜吴絳仙，絳仙以紅牋進詩謝。帝曰：『絳仙才調，女相如也。』

崆峒夫人　《大業拾遺記》：絳仙善畫長蛾眉，帝擢爲龍舟首檝，號崆峒夫人。

司花女　《隋遺録》：煬帝幸江都，洛陽人獻合蒂迎輦花，帝令御車女袁寶兒持之，號司花女。

肉身水仙　《談薈》：袁寶兒每夜採水仙一斛，覆裙襦其上，詰朝服以見帝，帝謂之肉身水仙。

來夢兒　《南部烟花記》：隋煬帝侍兒韓俊娥，帝嘗就枕，令韓摇動，振聳支節，乃得甘寢，因呼爲來夢兒。

武媚　《唐書·武后傳》：太宗聞士彠女美，召爲才人，賜號武媚。

鬼婆　《諢名録》：鬼婆，唐武后也。

阿母子　《唐書·魏元忠傳》：安樂公主求爲皇太女，帝以問元忠，元忠曰：『公主而爲皇太女，駙馬當何名？』主恚曰：『山東木彊安知禮？阿母子尚爲天子，我何嫌？』宫中謂武后爲阿母子，故主稱之。

小武妃　《唐書》：涼王璿母，高平王廷規之女，宫中號小武妃者。

解語花　《開天遺事》：太液池千葉白蓮開，帝與貴妃宴賞。指妃謂左右曰：『何如此解語花耶？』

梅精　《梅妃傳》：妃江氏，名采蘋。性喜梅，上以其所好，戲名曰梅妃。一日與妃鬭茶，顧謂諸王曰：『此梅精也。』

記曲娘　《樂府雜録》：張紅紅唱歌乞於市，韋青納爲姬，敬宗召入宫，號記曲娘。

花見羞　《太平廣記》：後唐明宗淑妃王氏美色，號花見羞。

夾寨夫人　《五代史》：莊宗攻梁軍於夾城，得符道昭妻侯氏，寵專諸宫，宫人謂之夾寨夫人。

賢德夫人　《吴越備史》：忠懿王妃孫氏入覲，賜號賢德夫人。

花蕋夫人　《十國春秋》：前蜀翊聖皇太妃徐氏，耕次女也。高祖時進位淑妃，宫中稱爲花蕋夫人，亦曰小徐妃。◎又，後蜀慧妃徐氏，有才色，後主嬖之，别號花蕋夫人。仿王建作《宫詞》百首。

蘇大家　《賓退録》：南漢劉龑才人蘇氏，通經史，宫中呼爲蘇大家。

媚豬　《清異録》：劉鋹得波斯女，黑腯而慧艷，善淫，曲盡其妙。鋹嬖之，賜號媚豬。

九華玉真安妃　《宋史·后妃傳》：安妃劉氏者，本酒家𡖖女。林靈素以技進，目爲九華玉真安妃，肖其像於神霄帝君之左。

賽桃夫人　《元氏掖庭記》：每遇上巳日，令諸嬪妃祓於内園迎祥亭漾碧池上。唯淑妃戈小娥體白而紅，著水如桃花含露，帝曰：『此夭桃女也。』因呼爲賽桃夫人。

母師　《海録碎事》：魯九子之寡母，穆公賜號母師。

萬石嚴嫗　《漢書·嚴延年傳》：延年兄弟五人，皆至大官。號曰萬石嚴嫗。

黄牛媪《漢書·外戚傳》：宣帝求得外祖母王媪，隨使者詣闕，時乘黄牛車，故百姓謂之黄牛媪。

義成夫人《後漢書·崔駰傳》：篆母師氏能通經學、百家之言，莽寵以殊禮，賜號義成夫人。◎按，篆，駰祖也。

行義桓嫠《後漢書·列女傳》：桓鸞女，劉長卿妻，號曰行義桓嫠。【一】

校按：

【一】此條中『行義』原誤作『仁義』。據《後漢書》卷八十四改。

曹大家《後漢書·列女傳》：曹世叔妻，班彪女也，名昭。博學高才，世叔早卒，有節行法度。兄固著《漢書》未竟而卒，和帝詔昭就東觀藏書閣踵成之。數召入宫中，令皇后諸貴人師事焉，號曰大家。

禮宗《後漢書·列女傳》：皇甫規繼妻，不知何氏女。死節，後人號曰禮宗。

宣文君《晉書·列女傳》：苻堅憫禮樂遺闕，博士盧壼對曰：『太常韋逞母宋氏，傳其父業，得《周官》音義。年八十，視聽無闕，可以傳授後生。』於是就宋氏家立講堂，置生員百二十人，隔絳紗幔而受業，號宋氏爲宣文君。

韓公　《南齊書・裴皇后傳》：吴郡韓蘭英，婦人有文辭。宋孝武世，獻《中興賦》，被賞入宫。明帝世，用爲宫中職僚。世祖以爲博士，教六宫書學，以其年老多識，呼爲韓公。

女表　《梁書》：羊佩任，羊緝之女，鄉里號曰女表。

女宗　《粧樓記》：宋鮑蘇之妻不妬，宋公表其閭曰女宗。

聖母、錦織夫人　《北史》：馮寶妻冼氏，陳國亡，嶺南未有所附，數郡共奉夫人，號曰聖母。◎《隋唐舊史》：馮寶妻冼氏，爲南國首領。撫循衆部，戰則張錦織自衛，軍中號錦織夫人，至老未曾敗。冼，蘇典切，音銑。

癡姨　《北史・列女傳》：姚氏婦楊氏者，閹人苻承祖姨也。承祖爲文明太后所寵貴，親姻皆求利潤，唯楊獨不欲，苻家内外號爲癡姨。及承祖敗，有司執其二姨致法，以姚氏婦衣裳獘陋，特免。

潘將軍　《北史》：楊大眼妻潘氏，善騎射，自詣軍省大眼。至攻戰遊獵之際，潘亦戎裝，齊鑣並驅。及至還營，同坐幕下，對諸寮佐，言笑自若。大眼時指謂諸人曰：『此潘將軍也。』

堅貞節婦　《唐書・列女傳》：鄭廉妻李氏，號堅貞節婦。

踏揺娘　《隋唐嘉話》：隋末河間有人使酒，自號郎中，醉必敺其妻。妻美而善歌，好事者呼爲踏揺娘，今轉爲踏容娘也。◎《教坊記》作『談容娘』。

接腳夫人　《玉泉子》：唐相白敏中始婚，已朱紫矣，嘗戲其妻爲接腳夫人。

宋先生　《唐書》：尚宫宋若昭，貝州清陽人。父廷芬，能詞章，生五女，皆警慧，善屬文，莘、昭文尤高。若莘著《女論語》十篇，若昭爲傳申釋之。歷憲、穆、敬三朝，皆呼先生。

女學士 馬令《南唐書》：盧文進有女，美而慧，善屬文，時稱女學士。

萬仙童 《江南餘載》：後主末年，洪州有婦人萬氏，善言禍福，遠近謂之萬仙童。

女狀元 《賓退録》：蜀黄崇嘏，號女狀元。

繡旗女將 《宋史·李全傳》：東平之戰，全逐北至山谷。上有龍虎上將軍者，盛兵以出。旁有繡旗女將，馳鎗突鬭。龍虎上將軍者，東平副帥幹不搭。女將者，劉節使女也。

陳堂前 《宋史》：陳安節妻王氏，鄉人呼爲堂前，猶私家尊其母也。

任五經 《宋史·蒲卣傳》：卣母任知書，里中號任五經。

胡草鞋 《三餘帖》：草鞋橋者，豫章胡文早喪，其婦年少守節，甚苦，身自織布以給食。頭面恒不梳洗，足著草鞋，隣里從其夫姓，呼爲胡草鞋。每令人持布至橋，橋上人爭買。曰：『此胡草鞋夫人布，不二價也。』因以名橋。

董上仙 《集仙傳》：董上仙，遂州方義女也。年十七，神姿艷冶，寡於飲膳，好静守和，不離於世。鄉里以其容德，皆謂之上仙之人，故號曰上仙。

莊暗香 《真率筆記》：陳郡莊氏女好弄琴，有一琴名曰『駐電』。每弄《梅花曲》，聞者皆云有暗香，人遂藉藉稱女曰莊暗香。

孫梅花 《畫史會要》：孫氏，任克誠之妻也。善寫墨梅，人以孫梅花稱之。

楊妹子　《書史會要》：楊氏，甯宗皇后妹，時稱楊妹子。

春夢婆　《侯鯖録》：東坡老人在昌化，嘗負大瓢，行歌田野間。饁婦年七十，云：『内翰昔日富貴，一場春夢。』坡然之，里人呼此媪爲春夢婆。

織女　《玉堂閑話》：兖州有民家婦，姓賀氏，里人謂之織女。

女秀才　《遼史》：邢簡妻陳氏，營州人。涉通經義，尤好吟詠，時以女秀才名之。

自在夫人　《歸潛志》：宣宗后妃，皆出微賤。南渡人有云『頭巾王、過道史、白酒龐』，指三外戚家也。王氏有成國夫人者，宣宗皇后之姊，末帝之姨，奢侈尤甚。且出入宫掖無時度，號自在夫人。

女閣老　《語林》：烏程沈氏，名瓊蓮，字瑩中。聰慧善屬文，入宫爲給事中。禁中稱爲女學士，鄉人稱爲女閣老。

哀感孺人　《倘湖樵書》：鄞人祁玉妻楊氏，夫死守節。玉好食鯉魚，每忌日必設鯉。一年，河枯無魚，楊悲慟不已。忽漁父持鯉至，以一金易之。祭畢食胙，得原金於魚腹中。人大異之，呼爲哀感孺人。

三鬟娘　《野獲編》：鄱陽邸婦人美髭，人呼爲三鬟娘。

雷尚書　《世説》：王導有幸妾姓雷，頗預政事，納貨，蔡公謂之雷尚書。

成母　《北史》：崔㥄妾馮氏，長且狡，家人號曰成母。

靜君　《嘉話録》：元公寵姬韓氏，家號靜君。

大哥　《朝野僉載》：周靜樂縣主，河内王武懿宗妹。懿宗短醜，武氏最長，時號大哥。縣主與則天並馬行，則天命張元一詠曰：『馬帶桃花錦，裙拖緑草蘿。定知幃帽底，儀容似大哥。』

裴六郎　《鬼董》：章翰有愛妾曰裴六郎者，容範絶代。

九天仙　《異聞録》：崔曄小妻殷氏，號大乘，又號九天仙。學秦箏於常守堅，盡傳其妙。

雄狐　《唐書·后妃傳》：秦國早死，故韓、虢與國忠貴寵久。而虢國素與國忠亂，每入謁，並驅道中，從監侍姆百餘騎，炬密如晝，靚妝盈里，不施幃幛，時人謂爲雄狐。

臙脂虎　《清異録》：朱氏女沈慘狡妬，嫁爲陸慎言妻。慎言宰尉氏，政不在己。吏民語曰臙脂虎。

六虎　《遯齋閒覽》：延平吴氏姊妹六人，皆妬悍殘忍，時號六虎，其中五虎猶甚。

鳳窠群女　《雲仙雜記》：姑臧太守張憲，使娼妓侍閣下。奏書者號傳芳妓，酌酒者號龍津女，傳食者號仙盤使，代書記者號墨娥，按香者號麝姬，掌詩藁者號雙清子。諸娼曰鳳窠群女，又曰團雲隊、曳雲仙。

書仙　《麗情集》：長安有娼女曹文姬，工翰墨，爲關中第一，時號爲書仙。

九尾野狐　《侯鯖録》：錢塘一官妓，性善媚惑，號曰九尾狐。

有有娘　《清異録》：沙門愛英住池陽村，示人之語曰：『萬論千經不如無念無營。』時郡娼滿瑩娘多姿而富情，真妓女中麟鳳。進士張振祖以無念無營、有情有色製一聯云：『門前草滿無無老，床底錢多有有娘。』

生張八 《墨客揮犀》：北都有妓女，舉止生硬，士人謂之生張八。

省差行首 《歸潛志》：紇石烈牙忽帶，號盧鼓椎，好用鼓椎擊人也。鎮宿、泗數年，屢破宋兵。有威，然跋扈不受朝廷制。宿州有營妓數人，皆其所喜者。時時使一妓佩銀符，屢往州郡取賕賂。州將夫人皆遠迎，號省差行首，厚贈之。

雪獸頭 《江鄰幾雜志》：某人眷一樂妓，潔白而陋，人目曰雪獸頭。

飛將軍 《汴都平康記》：汴都平康之盛，李師師、崔念月二妓名著一時，李生者門第尤峻。一云李生慷慨飛揚，有丈夫氣，以俠名傾一時，號飛將軍。

長楊君 《曲中志》：王少君，名曼容。白皙而莊，其居表以長楊，人遂呼爲長楊君。

鍾山老媼 《十國春秋》：李建勳以司徒致仕，賜號鍾山公，妻亦自號鍾山老媼。

天自在山人 鄭文寶《耿先生傳》：耿先生者，軍大校耿謙女也。爲女道士，自稱天自在山人，又自稱比大先生。

易安居士 《宋史》：李格非女清照，工詩文，嫁趙明誠，自號易安居士。

惠齋居士 皇甫汸《長洲志》：胡氏，胡元功尚書之女，黄由之夫人。善筆札，時作詩文，亦可觀，自號惠齋居士。

悟空道人《誠齋集》：徐氏諱蘊行，自號悟空道人。臨川蔡教授詵之母，學虞書，得楷法。

尚温居士《畫史會要》：劉氏號尚温居士，喜吟小詩，寫墨竹效金顯宗。

一貞居士《元詩選》：張玉娘，字若瓊，松陽女子也，嘗自號一貞居士。

自然道人《列朝詩集》：士女張妙淨，字惠蓮，錢塘人。善詩章，曉音律，晚居姑蘇之春夢樓，號自然道人。

梅花居士《列朝詩集》：陳寬，字孟賢。有侍姬辯慧知書，號曰梅花居士。

白雲道人《列朝詩集》：史忠，金陵人，自號癡翁。有愛妾何氏，名玉仙，號白雲道人。能篆書及小畫，解音律。

碧天道人《列朝詩集》：潘氏，台州人，貢士裘致中妻也。自署其稿曰『女郎碧天道人』。

檻花居士《列朝詩集》：劉雲瓊，山西臨縣舉人趙禓之妻。有《水雲居詩》，自署曰『離石檻花居士』。

草衣道人《列朝詩集》：王微，廣陵人。七歲失父，流落北里。長而才情殊衆，扁舟載書，往來吴、會間，所與游皆勝流名士。已而忽有警悟，皈心禪悦，自號草衣道人。

桃葉女郎《列朝詩集》：沙宛在，字嫩兒，自稱桃葉女郎。

荆山居士《明詩綜》：孟淑卿，蘇州人，訓導孟澄之女，自號荆山居士。

廣寒仙客《明詩綜》：袁彤芳，吴縣人，參政年女，自稱廣寒仙客。

青峨居士　《明詩綜》：姚氏，嘉興人。自號青峨居士，秀水范應宫之妻。

鍾山秀才　《明詩綜》：姚淑，金陵人。庶吉士達州李長祥納爲繼室，有《鍾山秀才海棠居詩》。

竹雪居士　《列朝詩集》：姜舜玉，號竹雪居士，隆慶間舊院妓。

玉京道人　《梅村集》：卞賽，字賽之，自號玉京道人。莫詳所自出，或曰秦淮人。

杜陵内史　《丹青志》：仇氏英之女，號杜陵内史。能人物畫，綽有父風。

秋香亭中人　《皇明書畫史》：林金蘭，自號秋香亭中人，南都妓也。

異號類編卷十六

釋道類

兩足尊 《行集經》：如來世尊福足、慧足，稱兩足尊。

三刀師 《廣異集》：張伯英乾元中爲壽州健兒，性至孝。以其父在潁州，乃盜官馬迎省。至淮陰，爲守邏者所得，刺史崔昭令出城腰斬。時屠劊號能行刀，再斬，初不損傷；乃換利刀，罄力砍，不損如初。昭問所以，答曰：『昔年曾絶葷血，誦《金剛經》十餘年。昨因被不測，唯志心念經耳。』昭歎息舍之。遂削髮出家，時人呼爲三刀師。

鐵哥哥 《淩柘軒集》有《吴山東嶽廟化鐵四太尉疏》，言四神皆膺侯爵，一曰靈應，二曰福祐，三曰忠正，四曰順祐。今杭人但呼之曰鐵哥哥。

碧眼禪師 《仙傳》：達磨眼紺，當時號爲碧眼禪師。

廣顙屠兒　《高僧列傳》：廣顙屠兒在涅槃會上，放下屠刀，即便成佛。

懶殘禪師　《高僧列傳》：衡岳寺僧明瓚者，性懶而食殘，時號懶殘禪師。

白足長老　《高僧列傳》：晉釋者曇如，其足白過於面，雖跣涉泥水，未嘗沾污，咸稱白足長老。

鳩肉長老　《高僧列傳》：鄧州一和尚有戒行，但日食二鳩，時號爲南陽鳩肉長老。◎按，《雲溪友議》作『南陽鳴鳩和尚』。

鳥窠禪師、鵲窠和尚　《傳燈録》：道林師至秦望山，棲於長松上，時謂之鳥窠禪師。所棲處復有鵲巢其側，亦謂之鵲窠和尚。

萬回禪師　《傳燈録》：萬回禪師姓張，九歲乃能語。兄戍安西，父母遣問訊，朝往夕返，以萬里而回，號萬回。

點點和尚　《傳燈録》：定心尊者，有問法輒點胸示之，時號點點和尚。◎陸游詩：『卯塔空尋點點師。』

寒灰道者　《清異録》：俞郢隱天童山，大寒，則於廚内取麩火一器，亦紲直於主者，呼寒灰道者全利頭。◎又，僧舉能，素苦白禿，瘡痂糊頂，禪人呼爲寒灰道者。

掃地和尚　《清異録》：王建僭立後，有一僧常持大帚，不論官府、人家、寺觀，遇即汎掃，人以掃地和尚目之。建末年，於諸處寫六字云『水行仙，怕秦川』。後王衍秦川之禍，方悟水行仙即『衍』字耳。

紙衣禪師　《辨疑志》：大曆中，有一僧稱爲苦行，常衣紙衣，時人呼爲紙衣禪師。代宗召入禁中，後盜金佛，事發，召京兆尹決殺。

荔挺法師　《顔氏家訓》：江陵一僧，面形上廣下狹。劉緩幼子民譽，年始數歲，俊悟善體物，見此僧云：『面似馬莧。』其伯父縚因呼荔挺法師。

棗柏大士　《釋氏稽古略》：開元二十二年，太原李長者，名通玄。日食一柏葉棗小餅，因呼棗柏大士。

降龍大師　《舊五代史》：僧誠惠自稱通皮、骨、肉三命，其徒號曰降龍大師，莊宗賜號法雨大師。

伏虎禪師、大扇和尚　《十國春秋》：僧志逢，餘杭人也。乾德初忠懿王召賜紫衣，爲築雲棲寺居之。雲棲塢素多虎，志逢每攜大扇乞錢，買肉飼虎。虎遇之輒馴伏，故世稱伏虎禪師，一號大扇和尚。

小忿布衲　《十國春秋》：僧道忿，永嘉陳氏子也。薙髮於本州開元寺，既而抵閩，謁靈峰禪師，妙契宗旨，時謂之小忿布衲。

得得和尚　《十國春秋》：僧貫休至成都獻詩，有云：『一瓶一鉢垂垂老，萬水千山得得來。』高祖大悅，呼爲得得和尚。◎按，《全唐詩》作『得得來和尚』。

豬頭和尚　《泊宅編》：婺州有僧嗜豬頭，俗號豬頭和尚，而莫測其人。

蜆子和尚　《五燈會元》：京兆府蜆子和尚，不知何許人也。事迹頗異，居無定所。逐日沿江岸採掇蝦蜆，以充其腹，居民目爲蜆子和尚。

蝦子和尚　《中吴紀聞》：承平時有蝦子和尚，好食活蝦。遇水則出哇，群蝦皆游躍而去。

袒膊和尚　《全唐詩》：智亮，大中中閩開元寺僧。嘗袒膊行乞，號袒膊和尚。

印手菩薩　《俗説》：釋道安，生便左臂上一肉，廣一寸許，著臂如釧，捋可上下。時人謂之印手菩薩。

福菩薩　《語怪》：東海傍人有於海濱得一初生孩，意爲私所棄，漫取歸，畀其妻畜之。比長，不食葷，誦佛經，號出家僧。行甚高，遠近投禮，號福菩薩。

長鬚長老　《王氏見聞録》：王蜀有長鬚長老，自言是宰相孔謙子，不剃髭髮，皓然垂腹。自江湖入蜀，先謁樞密使宋光嗣。因問曰：『師何不剃鬚？』答曰：『削髮除煩惱，留鬚表丈夫。』宋大恚曰：『吾無髭，豈是老婆耶？』

黑衣宰相　《通鑑》：宋文帝以慧琳道人善談論，因與議朝廷大事，遂參權要，賓客輻輳。孔顗曰：『遂有黑衣宰相，可謂冠履失所矣！』

慈雲懺主　《宋詩紀事》：遵式，天台葉氏子。居下天竺寺，著《浄土懺法》《金光明觀音》諸本懺儀行世，號慈雲懺主。

破窗和尚　《列朝詩集》：明顯，俗名吴峰。幼落髮歙縣定光院，自稱破窗和尚。

泥融覺 《清異録》：比丘無染游廬山，春雨路滑，忽仆石上，由是洞見本原，士大夫稱爲泥融覺。

無無老 見『有有娘』下。

禪狀元 《羅湖野録》：妙喜稱彌光藏主爲禪狀元。

風法華 蘇軾《贈上天竺辯才師詩》云：『何必言法華，佯狂啖魚肉。』自註云：『京師開寳寺僧俗姓張，好誦《法華經》，故呼張法華。其言語散亂不經，故亦呼爲風法華。』

心草蟲 《畫繼》：覺心，字虛靜。初作草蟲，南僧稱爲心草蟲。

辯八煞 《齊東野語》：僧法辯善五星，每以八煞爲説，時人號爲辯八煞。

端獅子 《宋詩紀事》：淨端，歸安丘氏子。肄業吴山解空講院，參龍華齊岳禪師，得悟，翻身作狻猊狀，叢林號爲端獅子。章申公極愛之。

法眼宗 《全唐詩》：文益，餘杭人，姓魯。住金陵清涼寺，世稱法眼宗。

秀鐵面 《宋詩紀事》：法秀，字圓通，秦州辛氏子。受法無爲懷禪師，道風峻潔，時目爲秀鐵面。

泉萬卷 《宋詩紀事》：泉禪師，蔣山僧，叢林謂之泉萬卷。

規外方 《宋詩紀事》：有規，南渡初吴中僧。爲人性坦率，其徒謂之規外方。

温蒲萄、知非子 《珊瑚網》：子温，字仲言，號日觀，華亭人。宋季止杭之瑪瑙寺，善草書，喜畫蒲萄。須梗枝葉，皆草書法也，世號温蒲萄。◎《元詩選》：釋子温，又號知非子。

喻彌陀 《宋詩紀事》：思淨，錢塘喻氏子。好畫阿彌陀佛，臻其妙，楊無爲呼爲喻彌陀。

禪窟 《傳燈録》：東寺如會禪師，號禪窟。

僧傑 《姚氏殘語》：隋僧敬脱，善作方丈大字，號曰僧傑。

誌公 《南史·陶弘景傳》：精寶誌者，不知何許人。梁武帝尤深敬事，俗呼爲誌公。

蜜殊、藥殊、太平閒人 《中吴紀聞》：仲殊，字師利，承天寺僧也。初爲士人，嘗與鄉薦，其妻以藥毒之，遂棄家爲僧。時時食蜜解其藥，人號曰藥殊。◎按，《歷代詩餘》：方外揮，字仲殊，姓張氏，安州人。嘗舉進士，後棄家爲僧，居杭州吴山寶月寺。嘗中蠱，食蜜得解，東坡因呼爲蜜殊。◎《雲煙過眼録》：釋仲殊，號太平閒人。

明顛 《宋詩紀事》：惠明，華亭普照寺僧，與濟顛同時。潦倒猖狂，人號明顛。

濟顛 《宋詩紀事》：道濟，號湖隱，又號方圓叟，臨海李都尉文和遠孫。受度於佛海禪師，居靈隱，後居净慈。狀貌風狂，人稱濟顛。

瘦權 又，善權，字巽中，靖安高氏子。人物清癯，人目爲瘦權。落魄嗜酒，詩入江西派。

癩可 又，祖可，字正平，丹陽人。住廬山，被惡疾，人號癩可。

易僧 又，曇瑩，嘉禾僧，號羅月。善言《易》，洪容齋稱爲易僧。

杯渡 《高僧傳》：杯渡者，不知姓名。常乘木杯渡水，因而爲號。

麫忠　《清異録》：道忠行化餘杭，一錢不遺，專供靈隱海衆。月設一齋延僧，廣備蒸作。人人喜曰：『來日赴忠道者蒸雪會。』忠之化人，惟曰買麫，故稱麫忠。

乳妖　《清異録》：吴僧文了善烹茶，荆南高保勉父子目爲乳妖。

酒禿　《南唐書》：有酒禿者，名元寂，姓高。棄家祝髪，無日不醉。醉則浩歌道中，曰：『酒禿酒禿，無榮無辱。但見衣冠成古邱，不見江河變陵谷。』後醉死石子岡。

律虎　《十國春秋》：吴越僧贊甯，居杭州靈隱寺。已而入天臺山，受具足戒。習《四分律》，通《南山律》，著述毘尼，時人謂之律虎。

詩囊　《十國春秋》：僧齊已故贅疣，至是愛其詩者，或戲呼之曰詩囊。

醋頭　《十國春秋》：後蜀賈鶚，權彭州刺史事，爲理公清，人敬憚之。是時，彭州僧號醋頭者，狀若佯狂，言事多中。懼鶚，不敢輒入境内。

水長老　《元詩選》：泉澄，人呼爲水長老。

牛和尚、梅屋老人　郭棐《四川總志》：釋妙琴，華陽人。以畫牛得名，稱牛和尚。畫梅入妙，自稱梅屋老人。

功德山　《杜陽雜編》：代宗廣德元年，吐番犯便橋。上幸陜，及迴，因望鐵牛，蹶然謂左右曰：『朕年十五六，宫中有尼，號功德山，言事往往神驗，屢撫吾背曰：「天下有災，遇牛方迴。」今見牛也，朕將迴爾。』

衡嶽沙門　《全唐詩》：齊己，名得生，姓胡氏，潭之益陽人。出家大潙山同慶寺，復棲衡嶽東林，自號衡嶽沙門。

醉髡　又，可朋，丹陵人。好酒，自號醉髡。

逍遥子　又，無作，字不用，姓司馬氏，吴越四明山僧，自號逍遥子。

中庸子　《宋詩紀事》：智圓，錢唐人，俗姓徐，自號中庸子。

安忍子　又，元照，字湛然，號安忍子。

性空菴主　又，普首座，蜀僧，自號性空菴主。

芙蓉峰主　又，釋若芬，婺州人。爲上竺書記，善畫，自號芙蓉峰主。

月湖半顛　又，本正，號月湖半顛。

參寥子　《參寥子集》：釋道潛，號參寥子，錢塘人，哲宗朝賜號妙總大師。

龍巖隱者　《畫繼》：釋道宏，峨嵋人，姓楊。晚年似有所遇，遂復冠巾，改號龍巖隱者。

勝静老人　《書史會要》：金釋德普，號勝静老人，武州人。

寒拾里人　《元詩選》：元叟禪師行端，臨海儒家何氏子，自稱寒拾里人。

夢觀道人　又，釋大圭，字恒白，姓廖氏，晉江人，自號夢觀道人。

輔成山人、大同山翁、凝始子、蜀時圬公　又，釋本誠，字道元，嘉禾語溪人，住興聖禪寺。自云：『吾嘗以喜氣寫蘭，以怒氣寫竹。』每畫畢，輒喜題跋其上。自稱輔成山人、大同山翁、凝始子，或詭言『蜀時圬公筆』云。

衣和菴主 又，知和，號衣和菴主，崑山人，隱居雪竇山。

蓮花樂 又，元鼎，吴僧，號蓮花樂。

南堂遺老 又，清欲，别號南堂遺老，臨海人。

湛然静者 又，照鑑，號湛然静者，俗姓徐氏。

西齋老人 《列朝詩集》：梵琦，字楚石，象山人，自號西齋老人。

江左外史 又，克新，字仲銘，番陽人，其爲文自稱江左外史。

高松道者 又，明河，字汰如，通州人。繼兩公説法，自號高松道者。

黄葉老人 又，智舷，字帶如，秀水金明寺僧，嘉興梅溪人。晚搆黄葉菴於西郊，自稱黄葉老人。

◎按，《恬致堂集》作『黄葉頭陀』。

天目寓僧 又，如曉，字萍蹤，蕭山人。喜天目山高秀，孤栖三年，自稱天目寓僧。

竺曇叟 《明詩綜》：來復，字見心，自號竺曇叟，豐城人。元季杭海至鄞，止定水寺。洪武初，詔住鳳陽圓通院，坐胡黨，凌遲死。

熙怡叟 又，至仁，字行中，自號熙怡叟，番陽人，洪武初主虎邱寺。

會稽山樵 又，元瀞，號樸隱，會稽人，自稱會稽山樵，洪武中主靈隱寺。

石門子 又，明秀，字雪江，自號石門子，海鹽人。祝髪天甯寺，晚居錢塘勝果山。

白石先生　《神仙傳》：白石先生者，中黄丈人弟子也。常煮白石爲糧，因就白石山居，時人號曰白石先生。

青牛道士　《神仙傳》：封君達，隴西人。服錬水銀，年百歲如三十許。騎青牛，故號青牛道士。◎按，《後漢書·方技·甘始傳》作『青牛師』。

無心昌老、純陽子　《仙傳》：吕巖，字洞賓，自稱無心昌老。昌字無心，乃吕字也。◎《吕真人本傳》：吕巖，號純陽子。

問政先生　《十國春秋》：吴聶師道，少好道。唐末于濤爲刺史，其兄方外爲道士，結廬郡南山中，師道往事之。濤常詣方外，且時時咨以郡政，因名其山爲問政山。師道居是山久，國人號曰問政先生。

花餅道人　《清異録》：五朝泉州有貧士行乞，得錢盡買花麻餅食之，群小兒呼爲花餅道人。

神仙宰相　《元史·雜行傳》：時有張留孫者，字師漢，信州貴溪人。少入龍虎山爲道士，相者目爲神仙宰相。從宗演入朝，世祖與語，稱旨，授江南諸路道教都提點。

一瓢道人　袁中道《一瓢道人傳》：一瓢道人，不知其姓名。嘗持一瓢，浪游鄂、岳間，人遂呼爲一瓢道人。

鬼谷子　《仙傳》：拾遺先生，晉平公時人。姓王，名栩，隱居鬼谷，因爲號，在人間數百歲。◎《隋書·經籍志》有《鬼谷先生占氣》一卷。

鐵冠子 宋景濂《張中傳》：中，字景華，撫之臨川人。舉進士不第，遇異人授以太極數學，言事往往奇中。嘗戴鐵冠，人因號鐵冠子。

三朵花 蘇軾《三朵花》詩註：房州通判許安世以書遺余，言：『吾州有異人，常戴三朵花，莫知其姓名，郡人因以三朵花名之。能作詩，皆神仙意，又能自寫真。』【一】

校按：

【一】此條見於蘇軾《三朵花》詩自序。

三王得 《四朝聞見録》：三王得，不知何許人。頭蓬面垢，或數日不食。光宗始開王社，位爲第三。孝宗儲副之位未知孰授。一日，三王得於道中前邀王車，衛者拽之。王問爲誰，但稱『三王得、三王得』。王悟其兆，縱使去。既即大位，命入中禁賜命，不拜而出。

摸先生 《香案牘》：先生束髮髻於頂，攜小竹筥賣藥。有疾者，手摸之輒愈，人呼爲摸先生。

殷七七 《續仙傳》：殷七七，名天祥，又名道筌，嘗自稱七七，俗多呼之。

伊風子 《全唐詩》：伊用昌，不知何許人。出語輕忽，呼之爲伊風子。

甘大將 《十國春秋》：甘佃，象州人。性靈異，決禍福，無不奇中。一日，聚隣里告曰：『吾已厭世矣！』因教衆以修身、事親大節。言訖，瞑目而逝。鄉人肖形祠之，號曰甘大將。

王帽子　又，王帽子，蜀人也，失其名。居常出人闤闠，爲人飾敝冠，號曰王帽子。

陳百年　又，陳允升，饒州人也，時人謂之陳百年。少而静默好道，十歲詣龍虎山入道，棲隱深邃，罕覩其面。

李八百　《神仙傳》：李八百，蜀人也，莫知其名。歷世見之，時人計其年八百歲，因以爲號。

李常在　《神仙傳》：李常在者，蜀人也。少治道術，百姓累世奉事。計其年，已四五百歲而不老，故號之曰常在。

井轂轆　《涇陽志》：利市先生白道元，峪口人。以其貌古質厚，肩背嶐然，俗呼爲井轂轆。

劉快活　《鐵圍山叢談》：劉快活，信之黥卒也。始以猖狂，避罪入山中。適有所遇，遂能出神，多作變怪。言人吉凶，雅有驗。每自稱『快活』，故時人謂之劉快活。時都邑又有一人，號風僧哥。亦猖狂，時時言事多中。然遇見劉快活，輒戰栗逡巡，退拱作畏避狀。世莫曉其故，豈所謂小巫見大巫者耶？

風僧哥　見上。

王紙襖　《集仙傳》：王先生，隱王屋山。常衣紙襖，人呼王紙襖。

張鋤柄、張聖者　張世南《游宦紀聞》：永福下鄉有農家子姓張，以採薪鬻鋤柄爲業，鄉人目爲張鋤柄。一日入山遇仙，食之以桃，因絶粒，食草木實。時言人隱惡，能道未來禍福，人號爲張聖者。

王赤腿　《歸潛志》：王赤腿，不知其名字年齒。人以其衣短，號哨腿王。或云名予可，字南雲，河東人。居鄜、蔡間，以乞食爲事。衣皮衣，露膝，長歎，好插花。額上繫一銅片如月，人問之皆有説。又時時言爲天帝所召，有某仙、某神在焉。所食何物，皆誕詭莫可測。然善歌詩，有求之者，索韻立成，字亦怪異。

雷蓬頭　《異林》：雷蓬頭者，名太虛，不知何許人。

吕疙瘩　《異林》：吕疙瘩者，不詳其名里。冬則卧雪，夏則被褐。好狎兒童，且謔且詈。競爲之結小髻，每摇首則理髮如櫛。復爲結之，如螺然滿頭，時人呼爲疙瘩。

張皮雀　《異林》：張皮雀者，名道修。常懷一皮雀狎小兒，故時人謂之張皮雀。

鄭摇鈴　《睽車志》：京師有道人姓鄭，持一銅鈴。終日摇鳴闤闠間，丐錢爲食。用餘則分惠貧者，號爲鄭摇鈴。

龐九經　《鑑戒録》：梁朝方山道士龐勛，自號龐九經。

張花項　《洛陽舊聞記》：田重進好道。有揀停軍人張花項，衣道士服，俗以其項多雕篆，故目之爲花項。晚出家爲道士，自言有術，黄白金可成，重進甚信重之。

張畫虎　《方是閒居士小稿》：張道人畫虎，探三昧，世以張畫虎目之。

吴猱　《全唐詩》：吴涵虚，江西人。出家爲道士，居南岳，俗呼爲吴猱。

潘盎　蘇軾詩：學道未逢潘盎，草書猶似楊風。自註云：『南海謂狂爲盎。潘，近世得道者也。』查註云：『潘盎，名冕。本集《趙先生舍利記》云：「南海有潘冕者，陽狂不測，人謂之潘盎。」』

張胡 《曲洧舊聞》：政和以後，黄冠浸盛，出入禁掖，無敢誰何，號金門羽客。恩數視兩府者凡數人，而張侍晨虚白在其流輩中獨不同，上每以張胡呼之而不名焉。

邋遢張 《名山藏》：張君寶，字全一，一字玄玄，别號保和、容忍、三丰子，人目爲邋遢張。天順末，封爲通微顯化真人。

睡仙 《續仙傳》：夏侯隱登山渡水，每閉目美睡。同行者聞其鼻鼾之聲，而步不差跌，時號睡仙。

鹿仙 《閩中記》：辛孟，年七十，與麋鹿同群，世謂鹿仙。

顛仙 《名山藏》：周顛，建昌人。舉止非常，人呼顛仙。

魔哥 張子獻《趙先生本行紀》：先生名抱淵，道號還元子，俗呼曰魔哥，延安之雞川人。自幼不凡，志在方外。

麻襦 《晉書·藝術傳》：麻襦，不知何許人，莫得其姓名。乞丐市中，恒著麻襦布裳，故人謂之麻襦。

玉方響 《粤西叢載》：五代道士石仲元，隱於桂州之七星山，自號桂華子。負詩名，世傳其警句，如『石壓木斜出，崖懸花倒生』之類甚多。爲湘源守楊徽之所稱，目爲玉方響。

陳泥丸 《廣東通志》：宋陳楠，博羅人。業盤櫳箍桶，浮湛俗間，人無知者。後遇異人，得太乙刀圭金丹法，及《景霄太雷琅書》。以符水捻土球，人病輒愈，人呼爲陳泥丸。宋徽宗政和擢提舉道籙院事，後歸羅浮。

張雷師 《姑蘇志》：宋張善淵，號癸復道人，吴之華山人。其伯父崇一，始爲道士，得易真人如剛靈寶飛步法，稱之爲張雷師。

王害風 《尚友録》：王嚞，號重陽子，咸陽人。一日遇吕純陽，授以修仙口訣，乃委家去。嚞性不檢束，人呼爲王害風。

無思道人 《姑蘇志》：唐廣真，嚴州人。既嫁，得血疾，夢道人與藥，服而愈。自是與夫仳離，從而入道，徑往平江，謁蓑衣何先生。何稱爲仙姑，號無思道人。

丹陽子、清淨散人 《尚友録》：宋馬鈺，甯海人，孫仙姑其妻也。號丹陽子，居崑崙煙霞洞，修煉二十餘年，夫妻仙去。孫仙姑名不二，號爲清淨散人。

率牛 《衡州府志》：率子廉，衡山農夫。愚朴不遜，人謂之率牛。晚爲道士，居南岳紫虛閣。

海瓊子 《姓譜》：葛長庚，閩清人，一作瓊山人，後更姓名曰白玉蟾。從陳泥丸受仙訣，居武夷山，道號海瓊子。

長春先生 《陝西通志》：杜懷謙【一】，貞觀中道士，自號長春先生。

校按：

【一】『杜懷謙』原作『□懷讓』，『杜』字闕。據《陝西通志》卷六十五補改。

獨冷先生 《元詩選》：鄭鍊師守仁，號蒙泉，天臺黄巖人。幼著道士服，長遊京師，不事干謁，齋居萬松間。一夕大雪填門，蒙泉讀書僵卧自若，京師號爲獨冷先生。

神翁 《宋詩紀事》：徐守信，海陵人。少孤，役於天慶觀。嘉祐四年，天臺道士余元吉來遊，示惡疾，守信事之無倦。忽於溺器得丹砂，餌之，自是常放言笑歌。日誦《度人經》，絶粒至數日，爲人言禍福，如影響。發運使蔣之奇以經中有『神公受命，普掃不祥』之語，呼曰神公，自是人以神翁目之。

洪崖子 《全唐詩》：張氳，一名藴，晉州人。學道不娶，嘗寓李嶠家十餘年。棲息洪崖古壇，自號洪崖子。

默希子 又，徐靈府，自號默希子，錢塘人。居天臺虎頭巖上，以修煉自樂。

東瀛子 又，杜光庭，括蒼人。入天臺山爲道士，自號東瀛子。

華陰子 又，舒道紀，婺州人。爲赤松山黄冠師，自號華陰子。

真一子 又，彭曉，字秀川，號真一子，永康人，昌利化飛鶴山道士也。

雲房先生 又，鍾離權，咸陽人。遇老人授仙訣，又遇華陽真人、上仙王元甫傳道，入崆峒山，自號雲房先生。

天下都散漢 《宣和書譜》：神仙鍾離先生，名權，不知何時人。間出接物，自謂生於漢，吕洞賓於先生執弟子禮。自稱天下都散漢，字晝飄然，有淩雲氣。

天國山人　《全唐詩》：張令聞隱居天國山，自號天國山人。

白雲子　又，張白，衡州人。少應舉不第，入道，自稱白雲子。

海蟾子　《宋詩紀事》：劉元英，號海蟾子。

支離子　又，黄希旦，邵武人，自號支離子。生於仁宗景祐間，入道本軍九龍觀。

碧虚子　《宣和書譜》：道士陳景元，字太虚，自稱碧虚子，建昌南城人，神宗朝爲右街副道籙。

雲峰散人　《宋詩紀事》：夏元鼎，永嘉人，號雲峰散人，又號西城真人。

雲和山長　《畫繼》：眉山道士羅勝先，自號雲和山長。

至樂子　又，道士楊大明，字民瞻，號至樂子。

白雲片鶴　《尚友録》：張俞，明縣人，爲道士，自稱白雲片鶴。

長真子　《書史會要》：道士譚處端，一名玉，號長真子，東牟人也。大定間從全真開化真人游。

長春子　《元詩選》：丘處機，字通密，號長春子，登州栖霞人。兒時，有相者曰：『此子當爲神仙宗伯。』

上清外史　又，薛玄曦，河東人。辭家入道龍虎山，自號上清外史。

天倪子　又，張志純，號天倪子。年十二，棄家入道。

天樂道人 又，李道謙，夷門人。弱冠寓跡終南劉蔣之祖庭，自號天樂道人。

元覽道人、溪月散人 又，王壽衍，杭州人。至元中，有陳真人度爲弟子。壽衍神鑒高朗，局度宏曠，自號元覽道人。晚年寄傲溪山間，又號溪月散人。

方壺子、金門羽客 又，方從義，貴溪人。老歸江南，修道於金門之小洞天，自號方壺子，又號金門羽客。

林屋道人 又，富恕，號林屋道人。

子陽子 又，席應珍，號子陽子，海虞人。

貞居子、句曲外史 又，張雨，字伯雨，别號貞居子，錢塘人。棄家爲道士，居茅山，自號句曲外史。

甀甄子 《列朝詩集》：幼朔，名齡，不知何許人也。萬曆丙戌、丁亥間，游寓蜀之潼川州，自稱鄒長春。甲午來吴中，稱江鶴，號曰甀甄子。

自愚翁 解縉《春雨集》：道士蕭得周，號自愚翁，善畫龍。

廣微子 《書史會要》：天師張與材，别號廣微子。

涵虛子 《歷代詩餘》：滕賓，睢陽人。入天臺爲道士，稱涵虛子。

松石道人 《明詩綜》：鄧羽，南海人。明初知青陽縣事，後爲道士，隱居武當之南巖，自號松石道人。

逍遥子 又，章志宗，字清源，號逍遥子，松溪文昌觀道士。

琴樂翁 又，吴隱玄，自號琴樂翁，南昌鐵柱宫道士。

無仙子、上陽子 《名山藏》：卓晚春，莆田人。生嘉靖間，自號無仙子，亦曰上陽子，人呼爲小仙。

巢雲子 《皇明書畫史》：道士吴伯理，號巢雲子，居廣信龍虎山。

無爲子 《皇明書畫史》：天師張宇初，號無爲子。

塵外道人 徐待聘《上虞縣志》：道士黄裳，號塵外道人。

九歸道人 《畫史會要》：天師張瀓然，號九歸道人。

異號類編卷十七

盜賊類

赤眉　《通鑑》：樊崇等衆既寖盛，王莽遣太師王匡、更始將軍廉丹討之。崇等恐其衆與莽兵亂，乃皆朱眉以相識別，由是號曰赤眉。

銅馬　《後漢書·光武紀》：别號諸賊銅馬、大肜、高湖、重連、鐵脛、大搶、尤來、上江、青犢、五校、檀鄉、五幡、五樓、富平、獲索等，各領部曲。注云：諸賊或以山川土地爲名，或以軍容彊盛爲號，並見《東觀記》。

鐵脛、青犢　並見上。

城頭子路　《後漢書·任光傳》：城頭子路者，東平人。姓爰，名曾，字子路。與肥城劉詡起兵盧城頭，故號其兵爲城頭子路。

白波賊　《後漢書·董卓傳》：黄巾餘黨郭太等復起西河白波谷，號白波賊。◎《九州春秋》：張角之反也，黑山、白波、黄龍、左校、牛角、五鹿、羝根、苦蝤相繼而起。

黄巾　《後漢書》：張角著黄巾爲標幟，時人謂之黄巾，亦名曰蛾賊。注：蛾，魚綺反，即『蟻』字也。

黄天　《後漢書·靈帝紀》：鉅鹿人張角，自稱黄天，其部師皆著黄巾。

米賊　《三國志》：張魯，祖陵，客蜀學道，造作道書惑衆。從受道者出五斗米，故世號米賊。

鬼卒　《三國志》：張魯據漢中，以鬼道教民，自號師君。其來學道者，初皆名鬼卒。

飛燕　《三國志》：張燕，本姓褚，常山真定人。博陵張牛角起兵，燕與之合。牛角死，衆人奉燕，故改姓張。剽捷過人，軍中號曰飛燕。注云：黑山、黄巾諸帥，本非冠蓋，自相號字。謂騎白馬者爲張白騎，謂輕捷者爲張飛燕，謂聲大者爲張雷公，其饒鬚者則自稱于羝根，其眼大者則自稱李大目。

張白騎、張雷公、于羝根、李大目　俱見上。

飛豹　《晉書》：王彌，東萊人。入長廣山爲群賊，弓馬迅捷，膂力過人，青土號爲飛豹。

長生人　《晉書》：孫恩據會稽，自號征東將軍，號其黨曰長生人。

䟽榆賊　《魏書·宗室天穆傳》：河間邢果寇青州，衆踰十萬。先是，河南人笑河北人好食榆葉，故齊人號之爲䟽榆賊。天穆討平之。

一住菩薩、十住菩薩　《北史》：沙門法慶既爲祅幻，渤海人李歸伯招率鄉人，推法慶爲主，自號大乘，殺一人者爲一住菩薩，殺十人者爲十住菩薩。

知世郎　《通鑑》：煬帝七年，鄒平民王薄擁衆據長白山，自稱知世郎，言事可知矣。

無端兒　《酉陽雜俎》：高祖少神勇，隋末嘗以十二人破草賊號『無端兒』數萬。

遊艇子　《珍珠船》：隋既平陳，南海有五六百家居水爲亡命，號曰遊艇子。

歷山飛　《唐書·高祖紀》：隋大業十三年，拜太原留守，擊高陽歷山飛賊甄翟兒於西河，破之。

文佳皇帝　《唐書·崔義玄傳》：永徽四年，睦州女子陳碩真反，自稱文佳皇帝。

衝天大將軍、率土大將軍　《唐書·逆臣傳》：黄巢號衝天大將軍，又自號率土大將軍。

落鵰侍御　《唐書·叛臣傳》：高駢事朱叔明爲司馬，有二鵰並飛，駢曰：『我且貴，當中之。』一發貫二鵰焉，衆號落鵰侍御。

白鐵余　《朝野僉載》：白鐵余者，延州稽胡也。左道惑衆，鄉人歸伏，遂作亂，自稱光王。

秃瘡天子　《五代史補》：楊光遠，爲人病秃折臂，然有辯智。其妻又跛其足。後舉兵反，語曰：『豈有秃瘡天子，跛足皇后耶？』

中天八大王　《五代史·南唐世家》：張遇賢，循州羅縣小吏，自號中天八大王，改元永樂。

張大蟲　《十國春秋》：後蜀後主紀衛軍張洪謀叛，伏誅。洪，太原人。剛勇絶倫，軍中號爲張大蟲。

水仙太保　《宋史》：孫子秀調吴縣主簿，有妖人稱水仙太保。子秀沈其人於太湖，曰：『實汝水仙之名矣。』妖遂絶。

管天下　《宋史·薛弼傳》：時福州大盜有號管天下、伍黑龍、滿山紅之屬，其衆甚盛。

伍黑龍、滿山紅　見上。

李鐵槍　《宋史·叛臣傳》：李全弓馬趫捷，能運鐵槍，時號李鐵槍。

王豹子　《宋史·元絳傳》：民有王豹子者，豪佔民田，略男女爲僕妾。有欲告者，則殺以滅口。絳捕寘於法。

没角牛　《宋史·宗澤傳》：澤知開封府，時楊進號没角牛，兵三十萬。澤遣人諭以禍福，招降之。

青腳狼　《宋史·高瓊傳》：賊首青腳狼者，注弩將射瓊。瓊引弓，一發斃之。

一海蝦　《宋史·胡舜陟傳》：冀州雲騎卒孫琪聚兵爲盜，號一海蝦。

曾少龍　《宋史·忠義·鄭振傳》：紹興十三年，群盜曾少龍、周老龍、何白旗、陳大刀衆至數萬。帥司檄振行，盜素聞振名，不戰自屈。十六年，盜詹鐵叉者，入振井里，振帥衆拒之，遂遇害。

周老龍、何白旗、陳大刀、詹鐵叉　俱見上。

白氊笠　《宋史》：紹興三年，盜起建昌，號白氊笠。

白巾賊　《宋史·張憲傳》：岳飛破曹成，有郝政率衆走沅州，首被白布，爲成報讐，號白巾賊。

憲一鼓擒之。

過海龍 《姓譜》：宋胡大正，崇安人。會劇賊號過海龍者，逼臨漳甚急。

衮海蛟 《桯史》：海寇鄭廣，陸梁莆、福間，自號衮海蛟。

一窩蜂 劉克莊詩：民散未收蜂一窩。註：『建炎有盜名一窩蜂。』

白項鴉 《玉堂閒話》：契丹犯闕之初，所在群盜蜂起，戎人患之。陳州有一婦人爲賊帥，號曰白項鴉。戎王召見，賜錦袍銀帶鞍馬，署爲懷化將軍。

亳二太子 《泊宅編》：亳二太子，方臘子之號。

呼保義宋江、**智多星**吴學究、**玉麒麟**盧俊義、**大刀**關勝、**活閻羅**阮小七、**尺八腿**劉唐、**没羽箭**張清、**浪子**燕青、**病尉遲**孫立、**浪裏白跳**張順、**船火兒**張横、**短命二郎**阮小二、**花和尚**魯智深、**行者**武松、**鐵鞭**呼延綽、**混江龍**李俊、**九文龍**史進、**小李廣**花榮、**霹靂火**秦明、**黑旋風**李逵、**小旋風**柴進、**插翅虎**雷横、**神行太保**戴宗、**先鋒**索超、**立地太歲**阮小五、**青面獸**楊志、**賽關索**楊雄、**一直撞**董平、**兩頭蛇**解珍、**美髯公**朱仝、**没遮攔**穆横、**拚命三郎**石秀、**雙尾蠍**解寶、**鐵天王**晁蓋、**金鎗班**徐甯、**撲天鵬**李應 《癸辛雜志》：龔聖與作《宋江三十六贊》並序云：『宋江事見於街談巷語，不足采著。雖有高如李嵩輩傳寫，士大夫亦不見黜，余年少時，壯其人，欲存之畫贊，以未見信書載事實，不敢輕爲。及異時見《東都事略》中載侍郎侯蒙傳，有書一篇，陳制賊之計云：「宋江以三十六人横行河朔、京東，官軍數萬無敢抗者，其材必有過人。不若赦過招降，使討方臘，以此自贖，或可平東南之亂。」余然後知江輩真有聞於時者。於是即三十六人，人爲一贊，而箴體在焉。蓋其本撥矣，將使一歸於正，義勇不相戾，此詩人忠厚之心也。』云云。◎按，穆横俗作『弘』，尺八腿劉唐俗作『赤髮鬼』，一直撞董平俗作『雙鎗將』，鐵天王晁蓋俗作『托塔』，先鋒索超俗加『急』字，鐵鞭呼延綽俗『鐵』作『雙』，金鎗班徐甯俗『班』作『手』，賽關索楊雄俗『賽』作『病』，短命二郎阮小二、立地太歲阮小五俗二阮互易，浪裏白跳張順俗『跳』作『條』。

紅襖賊　《金史·僕散安貞傳》：自楊安兒、劉二祖敗後，其黨復相團結。所在寇掠，皆衣紅衲襖以相識别，號紅襖賊。

花帽賊　《金史·蒙古綱傳》：綱遣没烈訪花帽賊於曹、濟間。

朱漆瞼　《庶齋老學叢談》：趙太祖山陵，金之末年河南朱漆瞼等發掘，取其寶器。又欲取其玉帶，重，不可得。乃以繩穿其背，札於自己，坐而秤起之，帶始可解。爲口中物噴於瞼上，洗之不去，人因呼朱漆瞼。

李老君太子　《元史·許有壬傳》：汝甯棒胡反，稱李老君太子。

小明王　《元史》：至正十五年，劉福通自碭山夾河求得韓林兒，立爲帝，又號小明王。

紅巾　《元史類編》：韓林兒，真定欒城人。父山童，自其先以白蓮會燒香惑衆。潁州妖人劉福通詭言，山童當爲中國主，遂起兵，以紅巾爲號。時蕭縣李二，號芝蔴李，亦以燒香惑衆。

芝蔴李　見上。

破頭潘　《明史·韓林兒傳》：至正十七年六月，劉福通攻汴梁，且分軍三道：關先生、破頭潘、馮長舅、沙劉二、王士誠趨晉、冀；白不信、大刀敖、李喜喜趨關中。

大刀敖　見上。

飛天張　《逐鹿記》：廖永忠伐蜀，斬獲甚衆，飛天張、鐵頭張皆遁去。

鐵頭張　見上。

雙刀王　《平蜀記》：傅友德抵階州，蜀平章丁世珎率衆來拒，友德生擒其雙刀王等十八人。

雙刀趙　《明史·陳友諒傳》：趙普勝者，故驍將，號雙刀趙。初與俞通海同歸太祖，叛去，歸壽輝。

潑張　《明史·陳友諒傳》：太祖親征武昌，其丞相張必先自岳州來援，常遇春擊擒之。必先驍將，軍中號潑張。

鏟平王　《明史·廖永忠傳》：趙庸平廣東盜號鏟平王者，獲賊黨萬七千八百餘人。◎又，《丁瑄傳》：沙縣佃人鄧茂七，僞稱鏟平王。

漢明皇帝　《野獲編》：陝西妖賊王金剛奴，於洪武初聚衆於沔縣西黑山等處，以佛法惑衆，後又與沔縣邵福等作亂。其黨田九成者，自號漢明皇帝，改元龍鳳。高福興稱彌勒佛，金剛奴稱四天王。

彌勒佛、四天王　見上。

老郎主　《明史》：汪直，歙人。嘉靖時據五島，煽諸倭入寇，島人稱爲老郎主。

無敵峒王　《明史·黃應甲傳》：鮑時秀者，妻杜氏，有妖術。乃據義都緌嶺，自號無敵峒王。

千斤劉　《明史·白圭傳》：劉通，河南西華人。縣門有狻猊，重千斤，通隻手舉之，號千斤劉。天順末，有石龍者，號石和尚，聚黨剽掠。通遣其子聰約之舉事，集流民四萬，僞稱漢王，建元德勝。

石和尚　見上。

趙風子　《明史·仇鉞傳》：趙鐩，一名風子，文安諸生也。劉七等亂起，遂入其黨爲之魁。

佛母　《明史·衛青傳》：蒲臺妖婦林三妻唐賽兒作亂，自稱佛母。

母大蟲　《野獲編》：乙未、丙申間，畿南霸州、文安之間，忽有一健婦剽掠，諢名母大蟲。

詹揀尸　《湧幢小品》：鄭有猾盜詹揀尸者，善發古墓。

闖王　《通鑑綱目三編》：崇禎二年，安塞馬賊高迎祥自稱闖王。四年，李自成自延綏往依之，號闖將。九年，陝西巡撫孫傳廷擒迎祥，送京師伏誅，賊黨乃推自成爲闖王。

闖將　見上。◎按，《明史》，闖將又有張姓者。

黃虎　《明史》：張獻忠黃面長身虎頷，人號黃虎。

九省通家　魏郡馬翩翩，大家公子，江湖上都稱爲九省通家。事見《東林列傳·盧象昇傳》內。

老回回孫昂。按，馬守應亦稱老回回、**洪太太**洪用光、**翻江龍**吕佐、**曹操**王林漢。按，羅汝才亦號曹操、**八大王**張獻忠。按，獻忠爲西營八大王、同時尚有南營八大王、北營八大王、二隊八大王、**一條龍**張立、**格子眼**盛永正、**沖天鵬**方也先、**梅鐵塊**梅遇春、**水底龍**劉伯清、**雙珠豹**史定、**潑皮風**陸鋼、**一枝花**王千子、**雨裏金剛**王命、**五閻王**邱正文、**掃地王聞人訓。按，廖惠、曹威亦號掃地王、河天飛沙來鳳、善隱身蔡本雄、混天龍馬元龍、穿天猾金庭漢、不粘泥趙勝、混十萬姜廉。按，馬進忠亦號混十萬，後降。見《曹變蛟傳》、滿天星周清、一斗粟鄭日仁、順天王藍廷瑞。後降史可法、刮地王鄢本恕、活地草賀宗漢、爭世王劉希堯、大梁王王大梁、過天星惠登相。後降，爲秦良玉步將。按，張五，亦號過天星、點燈子孟長更。後長更被殺，其黨趙四兒逃走，仍號點燈子、闖塌王劉姓、八爪龍徐姓、亂世王藺養成、紫金梁王自用、革裏眼賀一龍。後降黄得功、左金王賀錦、改世王許可變。爲浙川知縣郭守邦説降、安世王胡可受、小秦王白貴。按，《高斗樞傳》：降將王光恩亦名小秦王、金翅鵬劉希原、一字王劉小山、托天王常國安、十反王楊友賢、海參代張韜。後降，見《祖寬傳》、闖塌天劉國能。後降。守城被執，罵賊死，見《忠義傳》、射塌天李萬慶。後降。守城不屈死，見《忠義傳》、宋孩兒宋獻策。李自成軍門，長不滿三尺、飛山虎、大紅狼、八金剛、閻正虎、破甲錐、邢紅狼、小紅狼、上天龍、蠍子塊、混世王、神一元、神一魁、可天飛、紅軍友、李老柴、楊老柴、整齊王、一條蔥、新來虎、副塌天、小關索、王和尚、邢管隊、五條龍、賀雙全、高總管、混天星、荆聯子、過江王、大膽王、混天猴、獨行狼、大天王、四天王李養純。後降、治世王、滚地龍、姬關索、翻山動、掌世王、闖天王、顯道神、横天王、九條龍、薛紅旗、小紅旗、獨尾狼、一翅飛、雲裏手、草上飛、一隻虎、房日兔、賈總管、逼上天、新來將、就地滚、小黄鶯、黑煞神、東山虎、飛山虎、金剛鑽、開山鷂、人中虎、截山虎、柳盗跖、馬上飛、馬紅狼、滿天飛、征西王、福壽王、齊天王、密靈王、閻和尚、出獵雁、黑心虎、摟山虎、新一字王、混天王、上天王、順義王、張胖子、一丈青、掠地虎、混江龍、獨頭虎、鑽天哨、開山斧、一座城、翻山虎、李都司、張妙手、黑虎狼、紫微星、摇天動、實阿婆、聖世王、瓦背、鎮天王、楊六郎、滿鶴禽、滿溝飛、一塊鐵、青背狼、穿山甲、老將軍、二將軍、上山虎、掃地虎、扒地虎、滚山虎、括天飛、跳山虎、爬天王、古元真龍皇帝、走山虎、立地龍、闖世王馬武、三鷂子王興國、通天柱、鎮山虎、隔溝飛、撲天虎、撲天飛、郝摇旗郝永忠。降何騰蛟、爭管王降、仁義王降、和總管降、一斗穀、瓦鑵子、胡地沖、抓山虎、雙翼虎、戜天虎、吕瘦子、盤古子、飛天王　以上流寇，俱雜見《明史》及明季稗史諸書。

異號類編卷十八

聯稱類

二聖　《唐書·武后紀》：高宗號天皇，皇后亦號天后，天下謂之二聖。

二俊　《晉書·陸機傳》：太康末，與弟雲入洛。張華重其名，曰：『伐吴之役，利獲二俊。』◎《小學紺珠》：陳恕領春官，以王文正曾爲舉首，歲中拔劉子鈞於常選。云：『吾得二俊，名世才也。』

二鳳　《華陽國志》：杜眕二子，長子毗，少子秀，世號爲二鳳。◎《北史·魏蘭根傳》：子景義、景禮並有才行，鄉人呼爲雙鳳。

二龍　《後漢書·許劭傳》：兄虔亦知名，汝南人稱平輿淵有二龍焉。註：平輿故城在今豫州汝南縣東北，有二龍鄉。◎《南史·柳惔傳》：惔好學，善製文，尤曉音律，少與兄悦齊名。王儉謂人曰：『柳氏二龍，可謂一日千里。』◎《唐書·李光弼傳》：烏承玼，字德潤。開元中，與族兄承恩俱爲平盧先鋒，號轅門二龍。◎《小學紺珠》：南唐徐氏二龍，徐鉉、徐鍇。◎程明道以吕晦、司馬君實爲二龍。

連璧　《晉書》：夏侯湛幼有盛才，與潘岳友善，每行止同輿接茵，京師謂之連璧。

雙珠　《南史·謝靈運傳》：孟顗，字彦重，衛將軍昶弟也。顗、昶並美風姿，時人謂之雙珠。

二隱　《南史·臧榮緒傳》：初，榮緒與關康之俱隱京口，時號爲二隱。◎《列朝詩集》：盛仲交嘗彙金元玉及史癡翁詩，題曰《金陵二隱》。

二驥　《齊書·劉繪傳》：豫章王嶷爲江州，以繪爲左軍主簿，琅琊王詡爲功曹。謂僚佐曰：『吾雖不能得應嗣、陳蕃，然閣下自有二驥也。』

雙璧　《北史·陸凱傳》：凱子暐與弟恭之並有時譽，洛陽令賈禎嘆曰：『僕以年老，更覩雙璧。』◎《元史·回回傳》：與弟巙巙皆爲名臣，世號爲雙璧云。

聯璧　《周書》：獨孤信與韋孝寬政術俱美，荆部吏人號爲聯璧。

二妙　《晉書》：衛瓘官尚書令，時與尚書郎索靖俱善草書，時號爲一臺二妙。◎《唐書》：韋維遷户部郎中，善裁剖。時員外宋之問善詩，稱户部二妙。◎《圖畫寶鑑》：艾淑，字景孟，善畫竹。與陳所翁同舍畫龍，俱得名，時稱六館二妙。◎《震澤集》：傅瀚及弟潮皆工書，時稱一家二妙。

二仁　《小學紺珠》：荀氏二仁，荀彧、荀攸。

二孝　《唐書·孝友傳》：侯知道、程俱羅者，靈武人。居親喪，穿壙作冢，皆身執其勞。李華作《二孝贊》，表其行。◎《明一統志》：二孝莊在汝寧縣西，漢孝子蔡順、董永所居。

二寶　《唐書·儒學傳》：郎餘令博於學，授霍王元軌府參軍事。從父知年，亦爲王友。元軌每曰：『郎家二寶皆入府，不意培塿而松柏爲林也。』◎《宋史·汪藻傳》：時胡伸亦以文名，人爲之語曰：『江左二寶，胡伸、汪藻。』

二良　《明一統志》：二良書院在安慶府治東，祀漢文翁、朱邑。◎唐白居易有《哀二良》文。◎按：二良謂軍司馬、御史大夫陸長源，軍副史、祠部員外郎鄭通誠也。

二英　《十國春秋》：南唐陳元亮與兄保極同事後主，俱以才學名，後主稱爲二英。

二逸　《遼史·卓行傳》：耶律官努與蕭哇友善，時稱二逸。

二諫　《明史》：翟鳳翀與郭尚賓稱二諫。

二鉞　《明史·宦官傳》：汪直，大藤峽猺種也。天下惡直者，指王越、陳鉞爲二鉞。小中官阿丑工俳優，一日爲直狀，武冠，操兩鉞趨帝前。旁人問之，曰：『吾將兵，惟仗此兩鉞耳。』問何鉞，曰：『王越、陳鉞也。』帝听然而笑。

二害　《墨莊漫録》：田衍、魏泰居襄陽，郡人畏其吻，謡曰：『襄陽二害，田衍、魏泰。』

三仁　《論語》。【一】

校按：

【一】此條釋文原缺。《論語・微子》載：『微子去之，箕子爲之奴，比干諫而死。孔子曰：「殷有三仁焉。」』

三良　《詩序》：《黄鳥》，哀三良也。箋：三良，三善臣。謂奄息、仲行、鍼虎也。

三哲　《漢書・敘傳》：陳湯誕節，救在三哲。註：鄭氏曰：『三哲謂劉向、谷永、耿育，皆訟救湯也。』◎《北史・王慧龍傳》：遵業，慧龍曾孫，有譽當時。與中書令袁翻、尚書王誦並領黄門郎，號曰三哲。

三君　《後漢書・黨錮傳》：論竇武、劉淑、陳蕃爲三君。君者，言一世之所宗也。◎又，《陳寔傳》：寔子紀，拜大鴻臚。弟諶，與紀齊德同行。父子並著高名，時號三君。◎《小學紺珠》：後漢韋順、韋豹、韋義文高三序，號韋氏三君。

三虎　《後漢書・賈彪傳》：彪兄弟三人並有高名，而彪最優，故天下稱曰『賈氏三虎，偉節最怒。』◎《北史・陸俟傳》：陸暐，字仁崇。弟寬，字仁惠。寬兄弟並有才品，議者稱爲三虎。◎按，史避唐諱，改『虎』作『武』。◎《宋史・楊紘傳》：紘御下急，與王鼎、王綽號江東三虎。◎又，《宗室彥倓傳》：初調溧陽尉，邑民潘氏兄弟横邑中，號三虎。彥倓白其守治之。◎《丹陽集》：咸平、景德中，錢惟演、劉筠首變詩格，而楊文公與之鼎立，號江東三虎。

三龍 《論衡》：蔡邕、崔寔號並鳳，又與許受號三龍。◎《五國故事》：閩忠懿王審知，光州固始人。長兄潮、次兄圭及審知，軍中號爲三龍。◎《宋史》：孫逢辰與兄逢吉、逢年皆有學行，時稱孫氏三龍。◎《小學紺珠》：蜀李朝兄弟三人，號李氏三龍。

三義 《三輔決録》：韋子才三子權、瓚、矩，兄弟孝友，逢盜俱死，號韋三義。◎《兩浙名賢録》：陶菊隱，嘉興人，宋亡不仕。時同邑有趙孟僴、殷澄，稱秀州三義。

三俊 《晉書》：顧榮，吴人。吴平，與陸機兄弟同入洛，時號爲三俊。◎《翰苑新書》：唐李紳爲學士，與李德裕、元稹同在禁署，時稱三俊。◎《小學紺珠》：陳公弼兄之子庸、諭俱中進士第，里人表其閭曰『三俊里』。◎《姓譜》：宋鄭少微，華陽人，元祐進士。時蘇軾知貢舉，得少微與古郫楊天惠、三嵎李新，時人號爲三俊。◎《兩浙名賢録》：宋夏僎，龍游人。與周升、繆景仁爲師友，皆以明經教授，時號三俊。◎《寄園寄所寄》：新安三俊：唐元、洪炎祖、俞趙老。◎《元史》：曹元用與元明善、張養浩同時，號稱三俊。◎《明史·文苑傳》：顧璘，上元人。與同里陳沂、王韋號金陵三俊。◎《列朝詩集》：周復俊，崑山人。與王同祖、顧夢圭稱崑山三俊。

三才 《晉書·劉輿傳》：時稱東海王越府有三才：潘滔，大才；劉輿，長才；裴邈，清才。◎《北史·魏收傳》：收與濟陰温子昇，河間邢子才齊譽，世號三才。◎《靜志居詩話》：顧華玉與劉元瑞、徐昌穀號江東三才。

三傑　《小學紺珠》：蜀漢三傑：諸葛亮、關羽、張飛。◎《三國志》註：《傅子》曰：『以劉備之略，三傑之才。』◎《唐書·宋璟傳》：璟爲尚書右丞相，而張説爲左丞，源乾曜爲太子少傅，同日拜。帝賦《三傑》詩，自寫以賜。◎又，《尹元凱傳》：時有富嘉謨、吴少微，皆知名。嘉謨，武功人，舉進士，轉晉陽尉；少微，新安人，亦尉晉陽，尤相友善。有魏郡谷倚者，爲太原主簿，並負文辭，時稱北京三傑。◎《姓譜》：宋唐容，零陵人。與唐麟、樂韶共學，人號城南三傑。◎《小學紺珠》：程顥，鄠縣簿；張山甫，武功簿；朱光庭，萬年簿，關中號爲三傑。◎《墨畬錢鎛》：虎谷王公雲鳳，遼州和順縣人；晉溪王公瓊，太原府太原縣人；白巖喬公宇平，定州樂平縣人，稱晉中三傑。◎《明史·楊一清傳》：世宗爲世子時，獻王嘗言：『楚有三傑：劉大夏、李東陽及一清也。』◎《野獲編》：嘉靖初年，山西僉事、前給事中史道，疏論元輔楊廷和漏網元凶。御史曹嘉品第朝臣五十人，列爲四等，擅定去留。給事中閻閎又劾楊以救史，遂與曹俱貶外，時人呼爲翰林三傑。

三隱　《南史·周續之傳》：入廬山事沙門釋慧遠。時彭城劉遺人遁迹廬山，陶淵明亦不應徵命，謂之潯陽三隱。◎又，《劉訏傳》：張稷辟爲主簿，訏挂檄於樹而逃。陳留阮孝緒博學隱居，訏族兄歊又履高操，三人日夕招攜，都下謂之三隱。◎《元史》：翟炳，林州人。同邑王鼎、賈竹皆工翰墨，能詩，隱居不出，時稱林慮三隱。◎《元詩選》：釋本誠，字覺隱，以詩自豪。與天隱至公、笑隱訢公詩聲相埒，呼爲詩禪三隱。

三高　《南史·何胤傳》：初，胤二兄求、點並棲遁，至是胤又隱，世謂何氏三高。◎《齊東野語》：吴江三高亭祠鴟夷子皮、張季鷹、陸魯望，而議者以爲子皮爲吴大仇，法不當祀。◎《五代史·一行傳》：李道殷與鄭遨、羅隱之稱三高士。◎《江南志》：龍仁夫，望江人。與劉詵、劉岳申齊名，後薦爲提舉，不就，世稱廬陵三高云。◎《静志居詩話》：朱鷺，吴人，結茅蓮子峰下。是時隱居者王在公芥菴、趙宧光凡夫，時稱吴下三高。

三鳳　《唐書·薛收傳》：元敬，隋選部郎邁之子，與收及族兄德音齊名，世稱河東三鳳。◎《静志居詩話》：王虎谷，名雲鳳，遼州和順人。與王恭襄、喬莊簡齊名，號河東三鳳。◎《明史·文苑傳》：張泰，太倉人，與陸釴、陸容少齊名，號婁東三鳳。◎《寄園寄所寄》：何氏三鳳：栗、棠、榘。◎《江西通志》：何濤，廣昌人。幼與兄源齊名，嘉靖己酉鄉試，與弟沆同榜，人稱爲何氏三鳳。

三豪　《澠水燕談録》：濮人杜默師雄，少有逸才，尤長於歌篇。師事石守道，作《三豪》詩以遺之，稱默爲『歌豪』，石曼卿『詩豪』，歐陽永叔『文豪』。而永叔亦有詩曰：『贈之《三豪》篇，而我濫一名。』

三逸　《宋詩紀事》：黎師侯，臨川人。入道，學詩於謝無逸，與曾季貍裘父、文慧大師惠嚴同時以詩鳴，號臨川三逸。

三賢　《吹劍録》：方魁與同榜方登、方吉皆唐詩人方干之後，與嚴子陵、范文正公爲釣臺三賢。

◎《吴地志》：胡瑗以文學，蘇舜欽以詞豪，陳之奇以行誼名動海内，稱吴下三賢。◎《姓譜》：石牧之，萬曆進士，爲天台令，有能名於時。王安石知鄞，陳古靈令仙居，號江東三賢。

三真　《曲洧舊聞》：張康節爲御史中丞，論宰執不已。當時有三真之語，謂富、韓二公爲真宰相，歐公爲真内翰，而康節爲真御史也。

三諫　《宋史》：吴昌裔拜監察御史，與徐清叟、杜範三人，皆天下正士。四方想聞風采，爲《至和三諫詩》以侈之。◎《明史》：吴之佳、葉初春、張棟稱吴中三諫。◎《野獲編》：成化初，以上元宫中放燈事，編修章懋、黄仲昭、檢討莊昶合疏力諫，俱謫外，時名爲翰林三諫。

三直　《野獲編》：嘉靖十九年，上偶疾不視朝。贊善羅洪先、司諫唐順之、校書趙時春，以上免朝頗頻，請來歲元日，太子出御文華殿，受朝賀。上震怒，俱斥爲民，時呼爲翰林三直。

三清　《明史》：陳道亨，新建人。與同里鄧以讚、衷貞吉號江右三清。◎《元詩選》：張玉娘，松陽女子也。侍兒紫娥、霜娥皆有才色，善筆札。所畜鸚鵡，亦辨慧，能知人意事，因號曰閨房三清。

三平　《明史·馬森傳》：森調大理寺卿，屢駁疑獄。與刑部尚書鄭曉、都御史周延稱爲三平。

三狂　《静志居詩話》：張襄惠公岳初釋褐，與林希元、陳琛談理學，時目爲泉州三狂。

三忠　《明史·忠義傳》：高邦佐分守廣寧，死節。詔與張銓、何廷魁同祠，顔曰三忠。◎又，《明玉珍傳》：嘉定城破，執趙資及完者都、朗革歹使爲己用，三人執不可，乃斬於市，蜀人謂之三忠。

三老　《元史》：張德輝，交城人。請老後與元裕、李冶遊封龍山，號爲龍山三老。◎《明史》：唐時升，嘉定人。與里人婁堅、程嘉燧並稱曰練川三老。◎《靜志居詩話》：朱希晦，元季與吴主一、趙彦銘隱居鴈山，時稱鴈山三老。◎《小學紺珠》：傅堯俞、范純仁、劉摯皆守和州，有三老堂。◎又，三鄉老，鄆州人。逸老王規，拙老任粹，野老士建中。

三少　《晉書·王羲之傳》：陳留阮裕有重名，爲王敦主簿。敦嘗謂羲之曰：『汝是王家佳子弟，當不減阮主簿。』裕亦目羲之與王承、王悦爲王氏三少。◎《唐書·李嗣真傳》：賀蘭敏之修撰東臺，表嗣真直宏文館，與劉獻臣、徐昭皆少有名，號三少。◎《小學紺珠》：石悉、馮悠，號橘林三少。

三貴　《北史·韓鳳傳》：鳳與高阿那肱、穆提婆共處衡軸，號曰三貴。

三列宿　《唐書·韋湊傳》：祖叔諧，貞觀中爲庫部郎中，與弟吏部郎中叔謙，兄主爵郎中季武同省，時號三列宿。

三珠樹　《唐書·王勛傳》：初，勔、勮、勃皆著才名，故杜易簡稱三珠樹。

丙寅三學士　《金坡遺事》：王旦、錢若水、李沆俱丙寅生，同在翰林，時號丙寅三學士。

三有道　《元史·儒學傳》：倪士毅隱居徽州祁門山，與趙訪、汪克寬朝夕講學，時稱新安三有道。

三廉　《明史》：胡東皋家居六年，以身任鄉邦利害，浙人倚之。同縣孫陞語人曰：『吾邑登顯仕而清貧若寒畯者三人，胡公東皋、宋公冕、胡公鐸也。』時因號姚江三廉云。

三佞《北齊書·胡長仁傳》：長仁預參朝政，左丞鄒孝裕、郎中陸仁惠、盧元亮厚相結託，時人號爲三佞。

三蠹《南史·恩倖傳》：陸驗、徐驎並以苛刻爲務，百賈畏之。朱异尤與之昵，世人謂之三蠹。

三穢《朝野僉載》：王怡爲中丞，憲臺之穢；姜晦爲掌選侍郎，吏部之穢；崔泰之爲黄門侍郎，門下之穢，號爲京師三穢。

三樵《朝野僉載》：周韶州曲江令朱隨侯、女夫李逖、遊客尒朱九，並姿相少媚，廣州人號爲三樵。樵，九肖反。

三豹《唐書·王旭傳》：時監察御史李嵩、李全交皆嚴酷，取名與旭埒，京師號三豹。

三狗《魏略》：丁謐與何晏、鄧颺同位，曹爽敬之，言無不從。於時謗書謂：『臺中有三狗，二狗崖柴不可當，一狗憑默作疽囊。』三狗謂何、鄧、丁也。默者，爽小字也。其意言三狗皆欲齧人，而謐尤甚也。

三害《南唐書》：盧絳入廬山白鹿洞書院，猶亡賴，人患苦之，與諸葛濤、蒯鼇號廬山三害。

三不吠犬《古杭雜記》：寶祐乙卯，丁大全除司諫，陳大方除正字，胡大昌除侍御，天下目爲三不吠之犬。

四豪《漢書·游俠傳》：列國公子魏有信陵、趙有平原、齊有孟嘗、楚有春申，顯名天下。搤掔而游談者，以四豪爲稱首。

四皓《漢書·王吉等傳序》：漢興，有東園公、綺里公、夏黄公、甪里先生。此四人者，當秦之時，避而入商雒深山，以待天下之定也。師古曰：四皓稱號，本起於此，更無姓名可稱。◎《齊書·徐伯珍傳》：家甚貧窶，兄弟四人，皆白首相對，時人呼爲四皓。

四龍《東觀漢記》：李元禮，祖父修，安帝時爲太尉。生四子：亮、叔、訓、秀，皆爲牧守，號四龍。◎《東觀餘論》：張從申長史，弟從師、從義、從約並工書，時謂之張氏四龍。◎按，竇臮《述書賦》云：『張氏四龍，名揚海内。厥有季弟，功夫少對。』是從師、從義、從約並從申兄也，《東觀餘論》作『弟』，誤。◎《小學紺珠》：房諶四子：豫、坦、邃、熙，號四龍。

四聰《三國志·諸葛誕傳》註：《世語》曰：『是時，當世俊士夏侯玄、諸葛誕、鄧颺之徒，共相題表。以玄、疇四人爲四聰，誕、備八人爲八達。中書令劉放子熙、孫資子密、吏部尚書衛臻子烈三人，咸不及比，以父居勢位，容之爲三豫，凡十五人。帝以搆長浮華，皆免官。』

四英《華陽國志》：蜀人以諸葛亮、蔣琬、費禕、董允爲四相，一號四英。

四傑《唐書·王助傳》：勃與楊炯、盧照鄰、駱賓王皆以文章齊名，天下稱王、楊、盧、駱四傑。炯嘗曰：『吾愧在盧前，恥居王後。』議者謂然。◎《姓譜》：宋歐陽彝，廬陵人。與兄弁、奕、弁俱有文采，時稱四傑。◎《元史類編》：木華黎多智略，猿臂善射，與博爾朮、博爾忽、赤老温三人俱以忠勇事太祖，號掇里班曲律，猶言四傑也。其後子孫皆領宿衛，號四怯薛。◎《解醒語》：柳貫與虞集、揭奚斯、黄溍齊名，號儒林四傑。◎《明史·文苑傳》：皇甫涍與兄沖，弟汸、濂並好學工詩，稱皇甫四傑。◎又，高啟與楊基、張羽、徐賁稱四傑。◎又，李夢陽、何景明、邊貢、徐楨卿並稱四傑。◎《姓譜》：曹絳，字元象。與劉燾、崔執柔、劉正夫在太學，號四傑。◎按，《山堂肆考》作「四俊」。

四俊 《唐書·張嘉貞傳》：所薦苗延嗣、吕太一、員嘉靜、崔訓皆位清要，日與議政事。當時語曰：「令君四俊，苗吕崔員。」◎《宋史》：劉正夫未冠入太學，有聲。與范致虛、吴材、江嶼號四俊。◎《上庠録》：元祐間，馬涓、張庭堅等四人擅名太學，時號四俊。◎《姓譜》：宋黄夢炎，新昌人。少與姚勉、胡仲雲、劉元高齊名，號錦江四俊。◎《小學紺珠》：九華四俊：張喬、許棠、張蠙、周繇。

四夔 《唐書》：崔造與韓會、盧東美、張正則三人友善，居上元，好言當世事，皆自謂王佐才，故號四夔。◎《摭言》：何長師、李華、盧東美、韓衢號四夔。

四諫 《宋史》：曹豳爲左司諫，與王萬、郭磊卿、徐清叟俱有直聲，當時號嘉熙四諫。◎《東軒筆録》：慶曆中，余靖、歐陽修、蔡襄、王素爲諫官，時謂四諫。◎《明史》：彭汝實，嘉定州人。與啟充及徐文華、安磐皆同里，時稱嘉定四諫。◎又，萬潮與舒芬、夏良勝、陳九川稱江西四諫。◎又，《徐學詩傳》：先劾嵩者，葉經、謝瑜、陳紹與學詩皆同里，時稱上虞四諫。◎《吾學編》：章懋爲編修，内庭張燈，公與莊昶、黄仲昭同上章，以培養聖德爲言。上怒，杖三人闕下，左遷知臨武縣。時羅一峰論内閣大臣起復非禮，亦謫官，又稱翰林四諫。

四妙 《元詩選》：陳瀧，其先汴人，紹興初徙於吴。瀧少時與同郡湯益、高常、顧逢同學詩於汶陽周弜。宋亡後，相約不仕，以吟詠自娱。同郡陳永輯爲一編，名曰《蘇臺四妙》。

四貴 《齊書·高帝紀》：太祖與袁粲、褚淵、劉秉更日入直決事，號爲四貴。秦時有太后、穰侯、涇陽、高陵君稱爲四貴，至是乃復有焉。◎《北史·孫騰傳》：騰早依神武，神武深信待之。與高岳、高隆之、司馬子如號四貴。◎《隋書·觀德王雄傳》：雄寵冠一時，與高熲、虞慶則、蘇威稱爲四貴。

四士 《小學紺珠》：包融、賀知章、張旭、張若虚號吴中四士。

四賢 《明史》：王與齡里居，角巾躬稼圃，翛然自得，郡人爲作《平陽四賢詩》以美之。四賢者，尚書韓文、陶琰、張潤及與齡也。

戊己四先生 《墨莊漫録》：崔德符、陳叔易皆戊戌生，田承君、李方叔皆己亥生，並居潁昌陽翟，時號戊己四先生，以爲許黨之魁。

四瞠 《宋史》：孔宗旦始官京師，與李師道、徐程、尚同等爲監司耳目，號爲四瞠。

四倀 《東軒筆録》：舊制，轉運使官銜帶『按察』二字。慶曆中，沈邈、薛坤爲京東轉運使，取部吏之憸猾者四人：尚同、李孝先、徐九思、孔宗旦，俾偵伺一路。而四人怙權，頗致騷擾，時謂之山東四倀。

四木 《錢唐遺事》：理宗之立，最用事者，薛極、胡榘、聶子述、趙汝述等，號爲四木。

四害 《明史·閹黨傳》：張龍與倪天民、陳逵、孫清並貪殘，天下目爲四害。

四凶 見《左傳》。[一] ◎《明史·張瓚傳》：瓚與郭勛、嚴嵩、胡守中肆意爲奸利，中外號爲四凶。◎《三朝野記》：天啟三年，京察，吏部尚書張問達、左都御史趙南星同主察典。故給事中亓詩教、趙興邦、官應震、吴亮嗣，即向齊、楚中之持局者，時目爲四凶，招權納賄，亂政有據。而吏科都魏應嘉欲庇之，總憲因作《四凶議》，示同事。

校按：

【一】《左傳·文公十八年》載：『堯崩而天下如一，同心戴舜，以爲天子。以其舉十六相、去四凶也。』

五霸 《左傳》：五霸之霸也，勤而撫之，以役王命。註：夏伯昆吾，商伯大彭、韋豕，周伯齊桓、晉文；或曰齊桓、晉文、宋襄、秦穆、楚莊。

五龍 《史記·三皇紀》補：自人皇以後，有五龍氏。註：五龍兄弟五人，並乘龍上下，故曰五龍氏。◎《群輔録》：後漢公沙穆子紹、孚、恪、逵、樊並有令名，京師號曰：『公沙五龍，天下無雙。』◎按，袁山松《後漢書》作六龍。◎又，氾昭[二]、戴祈、徐晏、夏隱、劉彬並稱神童，有異才，人號濟北五龍。◎《汝南先賢傳》：周燕五子，子興、子羽、子仲、子明、子良各居一里，並以儒素退讓著名，號曰五龍。◎《晉書·索靖傳》：靖少有逸群之量，與鄉人范衷、張甝、索紾、索永俱詣太學，馳名海内，號稱燉煌五龍。◎《齊書·張岱傳》：岱少與兄寅、鏡、永、辯俱知名，謂之張氏五龍。◎《宋史·竇儀傳》：父禹鈞，在周爲諫議大夫。五子曰儀、儼、侃、偁、僖，皆相繼登科，時謂之竇氏五龍。◎《小學紺珠》：五龍：辛攀，兄鑒、曠，弟寶、迅。◎又，五龍：皇伯、皇仲、皇叔、皇季、皇少。

校按：

【一】『昭』，原作『瞻』。據《説郛》卷五十七所録《群輔録》改。

五儁　《晉書·薛兼傳》：兼清素有器宇，少與同郡紀瞻、廣陵閔鴻、吴郡顧榮、會稽賀循齊名，號爲五儁。

五鳳　《歐陽修詩》註：太宗時，賈黄中、宋白、李至、吕蒙正、蘇易簡五人，同時入翰林學士承旨，扈蒙贈之詩曰：『五鳳齊飛入翰林。』◎《氏姓譜》：謝發，永康人。五子固、田、因、亘、困迭魁太學，號泗州五鳳。

五豸　《小學紺珠》：五豸：唐垌，祖肅、父詢、叔介、兄淑問。

五老　《聞見録》：至和中，杜祁公衍八十七，王禮侍涣九十七，畢農卿世長九十四，兵部朱貫八十八，始平馮公八十七，優游鄉梓，爲睢陽五老。會賦酬唱，錢明逸序之。◎《兩浙名賢録》：

薛朋龜，鄞人。政和進士，後致仕。與汪思温等結社林下，稱爲四明五老。◎《小學紺珠》：西京五老：文潞公彦博、范景仁鎮、張仲巽、史仲輝、劉伯壽。

五隱　《明史》：孫一元與劉麟、陸崑、龍霓、吴琉稱苕溪五隱。◎按，《静志居詩話》『苕溪五隱』有施侃，無陸崑。

五諫　《明史·何楷傳》：楷與林蘭友、黄道周、劉同升、趙士春稱長安五諫。

五貴　《隋書·蘇威傳》：威與宇文述、裴矩、裴藴、虞世基參掌朝政，時人稱爲五貴。◎按，《小學紺珠》益以牛弘、張瑾，謂爲選曹七貴。

五倖　《後漢書·桓帝紀贊》：政移五倖。◎按：五倖謂單超、徐璜、左悺、唐衡、具瑗也。

五墨　《御史臺記》：唐孝和朝，左右臺御史，有遷南省仍内供奉者三，墨敕授者五，臺譏之爲五墨三仍。

五狗　《唐書》：武三思與宗楚客兄弟、紀處訥、崔湜、甘元柬相驅煽，王同皎、周憬、張仲之等不勝憤，謀殺之。爲冉祖雍、宋之遜、李悛所白，皆坐死。故祖雍與御史姚紹之等五人，號三思五狗。

五鬼　《五代史·李景傳》：景以馮延巳、常夢錫爲翰林學士，馮延魯爲中書舍人，陳覺爲樞密使，魏岑、查文徽爲副使。夢錫直宣政殿，專掌密命，而延巳等皆以邪佞用事，吴人謂之五鬼。◎《十國春秋》：後蜀鹿虔扆與歐陽炯、韓琮、閻選、毛文錫等，以工小詞供奉後主，時人忌之者號曰五鬼。◎《宋史·王欽若傳》：欽若與丁謂、林特、陳彭年、劉承珪相比，時號五鬼。◎按，《明史》：萬曆間，御史劉國縉疑鄭繼芳假書出周起元及李邦華、李炳恭、徐縉芳、徐良彦手，遂目爲五鬼，且入之疏中。起元憤，上章自明。

五虎　《明史·嚴起恒傳》：時朝政決於李成棟子元允，都御史袁彭年、少詹事劉湘客、給事中丁時魁、金堡、蒙正發五人附之，攬權植黨，人目爲五虎。起恒居其間，不能有所匡正。◎又，《魏忠賢傳》：文臣則崔呈秀、田吉、吴淳夫、李夔龍、倪文焕主謀議，號五虎。武臣則田爾耕、許顯純、孫雲鶴、楊寰、崔應元主殺僇，號五彪。又，吏部尚書周應秋、太僕少卿曹欽程等號十狗。又有十孩兒、四十孫之號。

五彪　見上。

六龍　《晉書·卞壼傳》：父粹，以精辨監察稱。兄弟六人，並登宰府，世稱『卞氏六龍，元仁無雙。』元仁，粹字也。◎又，《温羨傳》：父恭，濟南太守。兄弟六人，並知名於世，號曰六龍。◎《華陽國志》：李宓六子，皆英挺逸秀，號曰六龍。

六俊　《後周書》：唐瑾爲吏部尚書，有人倫之稱。時六尚書皆一時之秀，號爲六俊。

六儒　《隋書·馬光傳》：開皇初，高祖徵山東義學之士，光與張仲讓、孔籠、竇士榮、張黑奴、劉祖仁等俱至，並授太學博士，時人號爲六儒。然皆鄙野無儀範，朝廷不之貴也。

六逸　《唐書》：李白客任城，與孔巢父、韓準、裴政、張叔明、陶沔居徂徠山，日沈飲，號竹溪六逸。

六貴 《齊書・江祏傳》：永元二年，領太子詹事，劉暄遷散騎常侍、右衛將軍。祏兄弟與暄及始安王瑶光、尚書令徐孝嗣、領軍蕭坦之六人，更日帖敕，時呼爲六貴。

六差 《嘉話録》：侍郎潘炎進士牓有六異：朱遂爲朱滔太子；王表爲李納女壻，彼軍呼爲駙馬；趙博宣爲冀定押衙；袁同直入番爲阿師；竇常二十年稱前進士；奚某亦有事。時謂之六差。

六賊 《宋史・欽宗紀》：太學生陳東等上書，數蔡京、童貫、王黼、梁師成、李彦、朱勔罪，謂之六賊，請誅之。

六虎 《遯齋閒覽》：延平吴氏姊妹六人，皆妒悍殘忍，時號六虎。其中五虎尤甚。

七賢 《後漢書・袁閎傳》：閎弟忠，忠子祕。黄巾起，祕從太守趙謙擊之，軍敗，祕與功曹封觀等七人皆死於陣。詔祕等門閭，號曰七賢。◎《晉書・嵇康傳》：所與神交者，惟陳留阮籍、河内山濤；豫其流者河内向秀、沛國劉伶、籍兄子咸、琅琊王戎，遂爲竹林之遊，所謂竹林七賢是也。

七龍 《小學紺珠》：陸徵兄弟七人，號七龍。◎又，崔徵兄弟七人，號七龍。

七貴 《北史・隋越王侗傳》：以段達爲納言、右翊衛大將軍，王世充爲納言、左翊衛大將軍，元文都爲内史令，盧楚亦内史令，皇甫無逸爲兵部尚書，郭文懿爲内史侍郎，趙長文爲黄門侍郎，委以機務，爲金書鐵券，藏之宫掖。於時洛陽人稱段達等爲七貴。◎又，選曹七貴。見前『五貴』下。◎《輟耕録》：順帝宫嬪，淑妃龍瑞嬌、程一寧、戈小娥，麗嬪張阿玄、支祁氏，才人英英、凝香兒。位在皇后之下，宫中稱爲七貴。

八神、八翌、八英、八力 《拾遺記》：帝嚳妃嘗夢吞日，則生一子。凡經八夢，則生八子，世謂八神，亦爲八翌。翌，明也。亦謂八英，亦謂八力，言其神力英明，翌成萬象。

八愷〔一〕**、八元** 見《左傳》。〔二〕

校按：

【一】『愷』原作『凱』。據《左傳》改。

【二】此條釋文原缺。《左傳·文公十八年》：『昔高陽氏有才子八人，蒼舒、隤敳、檮戭、大臨、尨降、庭堅、仲容、叔達，齊聖廣淵，明允篤誠，天下之民謂之八愷。高辛氏有才子八人，伯奮、仲堪、叔獻、季仲、伯虎、仲熊、叔豹、季貍，忠肅共懿，宣慈惠和，天下之民謂之八元。』

八士 《論語》。〔一〕 ◎《元詩選》：胡長孺，永康人。與高彭、李湜、梅應春等號南中八士。

校按：

【一】此條《論語》下釋文原缺。《論語·微子》載：『周有八士：伯達、伯適、仲突、仲忽、叔夜、叔夏、季隨、季騧。』

八龍　《後漢書》：荀淑有子八人：儉、緄、靖、燾、汪、爽、肅、專，並有才稱，時人謂之八龍。◎《全唐詩話》：崔澹，博陵人。父嶼，兄弟八人，並顯貴，時謂崔氏八龍。◎《姓譜》：宋徐偉，臨湘人。有八子，皆知名，時號徐氏八龍。◎《伏氏譜》：伏羲兄弟八人，世號八龍。

八俊　《後漢書·黨錮傳論》：李膺、荀昱、杜密、王暢、劉祐、魏朗、趙典、朱寓爲八俊。俊者，言人之英也。郭林宗、宗慈、巴肅、夏馥、范滂、尹勳、蔡衍、羊陟爲八顧。顧者，言能以德行引人者也。張儉、岑晊、劉表、陳翔、孔昱、范康、檀敷、翟超爲八及。及者，言其能導人追宗者也。度尚、張邈、王考、劉儒、胡母班、秦周、蕃嚮、王章爲八廚。廚者，言能以財救人者也。◎又，張儉鄉人朱竝，承望中常侍詹覽意旨，上書告儉與同鄉二十四人別相署號，共爲部黨，圖危社稷。以儉及檀彬、褚鳳、張肅、薛蘭、馮禧、魏玄、徐乾爲八俊，田林、張隱、劉表、薛郁、王訪、劉祇、宣靖、公緒恭爲八顧，公緒，姓也。朱楷、田槃、疏耽、薛敦、宋布、唐龍、嬴咨、宣褒爲八及。◎又，《周舉傳》：陽嘉年，詔遣八使巡行風俗，皆選素有威名者，乃拜舉爲侍中。有杜喬、周翊、馮羨、欒巴、張綱、郭遵、劉班分行天下，號曰八俊。◎《唐書·岑長倩傳》：格輔元者，汴州浚儀人。父處仁，仕隋，爲剡丞。與同郡王孝逸、繁師元、靖君亮、鄭祖咸、鄭師善、李行簡、盧協皆有名，號爲陳留八俊。◎《畫史會要》：錢選，字舜舉，霅川人。初，吴興有八俊之號，以趙子昂爲稱首，而舜舉與焉。◎《萬姓統譜》：劉燾，長興人。未冠入太學，與陳伯亨稱爲八俊。

八顧、八及、八廚　俱見上。

八達　《晉書·光逸傳》：胡母輔之與謝鯤、阮放、畢卓、羊曼、桓彝、阮孚散髮裸裎，閉室酣飲已累日。逸將排户入，守者不聽，逸便於户外脱衣露頂，於狗竇中窺之而大叫。輔之驚曰：『他人決不能爾，必我孟祖也。』遽呼入，遂與飲，不舍晝夜。時人謂之八達。◎《小學紺珠》：中朝八達：董昶、王澄、阮瞻、庾凱、謝鯤、胡母輔之、于法、龍光逸。◎又，諸葛誕八人號八達。見前『四聰』下。

八仙　《唐書·李白傳》：白自知不爲親近所容，益鶩放不自修，與賀知章、李適之、汝陽王璡、崔宗之、蘇晉、張旭、焦遂爲酒中八仙。

八虎　《十國春秋》：閩鄭良士子八人，俱能文篤學，時號鄭家八虎。◎《明史·宦官傳》：劉瑾與馬永成、高鳳、羅祥、魏彬、丘聚、谷大用、張永等並以舊恩得幸，人號八虎。◎按，數人又謂之八黨，見《劉健傳》。

八麐　《萬柳溪邊舊話》：文獻公二姊，皆適葛氏兄弟也。二子各生四男，皆有文章盛名，江左稱葛氏八麐。

八要　《南史·梁武帝紀》：帝爲都督、雍州刺史，有御刀茹法珍、梅蟲兒、豐勇之等八人，號爲八要。

八貴　《北齊書·外戚傳》：胡長仁從祖兄長粲，以外戚起家。與婁定遠、趙彦深、和士開、高文遥[二]、綦連猛、高阿那肱、唐邕同知朝政，時人號爲八貴。

校按：

【一】『高文遥』，原誤作『袁文遥』。據《北齊書》卷四十八改。

八關 《通鑑》：李逢吉遣從子訓賂鄭注，結王守澄。其黨張又新、李仲言、李虞、劉栖楚、李續、張權輿、程昔範、姜洽八人，而傅會者又八人，皆任要劇，號八關十六子。

九龍 《北史》：齊王昕兄弟九人，並風流藴藉，號王氏九龍。◎《小學紺珠》：後魏崔長瑜子樞等九人號九龍。

九虎 《漢書·王莽傳》：莽拜將軍九人，皆以虎爲號，號曰九虎。

九老 《唐書·白居易傳》：嘗與胡杲、吉皎、鄭據、劉真、盧真、張渾、狄兼謨、盧貞燕集，皆高年不仕者，人慕之，繪爲《九老圖》。◎《事文聚類》：宋李文正昉罷相，居京師，七十一；張好問八十五，李運八十，宋琪、武允成皆七十九，僧贊寧七十八，魏石七十六，楊微之七十，朱昂與成同庚，作九老會。

十哲 《小學紺珠》：十哲：顔淵、閔子騫、冉伯牛、仲弓、宰我、子貢、冉有、季路、子游、子夏。顔淵配享，升曾子爲十哲。曾子配享，升子張爲十哲。◎《十國春秋·前蜀張蠙傳》：蠙生而穎秀，性喜爲詩。咸通時，與張喬、許棠、喻坦之、劇燕、任濤、吴宰、周繇、鄭谷、李棲遠、温憲、李昌符謂之十哲。◎按，十哲本十二人。◎《摭言》：沈雲翔十人，交通中貴，號芳林十哲。芳林，門名，由此入内。

十善　《北史·陸俟傳》：長子馛爲相州刺史，州中有德宿老名望素重者，以友禮待之，詢之政事，責以方略。如此者十人，號曰十善。

十俊　《金史·孟奎傳》：平奉政事完顔守貞禮接士大夫在其門者，號泠巖十俊，奎其一也。

十虎　《元史·張懋傳》：郡萬户蘇良，恃勢爲暴。爲之翼者，有十虎之目，民甚苦之。

十龍　張魯十子，儒雅温恭，號張氏十龍。〔一〕

校按：

【一】此條釋文出處原缺。《小學紺珠》卷七引《語林》有『十龍』條，稱：『魏張魯有十子，時人語曰：「張氏十龍，儒雅温恭。」』

十狗　見前『五虎』下。

十阿父　《通鑑》：周主之父、光禄卿致仕柴守禮，及當時將相王溥、王晏、韓令坤之父遊處，恃勢恣横，洛人畏之，謂之十阿父。

十孩兒　見前『五虎』下。姓名具《明史·閹黨傳》。

異號類編卷十九

耦舉類

東王西王 《左傳·昭公二十三年》：八月丁酉，南宮極震。萇弘謂劉文公曰：『周之亡也，其三川震。今西王之大臣亦震，天棄之矣。東王必大克。』註：敬王居狄泉，在王城之東，故曰東王。

東帝西帝 《史記·魏世家》：秦昭王爲西帝，齊湣王爲東帝。月餘，皆復稱王歸帝。

大毛小毛 《詩疏》：魯人大毛公爲《訓詁傳》於其家，河間獻王得而獻之，以小毛公爲博士。◎按，大毛名萇，小毛名亨。

大戴小戴 《漢書》：戴德，梁人。與沛人戴聖同受《禮》，號大戴小戴。

大夏侯小夏侯 《漢書》：夏侯勝，其先夏侯都尉，從濟南張生受《尚書》。以傳族子始昌，始昌傳勝，勝又事同郡蕑卿。蕑卿者，兒寬門人。勝傳從兄子建，建又事歐陽高。由是《尚書》有大小夏侯之學。

大馮君小馮君　《漢書》：馮野王、馮立相代爲太守，歌之曰：『大馮君、小馮君，兄弟繼踵相因循。』

大冠杜子夏小冠杜子夏　《漢書》：杜欽，字子夏。少好經書，家富而目偏盲，故不好爲吏。茂陵杜鄴與欽同姓字，俱以材能稱京師，故衣冠謂欽爲『盲杜子夏』以相别。欽惡以疾見詆，迺爲小冠，高廣財二寸，由是京師更謂欽爲小冠杜子夏，而鄴爲大冠杜子夏。

東高氏西高氏　《漢書·嚴延年傳》：爲涿郡太守。大姓西高氏、東高氏，自郡吏以下，皆畏避之，莫敢與牾。師古注：兩高氏各以所居東、西爲號者。

東録西録　《晉書》：會稽王道子爲長夜之飲，政無大小，一委元顯。時謂道子爲東録，元顯爲西録。西府車騎填湊，東第門下可設雀羅矣。◎按，元顯，道子世子也。

南阮北阮　《晉書·阮咸傳》：咸與籍居道南，諸阮居道北，北阮富而南阮貧。

大令小令　《晉書·王洽傳》：洽子珉，小字僧彌，仕至中書令。與王獻之齊名，世稱獻之爲大令，珉爲小令。

大苟小苟　《晉書》：苟晞領青州刺史，以嚴刻立功，人號曰屠伯。晞出屯無鹽，以弟領青州，刑殺更甚於晞，百姓號小苟酷於大苟。

大南郡小南郡　《南史》：劉之遴除南郡太守，武帝曰：『卿母年德俱高，故令卿衣錦還鄉，盡榮養之禮。』後之遴死，弟之亨代之，民感其德，不復稱名，號大南郡小南郡。

大東陽小東陽 《梁書》：王承，字安期，仕終東陽太守。時稱承爲大東陽，承弟穉爲小東陽。

大山小山 《梁書》：何胤爲中書令，致仕後居會稽若邪山，與兄點並棲遁，當時人號點爲大山，胤爲小山。◎《明史·宗室傳》：朱安沉，鎮國將軍。人稱睦㰅爲大山，安沉爲小山。

大崔生小崔生 《北史·崔亮傳》：時隴西李沖當朝任事，亮族兄光往依之，謂亮曰：『安能久事筆硯而不往託李氏也？彼家饒書，因可得學。』亮曰：『弟妹飢寒，豈容獨飽。自可觀書於市，安能看人眉睫乎！』光言之於沖，沖召亮與語，甚奇之，迎爲館客。沖謂其兄子彥曰：『大崔生寬和篤雅，汝宜友之；小崔生峭整清澈，汝宜敬之。二人終將大至。』

大二小二 《北史》：崔長謙與崔休第二子仲文同年而月長，其家謂之大二小二。

大邢小魏 《北史·魏收傳》：河間邢子才、子明及季景與收，並以文章顯，世稱大邢小魏，言尤俊也。

大鄭公小鄭公 《北齊書》：鄭道昭，子述祖，相繼爲兗州刺史，民稱爲大鄭公小鄭公。

白楊何妥青楊蕭脅 《隋書·儒林傳》：何妥，西域人。時蘭陵蕭脅亦有儁才，住青楊巷，妥住白楊巷。時人爲之語曰：『世有兩儁，白楊何妥，青楊蕭脅。』

大劉生小劉生 《五代新説》：隋二劉生結盟爲友，好學不倦，著《五經義疏》諸論。古今滯義、前賢不通者，大劉生皆明之，時人伏其精博。小劉生亦亞之，故稱二劉。大劉名焯，河間人。小劉名炫，信都人。

大秦君小秦君　《唐書》：武德初，士子大興《漢書》。劉伯莊〔一〕、秦景通與弟景暐及劉訥言皆名家，而景暐兄弟於《漢書》尤精，士人雅慕之，號爲大秦君小秦君。

校按：

【一】『劉伯莊』，原誤作『劉莊伯』。據《舊唐書》卷一百八十九改。

大大夫小大夫　《唐書》：李光進爲都將，時弟光顔亦至大夫，故軍中呼爲大小大夫。

大歐陽小歐陽　《唐書》：歐陽通，詢子。書亞於詢，父子齊名，號大小歐陽。

南鄭相北鄭相　《唐書》：鄭餘慶與從父絪家昭國坊，絪第在南，餘慶第在北，世謂南鄭相北鄭相云。

大將軍小將軍　《唐書·杜伏威傳》：伏威有養子三十人，皆壯士，唯闞稜、王雄誕知名。闞稜年長於雄誕，故軍中號稜大將軍，雄誕小將軍。

大鄭相小鄭相　《因話録》：司徒鄭真公與其宗叔太子太傅絪俱在昭國。太傅第在南，出自南祖；司徒第在北，出自北祖，時人謂之南鄭相北鄭相。司徒堂兄文憲公，前後相德宗，亦謂大鄭相小鄭相焉。

大柳舍人小柳舍人　《因話録》：柳公權與族孫璟，開成中同在翰林，時稱大柳舍人小柳舍人。

大李將軍小李將軍　《畫繼》：唐開元中，諸衛將軍李思訓，子昭道爲中舍，俱得山水之妙，時人云大李將軍小李將軍是也。◎《益州名畫録》：李昇，成都人。明皇朝有李將軍，擅名山水，蜀人皆呼昇爲小李將軍，蓋其藝相匹爾。

老杜相公小杜相公　《金華子》：杜審權以廟堂出鎮浙西，時邠公先達，人謂之老杜相公，審權人謂之小杜相公。◎按，《唐書》作『少杜公』。◎《後漢書·郭躬傳》：躬家世衣冠，父弘，習《小杜律》。註：《前書》：『杜周爲廷尉，斷獄深刻，少子延年亦明法律，故言小杜。』

大杜小杜　《全唐詩話》：杜牧與杜甫齊名，時號大小杜。

大尉遲小尉遲　《歷代名畫記》：尉遲乙僧，于闐國人，父跋質那。乙僧國初授宿衛官，襲封郡公，善畫外國及佛像。時人以跋質那爲大尉遲，乙僧爲小尉遲。

南謝北宋　孟郊詩：南謝竟莫至，北宋當時珍。

大樞小樞　《蜀檮杌》：潘炕與弟峭同爲蜀王建掌機衡，號大樞小樞。

北韓南郭　《五代史》：韓建撫輯兵民，又好學。荆南成汭時冒姓郭，亦善輯荆楚，當時號爲北韓南郭。

大范小范　《宋名臣言行録》：范文正公領延安，閱兵選將，日夕訓練。夏人相戒曰：『無以延州爲意，今小范老子腹中有數萬甲兵，不比大范老子可欺也。』戎人呼知州爲老子；大范謂雍也。

大翟小翟　《宋史·忠義傳》：翟興少以勇聞，與弟進應募擊賊，號大翟小翟。

大任小任　《宋史》：任汲與兄孜齊名，時稱大任小任。

大宋小宋　《宋史·宋庠傳》：弟祁與同舉進士，禮部奏祁第一。章獻太后不欲以弟先兄，乃擢庠第一，而寘祁第十。人呼曰二宋，以大小别之。◎《元史·宋子貞傳》：子貞與族兄知柔齊名，人以大小宋呼之。

大坡小坡　《宋史·蘇過傳》：過有《斜川集》二十卷，時稱爲小坡。蓋軾爲大坡也。

大宗小宗　《黄山谷尺牘》：南陽宗少文嘉，遯江湖之間，援琴作《金石弄》，遠山皆與之同聲。其文頗足以追配古人。孫茂深亦有祖風，時稱少文大宗，茂深小宗。

東家李西家李　《宋史》：李昉與李崧同宗同里，時人謂崧爲東家李，昉爲西家李。

大高小高　《山谷集》：國初，高益名大高待詔，文進名小高待詔，爲翰林畫工之宗。小高落筆高妙，名不虚得也。

大鬍孫小鬍孫　《拊掌録》：孫巨源、孫莘老皆姓孫而有官職，吏輩莫得而别。劉貢父曰：『何不取其鬍而别？』吏曰：『皆鬍，而莫能分也。』劉曰：『何不以身之大小爲别？』於是館中以莘老爲大鬍孫學士，巨源爲小鬍孫學士。

老王先生小王先生　《鐵圍山叢談》：老王先生老志者，濮人也。小王先生仔昔者，豫章人也。

大楊小楊　《尚友録》：時有楊枋者，號存齋。弟岊，號字溪。嘗師晦菴，所得益深，世稱大楊小楊。

大孟小孟　《江南志》：宋孟逢大，丹徒人，弟逢原，並以道德名世，人稱大小孟先生。

大桂小桂　《西江志》：宋桂詢，皇祐進士。弟沖，有俊才，與詢子韶齊名，稱大桂小桂。

南齋先生西齋先生　《西江志》：宋傅實之，清江人。與弟謙之文行爲鄉里所推，學者以南齋、西齋先生稱之。

連底清連底凍　《厚德録》：應山二連，伯氏君錫，爲人清修孤潔，人號爲連底清。仲氏元禮，加以駿肅，人號爲連底凍。

六隻角七隻角　《錢塘遺事》：趙方，嘉定年間爲淮閫，威望表聳。金人相戒，不敢犯邊，皆以『趙爺爺』呼之。兩子六直閣、七直閣隨侍，淮北人有六隻角、七隻角之呼，其威名亦遠播矣。

公相媪相　《宋史・童貫傳》：人稱蔡京爲公相，因稱貫爲媪相。

大惇小惇　《宋史》：京師語曰：『大惇小惇，殃及子孫。』謂章惇與御史中丞安惇也。

大蔡小蔡　《宣和遺事》：童謡曰：『大惇小惇，入地無門。大蔡小蔡，還他命債。』大蔡謂京，小蔡謂卞也。

大韓小韓　《桯史》：韓平原在慶元初，其弟仰胄爲知閤門事，頗與密議，時人謂之大小韓。

大婁室中婁室小婁室　《金史》：完顏婁室官副檢點，爲元帥，世稱小婁室。同時有三婁室，皆内族。大婁室官鷹揚都尉，正大八年戰死。中婁室與小婁室同守息州，降宋被殺。

郭大相公郭三相公　《歸潛志》：南渡之初，將帥中最著名者曰郭仲元，俗號郭大相公，其軍號花帽子；曰郭阿里，俗號郭三相公，其軍號黄鶴袖。二人本非親兄弟，以其壯勇，年齒後先爲配。

西楊東楊南楊　《明史》：楊溥與楊士奇、楊榮並入閣，時稱三楊。以居第爲别，士奇曰西楊，榮曰東楊。溥嘗自署郡望曰南郡，因號南楊。

西王東王　《明史》：王直，泰和人。與金谿王英齊名，人稱二王。以居里别之，英曰西王，直曰東王。

大曹將軍小曹將軍　《明史》：曹燮蛟，文詔從子，時與文詔稱大小曹將軍。

大中書小中書　《明史·文苑傳》：沈度，字民則；弟粲，字民望，松江華亭人。兄弟皆善書，同官翰林。崑山夏昺與其弟昶以善書畫聞，同官中書舍人，時號大小中書。而度、粲號大小學士。

大學士小學士　見上。

大髯小髯　《静志居詩話》：吴縣二陳並有儁才，又皆多鬚，故有大髯小髯之目。◎按，二陳，惟寅、惟允也。

大侯小侯　《浙江通志》：臨海侯臣與兄潤同登宣德八年進士，任給事中，皆以忠直著聲。時上有大小侯之稱。

大雷公二雷公　《湧幢小品》：宗人充灼，代府和川府奉國將軍。性淫縱，日與里中諸惡少酣飲呼盧，專爲大言，以相炫燿。時奉國將軍俊桐、俊槩、俊宲、俊櫾，中尉俊棖、充燉。充燉亦酗酒，灼皆與之善。有大雷公、二雷公、大六十、小六十、八肥、頭道、火稀毛諸號。

大六十小六十 見上。

大丞相小丞相 《明史》：楊繼盛劾嚴嵩及子世蕃。疏云：『京師有大丞相、小丞相之謡。』

南陳北李 《明史·李時勉傳》：時勉與陳敬宗各爲南北祭酒，終明之世，稱賢祭酒者，曰南陳北李。

老許小李 《明史·李維楨傳》：維楨弱冠登朝，博聞彊記，與同館許國齊名。館中爲之語曰：『記不得問老許，做不得問小李。』

東李西麻 《明外史·麻貴傳》：沙嶺麻氏多將才，人以方鐵嶺李氏，曰東李西麻。

南能北秀 《傳燈録》：五祖下，曹溪慧能爲南宗，神秀爲北宗，時號南能北秀。

大壹小壹 《高僧傳》：竺道壹從汰公受學，律行精嚴。汰向有弟子曇壹，亦雅有風操，時人呼曇壹爲大壹，道壹爲小壹。

老南小南 《羅湖野録》：廬山羅漢院小南禪師，羅漢世系以黄龍爲大父，故叢林目爲小南，黄龍爲老南。

異號類編卷二十

家世類

萬石秦氏　《後漢書·循吏傳》【一】：秦襲爲潁川太守，與群從同時爲二千石者五人，三輔號曰萬石秦氏。

校按：

【一】《後漢書》原作《漢書》。『萬石秦氏』之謂見於《後漢書·循吏列傳》。

五堂王家　《續文獻通考》：隋時有王氏，家富，財帛埒於王侯。有子五人，各立一院，邑里號爲五堂王家。◎按，《實賓録》『五堂』作『五唐』。

三戟張家 《唐書·張儉傳》：儉兄弟三人，門皆立戟，時號三戟張家。

三戟崔家 《唐書·崔琳傳》：琳與弟珪、瑶俱列棨戟，世號三戟崔家。

三相張家 《唐書·張嘉貞傳》：文規，弘靖子。先第在東都思順里，歷五世無所增葺，時號三相張家。

萬石張家 《唐書》：張文瓘四子：潛、沛、洽、涉。父子皆至三品，時稱萬石張家。

闕下林家 《唐書·林攢傳》：攢母亡，自埏甓作冢，廬其右。有白烏來，甘露降，詔作二闕於母墓前，時號闕下林家。

九牧林氏 《續文獻通考》：林披生九子，皆爲刺史，閩中號九牧林氏。

鳳閣王氏 《唐書·王徽傳》：曾祖擇從，兄弟四人，官鳳閣舍人者三人，號鳳閣王氏。

義門裴氏 《唐書》：裴敬彝，曾祖子通。兄弟八人皆爲名孝，隋開皇中詔表門闕，世謂義門裴氏。

鈒鏤王家 《唐國史補》：太原王氏，四姓得之爲美，故呼鈒鏤王家，喻銀質而金飾也。

真書盧家 《實賓録》：唐盧詹尚書爲吏部押官誥，楷署其名字，時人謂之真書盧家。

錐頭王家 《金華子》：瑯琊王氏與太原同出於周，瑯琊之族世嘗有錐頭之名。今太原王氏子弟多事爭炫，稱是己族，其實非也。太原貴盛之中，自有鈒鏤之號。

八寶崔家 《金華子》：崔程世居楚州寶應縣，號八寶崔家。寶應本安宜縣，崔氏曾取八寶以獻，敕改名焉。

土牆李家　《金華子》：故池州李常侍寬，桂林大父，即常侍之兄。同營别墅於金陵，甲第之盛，冠於邑下，皆號爲土牆李家宅。

點頭崔家　《金華子》：崔雍與兄朗、序、福昆仲八人，皆升籍進士，列甲乙科，嘗號爲點頭崔家。

平棘李氏　《唐書・宰相世系表》：李楷，字雄方，晉司農丞、治書侍御史。避趙王倫之難，徙居常山。五子：輯、晃、芬、勁、叡。叡子勗兄弟居巷東，勁子盛兄弟居巷西，故叡爲東祖。芬與弟勁皆稱西祖。輯與弟晃皆稱南祖。自楷徙居平棘南通，稱平棘李氏。

龍舌張氏　《續文獻通考》：開元中，張嵩都護北庭，時沙州黑河有龍爲患，嵩設祭，因射殺之以獻。上壯之，詔斷龍舌，函以送嵩，且命子孫世襲沙州刺史，後因號爲龍舌張氏。

書樓張家　《續文獻通考》：周張昭遠好學，積書萬卷，以樓藏之，號書樓張家。◎又，宋張正及子郁俱爲户部郎中，世尚儒學，積書萬卷於樓上，亦號書樓張家。

修行楊家　《北夢瑣言》：楊遺直生四子：發、假、收、嚴，盡有文學，登高第，號曰修行楊家。

豢龍劉家　《舊五代史・劉鼎傳》：鼎父崇，梁太祖微時，嘗傭於其家。即位召用，歷官殿中監、商州刺史，徐、宋之民稱爲豢龍劉家。

不語楊家　《實賓録》：五代中，楊行密有一子，病瘖，鄉里號爲不語楊家。

尖頭盧家　《實賓録》：五代盧舊，祖、父仕唐，俱至顯官。子孫生而頭鋭，時號尖頭盧家。

義門陳氏　《江南餘載》：曹翰屠江州，噍類無所縱。而義門陳氏昆弟七人散處城中，事定皆還，無所損，人以爲孝義之感。

菜羹張家　《十國春秋·南唐張泌傳》：泌第宅在故里，人稱菜羹張家。

筧頭神蕭家　《十國春秋》：蕭某，臨江人。仕楚王爲將校，坐事當斬。與其妻亡命出境，王捕之急。會夜阻水，不能去，匿旅舍霤槽中。湖湘間謂『霤』爲『筧』。天將旦，有叩筧語之曰：『君夫婦速走，捕者且至矣。』因急行得脱。蕭以爲神物，乃世世奉祀，謂之筧頭神，嗣後楚人呼爲筧頭神蕭家。

剎頭王家　《野客叢談》：王仁僨，閩王審知辟爲大理評事，不就，避於剎頭。鄉里服其節義，至今稱剎頭王家焉。

世修降表李家　《宋史》：李昊自言唐宰相紳後，仕王建，至孟昶入宋，終工部尚書。昊前後仕蜀五十年，衍、昶降表，皆其所爲，蜀人潛署其門曰世修降表李家。

義門王氏　《宋史》：王庠，榮州人。累世同居，號義門王氏。◎《明史》：鄭濂，浦江人。其家累世同居，幾三百年。武宗至大二年，旌爲義門，載《元史·孝友傳》。王澄，亦浦江人。慕義門鄭氏風，將終，集子孫誨曰：『汝曹能合食同居如鄭氏，吾死目瞑矣。』子孫咸拜受教，義門王氏之名遂與鄭氏並。

義門鄭氏 見上。

萬石廖氏 《宋史》：廖遽，剛之子。兄弟皆秉麾節，邦人號爲萬石廖氏。

義門李氏 《宋史》：李庭芝，其先汴人。十二世同居，號義門李氏。

忠義林氏 《宋史》：林沖之，莆田人。使金，不屈死，莆人稱爲忠義林氏。

書樓孫氏 《宋史·孫抃傳》：六世祖長孺喜藏書，號書樓孫氏。

三槐王氏 《續文獻通考》：王祐植三槐於庭，曰：『吾子孫必有爲三公者。』及旦相真宗，享福禄榮名三十餘年，人號三槐王氏。

義門姚家 《鐵圍山叢談》：河中有姚氏，十三世不析居，遭逢累代旌表，號義門姚家。

黑虎王家 《桯史》：王繼先世業醫，其大父居京師，以黑虎丹得名，因號黑虎王家。

富貴胡家 《萍洲可談》：常州諸胡，余外氏。自武平使樞密，宗愈繼執政，宗回、宗師、宗炎、奕修皆兩制。宗質四子同時作監司，家貲尤高。東南號富貴胡家。

義門裘氏 《燕翼詒謀録》：會稽縣民裘承詢同居十九世，詔旌表其門閭。屈指今二百三十六年矣，其號義門如故也。

龜葬梁家 《補筆記》：祥符中，廉州人梁氏卜地葬其親。至一山中，居人説，旬日前有數十龜負一大龜葬於此山中。梁以爲龜神物，其葬處或是福地，乃以龜之所穴葬其親。後梁生三子，鬱爲仕族，至今謂之龜葬梁家。

紅樓孟家 《圖畫見聞志》：宋孟顯，多謂之小孟，亦云紅樓孟家。

桐木韓家 《復齋漫録》：韓子華兄弟皆爲宰相，京師人呼爲桐木韓家。蓋公家門有梧桐木，取爲稱以別魏公。

義門金氏 《姓譜》：宋金彦，邵陽人。天資敦厚，喜賑困窶而淳孝友，郡人號義門金氏。◎《汪溪族譜》：建武中，都成侯金湯五世孫金珍爲司馬長史，家南陽，子孫同居一百五十餘年。至曾孫君闕歷鉅鹿太守，詔旌其門曰『尚義』，世稱義門金氏。

竹山尹氏 《姓譜》：宋尹沖，嘉定十七年令房州竹山，有惠愛，秩滿歸鄉，故子孫號竹山尹氏。

緑荔廖氏 《尚友録》：宋廖有衡，熙寧進士。家有荔枝三株，實緑而味甘，黄庭堅與友善，號爲緑荔廖氏。

寶田杜氏 《尚友録》：宋杜孟，普州人，讀書太學。因童貫、蔡京用事，幡然而歸。嘗訓子孫曰：『忠孝吾家之寶，經史吾家之田。』時號寶田杜氏。

富文方氏 《尚友録》：宋方漸，莆田人。知梅州，所至以書自隨。積至數千卷，爲閣以藏，榜曰『富文』。子孫相傳，爲富文方氏。

山房李氏 《揮麈後録》：秦少游作《李公擇常行狀》云：『遠祖濤，五代時號稱名臣。仕皇朝爲兵部尚書，封莒國公。莒公少時仕於湖南，有一子留江南，公其裔孫也。所以今爲南康建昌人，世號山房李氏。』

五經徐氏 《浙江通志》：宋徐孝恭，淳安人。與弟孝寧、孝友自邑郭遷河溪，杜門精究五經，而孝恭尤深於《易》。人號五經徐氏。

五忠劉氏 《福建通志》：宋劉純，字君錫。紹定間死事，謚義壯，立廟，賜額『忠烈』。建人以韐、子羽、珙、頜共稱爲五忠劉氏。

墳臺李氏 《山西通志》：宋李居仁，曲沃人。父早喪，事母至孝。母殁，築土爲墳，高四丈餘，時名其族爲墳臺李氏。

大馬劉家 《耆舊續聞》：京師醫者，大馬劉家。

金吾李家 《金史·李獻能傳》：先世有爲金吾衛上將軍者，時號金吾李家。

三桂王氏 《中州集》：王𤪌，字君玉。仕至汾陽軍節度使，鄉人榮之，號三桂王氏。

三桂孫氏 《中州集》：孫鎮，絳州人。與其弟錡、鉉同榜擢第，鄉人榮之，號三桂孫氏。

興中馬氏 《中州集》：馬舜卿，宛平人。先世遼大族，有知興中府者，故又號興中馬氏。

萬石王家 《元史·王磐傳》：磐，廣平人。世業農，歲得黍萬石，鄉人號萬石王家。

花橋鄭家 《列朝詩集》：鄭氏允端，字正淑，宋太師尚書左丞相魏國清之後。居吴中，號花橋鄭氏。

良惠沈家 王鏊《河南布政使沈公碑文》云：沈初汴人，其先以醫扈宋南渡，來家蘇之長洲。思陵嘗書『良惠』二大字賜之，故吴中稱良惠沈家。

書樓徐氏 解縉《國子祭酒徐公墓誌》云：五代之際，有諱宗部者，始居饒之樂平。宗部之後，十七世孫諱武者，建樓藏書，以教子弟，鄉人號曰書樓徐氏。

落瓜徐氏 遺民徐孝先，家塘棲之落瓜堰，世貴族，稱落瓜徐氏。見錢塘馮景山公所撰傳。

高麗張氏、雍睦張氏 《甬上耆舊傳》：張伯祥，號西畦。元末，其先人避地高麗，還，里人遂稱爲高麗張氏。公性孝友，於宅南築室，與諸弟奉父以居。名曰『雍睦堂』，里人遂更稱雍睦張氏。

大槐王氏 《新城縣志》：王伍門前植槐一株，枝葉扶疎，時作糜哺餓者於其下。鄉人稱其家曰大槐王氏。

伏不鬬 《後漢書》：伏完，無忌孫，女爲孝獻皇后。自伏生以後，世傳經學，清靜無競，東州號爲伏不鬬。

陳孝門 《姓譜》宋陳侃，永嘉人。居建牙鄉，事親至孝，今建牙鄉猶稱其家曰陳孝門。

蔣自量 南宋蔣自量，杭人。長崇仁、次崇義、次崇信，兄弟一德。置公量，乞糴者皆令自收米，歲歉亦然，人因目爲蔣自量。【一】

校按：

【一】此條釋文出處原缺。吴陳琰《曠園雜志》載有此事。

程一舉 《金史·程寀傳》：寀祖冀，仕遼。凡六男，父子皆擢科第，士族號其家爲程一舉。

鄭粉家 《鐵圍山叢談》：順天門内有鄭氏者，貨粉於市，家中頗贍給，俗號鄭粉家。

楊刺旗家 《睽車志》：秀州海鹽縣漁户楊刺旗，嘗寢漁舟，夜夢被人擒去，刺其面爲旗，驚寤而面頰猶痛。曉起照之，初無跡。第見魚鰕擁出水面，擲網得之。中一物如鼎狀，持歸刮洗泥垢，則純金也。因是致富，秀人至今呼爲楊刺旗家。

金杵臼嚴防禦家 《養疴漫筆》：孝宗嘗患痢，衆醫不效。德壽憂之，過宫，偶見小藥肆，遣中使詢之曰：『汝能治痢否？』對曰：『專科。』遂宣之。至，請問得病之由，語以食湖蟹多，故致此疾。遂令診脉，曰：『此冷痢也。其法，用新采藕節細研，以熱酒調服，如法數服即愈。』德壽大喜，就以杵藥金杵臼賜之。至今呼爲金杵臼嚴防禦家。

孝馮家 《鄴中記》：馮肅，婺州人。廬親墓，有靈芝、白兔之瑞，一時號爲孝馮家。◎《唐書·馮宿傳》：宿，字拱之，婺州東陽人。宿父子華，以孝著，號孝馮家。

白虎王 《水經注》：王子香，陳留人。漢和帝時爲荆州刺史，有惠政。天子徵之，道卒枝江亭中。嘗有三白虎，出入人間，送喪踰境。百姓立廟刻石，號曰枝江白虎王君，其子孫至今猶謂之白虎王。

馬糞王 《南史·王志傳》：志家在建康禁中里馬糞巷，父僧虔。門風寬恕，志尤惇厚，兄弟子姪皆篤實謙和，時人號馬糞諸王爲長者。

艫王 《北史·王慧龍傳》：王氏世艫鼻，江東謂之艫王。

老鴉陳 《清異録》：巴陵陳氏，累世孝謹，鄉里以老鴉陳目之，謂烏鴉能反哺也。

魚鄭 《唐書·鄭注傳》：注本姓魚，冒爲鄭，故當時號魚鄭。

駝李 《朝野僉載》：後魏孝文帝定四姓。隴西李氏，大姓，恐不入，星夜乘明駝，倍程至洛。時四姓已定訖，故至今人謂之駝李焉。

黄犢子韋 《朝野僉載》：隋開皇中，京兆韋衮有奴曰桃符，久從驅使，乃放從良。桃符家有黄犢，宰而獻之，因問衮乞姓。衮曰：『止從我姓爲韋氏。』故至今爲黄犢子韋，即韋庶人其後也。

解元金 《江溪族譜》：金沖，寶慶乙酉解元。子若洙領鄉薦亞魁，若洙子堅復中景定甲子解元，名動一時。皆嘆羡曰：『解元盡出金氏矣！』遂呼曰解元金。

醬楊 《湧幢小品》：趙某，順天人。本楊姓，鬻醬爲業，人呼爲醬楊。

慶氏學族 《晉書·賀循傳》：循，會稽山陰人也。其先慶普，漢世傳《禮》，世所謂慶氏學族。

三柱里 《唐書·劉仁軌傳》：家授上柱國者三人，號三柱里。

郎官家 《唐書》：韋虚舟，虚心弟。自叔謙後，至郎中者數人，世號郎官家

姚硬弓家 《老學菴筆記》：姚福進者，兕麟之祖也，德順軍人。以挽强名於秦隴間，至今西人謂其族爲姚硬弓家。

孝義家 《明史》：鄭漢，濂弟。建文帝旌表，御書『孝義家』三字賜之。